刘醒龙文集

刘醒龙文集

[长篇小说]

威风凛凛

刘醒龙 著

广西师范大学出版社
·桂林·

图书在版编目（CIP）数据

威风凛凛 / 刘醒龙著. -- 桂林：广西师范大学出版社，2024.1
（刘醒龙文集）
ISBN 978-7-5598-6618-9

Ⅰ．①威… Ⅱ．①刘… Ⅲ．①长篇小说－中国－当代 Ⅳ．①I247.5

中国国家版本馆CIP数据核字（2023）第229306号

广西师范大学出版社出版发行

　广西桂林市五里店路9号　邮政编码：541004
　　网址：http://www.bbtpress.com
出版人：黄轩庄
全国新华书店经销
湛江南华印务有限公司印刷
　广东省湛江市霞山区绿塘路61号　邮政编码：524002
开本：880 mm×1 230 mm　1/32
印张：13.25　　　　字数：250千
2024年1月第1版　　2024年1月第1次印刷
印数：0 001~5 000 册　定价：69.00元

如发现印装质量问题，影响阅读，请与出版社发行部门联系调换。

目 录

第一章
001

第二章
028

第三章
057

第四章
090

第五章
117

第六章
160

第七章
197

第八章

226

第九章

261

第十章

294

第十一章

328

第十二章

362

后记：失落的小镇

407

第一章

1

在这一切还没发生之前，如果有人说，赵老师将被人谋杀，西河镇人肯定会讥笑说话的人神经不正常。他们认为，除非西河镇人都被谋杀光了，才可能轮到赵老师。当然，也许凶手根本就不在乎杀不杀赵老师。杀条狗，可以得四条狗胯子，吃了补补阳气。杀赵老师屁大的好处也沾不到。

西河镇上，最可能被人杀的是五驼子。早几年，大家总在背地里咒他是个挨千刀的，也有一部分人老盼望被五驼子宰杀的那些生灵能从阴间跑出来，一齐来报应他。

这两年，骂五驼子的人少了，甚至几乎没有，偶尔还能听到几声关于他的叹息。更多的人在一起时，便称呼一个人为挨枪子的，说他死后一万年不能转世，还说只要有机会，刚出娘肚皮的婴儿也会跳起来捅他三刀。只要是在西河镇，一听到这样恶毒的话，大家就知道是在咒金福儿。

五驼子和金福儿之间也这么互相诅咒过。不过金福儿骂五驼子时像个胆小鬼，不但怕别人听见了，还怕自己听见，声音极小极小，嗡嗡地、哼哼地，那意思都是别人猜出来的。轮到五驼子骂时，就大不一样了，五驼子何止是气壮如牛，简直是虎威大将军或是特级战斗英雄，当街里站着，一声声吼得满镇子都是那惊起的尘土。

西河镇上该杀而未杀的人不少。

爷爷八十岁以前也被人咒过。自从他的儿子和儿媳妇被雷电击毙以后，人们仿佛一下子改变了自己的意识，开始对爷爷表现出那种对八十岁老人本应该有的尊敬。

当然，爷爷在他差不多四十年的光棍生涯里，拈花惹草的风流事是经常不断的。在爷爷的风流史上，女人们没有一个不是心甘情愿的。怨声载道、叫苦不迭的都是男人。他们骂爷爷该杀该剐，只是要出出心头的恶气，论爷爷的品行，若从五驼子和金福儿那里动刀，爷爷起码要帮忙挖上八九百或上千个墓坑后才轮到他。在他之后，活着的人已经少得可怜了。排在最后的总是赵老师，对这一点，谁都没有异议。

我也很荣幸地被排在赵老师的前面。

哪怕是去死，大家也不愿排在赵老师后面。

2

我是在父亲、母亲去世后的第二年夏天长大的。

父亲、母亲去世时也是夏天。

我读初二的最后一个上午,赵老师将学生的成绩单发了,又说了些暑假要注意的事项,都是年年放暑假时肯定要说的老话。游泳要注意安全,不要一个人下水;参加双抢时要防止中暑;别打架、骂娘;等等。

说完该说的那些事情后,离下课放学还有十几分钟,赵老师让我们将课文再读一读。班长举手站起来说,今天是来拿成绩单的,课本没带来。

赵老师一愣,说,只要别闹,大家随便做点什么都行。

坐在我旁边桌子的大桥站起来说,请赵老师给我们讲个笑话。

大桥是镇长的儿子。

同学们听了都鼓起掌来。赵老师终日里总是愁眉苦脸,难得听到他的笑声。大桥私下和我说过几次,找机会捉弄一下赵老师。我们都断定赵老师绝对讲不了笑话。

赵老师犹豫了一会儿,说,有个笑话,但不知同学们会不会笑。

赵老师说,一位修士和一位修女一道出门去布道。

修士就是中国的和尚,修女就是中国的尼姑,赵老师解释了一下。

赵老师说，他们一上路，一只鸟飞过头顶，并将一泡鸟粪屙在修士的颈上。修士伸手到颈上一摸，再摊开来看，见是鸟粪，就随口骂了一句：他妈的！修女在后面听见了，忙劝阻，说造物主听见了会发怒的。修士不作声。走了一程，一只飞鸟又将鸟粪屙在修士的颈上。修士忍不住又骂了一声：他妈的！修女赶忙又进行劝阻，提醒他造物主真会发怒的。又走了一程，飞鸟再次将鸟粪屙在修士的颈上，他还是忍不住骂了句：他妈的！骂声刚落，晴空里一个霹雳，跟在修士身后的修女应声被击倒。修士正在发呆，忽然听见造物主在空中嘀咕了一句：他妈的，打错了！

学生们都笑起来。

赵老师却没有笑，像以往一样，见到别人大笑，神情中就有几分恍惚。

我从学校往家里走时，天上起了几朵乌云。有一团小小的旋风老是跟在我身后打转，将几片枯叶与纸片悬在我的脑后，并弄得一阵阵呼呼响。小街两边的人都说，哟，学文遇上鬼了，要出事的。我惊恐万状，拔腿就跑。那旋风不但没被摆脱，反而越转越快，越转越大，并且在我的背心上越贴越紧，似有一只手在拼命地扯着我，凉飕飕的，极像到目前为止，我所经历过的十几个乘凉的夏夜和烤火的冬夜里那许多故事中，妖怪的脸与魔鬼的手留给我的感觉。我在极度恐惧中飞快地跑着，没有人敢上来帮我。

第一章

我想逃进家门,家门却紧锁着。

我继续没命地躲着这股旋风。就在这时,我听见遥远地传来一声呼喊。那声音让我站住,停下来别动,就会没事的。喊声初起时,我分不清是父亲还是爷爷,只觉得是他们二人中的一个。待到看清向我奔来的是赵老师时,心里不免有些生气,想不通怎么不是爷爷或父亲来搭救我。

赵老师朝我说了一通旋风追人时不能跑的道理,我一句也没听进去。我朝田野上走,我想他们肯定会在那儿。

阳历七月的田野,早熟的水稻已经勾下黄灿灿的金钩钩,迟熟的则还挂着小小的白米一样的花。虽然天上的乌云依旧挂着,我的恐惧已剩下很少了。四周弥漫的清香,融进了我的全身。我尚不知自己已快长大了,只觉得有一种东西在心里涌动。我甚至愚蠢地想过,这是不是中暑的前兆。

远远地,我看见父亲和母亲在责任田旁边的歇荫树下互相搂着亲嘴儿。他们极恩爱这一点我一直很清楚。在我刚刚断奶后,他们就让我一人独自睡在四只大脚中间,而不像镇里绝大多数夫妻,将孩子放在他们的胸脯之间。那四只脚很不规矩,夜里常常缠来搅去将我弄醒。在我醒时,那些脚就变得守规矩了。七岁那年,我又被弄醒时,忽然问了一句,你们怎么啦,还让不让我睡觉,我明天还得赶早到学校里去升国旗呢。我那时刚启蒙,背着个书包非常神气。母亲说,没什么,你父在做梦呢。到了第二天,他们就给我单独弄了一张小床。过去,我曾在月光下见过他们在床上扭打,不像真打,像是闹着玩,嘴里还不时小声发出些声响来。见到他们亲嘴儿,这还是第一次。

我不好意思看。

母亲扭头从身边拿起一只茶壶,吸了一口茶水,又返身嘴对嘴地喂给了父亲。

我转身钻进山坡上的一片茶树林。

茶树林只及我的胸口,藏不住全部身子,我便蹲下来。就在刚刚蹲稳时,我看见茶树缝里,有两个人赤条条地叠在一起,四只脚板像犁一样竖着对着我,不停地蹬那地上的土。我抓起几颗小石头挥手扔过去。

有人,女人说。

男人说,我看见了,是学文,继续吧。

我听得清清楚楚,男人正是我那七十九岁的爷爷。

就在这时,从乌云里轰然落下一个霹雳,将我家田边的那棵歇荫树劈死了一半,烧得黑黑的,从树枝到树蔸,都成了炭。看上去像是谁用一桶墨汁将它淋成这种样子。

父亲和母亲正靠在成了黑炭的半边树上。

见到歇荫树冒着烟我便冲了过去。待我到达时,我的父亲和母亲仍搂在一起,只是人已不像人了,而像往年家里过年守岁时,烧的那只大松树蔸子。

我冲着天上的乌云大叫,打错了,你们打错了!

这时,爷爷的光身子在墨绿的茶丛上飞快地划过,如同一叶孤帆,爷爷一边系裤带,一边叫喊着什么。

我想起了赵老师讲过的那个笑话,便昂头骂了一通:他妈的!他妈的!他妈的!

3

父亲是爷爷唯一的血脉。

他的死让爷爷哭了三天三夜。

这三天三夜里,爷爷哭累了就睡一会儿,可只要一醒来,第一个动静就是干号一通。

我没有注意到被爷爷压在茶树丛中的那个女人是谁。我被雷击搞蒙了,无暇去看那女人怎样往光身子上套衣服,怎样低头猫腰快捷地逃走。

在我很小的时候,爷爷常常将我抱在怀里,指着街上一些年轻女人对我说,这是他的第几十几个女人。我记不清爷爷最后给我说的那个数是二十三,还是三十二。在雷击事件发生之前,我一直弄不懂爷爷老得像只养了十几年的瘦公猪,数着那二十三或三十二个女人有什么意义。雷击事件之后,我才弄明白。然后,只要见到哪个年轻女人朝爷爷笑,我就恶心。我无数次见过爷爷洗澡时的裸体和裸体上的每一个部件,那整个就是一堆从烂泥塘里捞起来的破烂。

爷爷已不值得我骂了,我只骂西河镇的女人为何个个爱啃老卵子。

实际上，我从未真正这么骂过。

爷爷在他的儿子惨死之后，自己最后的那点寻花访柳的精力也随之衰竭了。有天中午，爷爷正在堂屋的竹躺椅上打瞌睡，一个女人溜进来，轻轻地用手拉他的胡须。爷爷睁开眼睛看了一眼，嘟哝一句什么，又继续迷糊睡去。那女人走时很失望地回过头来问，你真的老了吗？

爷爷闭着眼睛没有回答。

我后来从别人嘴里零零碎碎地得知，多数女人是在说了这话后被爷爷扑倒的。干了一盘后，爷爷会趴在那女人身上问，还说不说我老了？在惊讶中享受到快活的女人都极舒服地躺着，看着爷爷身上那件丑陋的东西默不作声。

但是，从那一年夏天开始，我成了爷爷的唯一寄托与依靠。

父亲、母亲死后那一年夏天，闷热和潮湿的空气，常常让我感到窒息。每隔一阵，我就要将头伸到水缸里浸泡一阵。我本来应该将缸里的凉水用木瓢舀起来，倒进脸盆里，免得将一缸水弄脏了。那水是用来做饭的。爷爷每天早上起来，便到西河里去挑三担水回来，做一天之用。父亲没死时，爷爷是不会挑水的，即使父亲不挑，还有母亲。我想我这么做可能是在发泄自己的不满。

爷爷一直没有对我的行为表示反对，他也不在乎我的头上干不干净，照常用缸里的水煮粥蒸饭。

有天傍晚，我刚站到水缸边，还未撅起屁股弯下腰时，

第一章

爷爷忽然对我说，我们上西河里去洗澡吧！

我想了想后，点头同意了。

像是得到了恩赐，爷爷显得很高兴，上前来摸了一下我的头。他有很长时间不敢这样做了。父亲、母亲死后，我一直没有哭，这显然让爷爷又难过又不安，所以，他们下葬的前一个时辰，爷爷要我无论如何也要哭几声。说完就想伸手来抚摸我。我往旁边一闪说，你别动手，我的头不是女人的胯，用不着你来摸。爷爷听后很痛苦地说，学文，你还没长大，等你长大了后就晓得做男人的苦处。

我觉得爷爷的确有些可怜，便没再回避他。他摸了好一阵。

我说，够了吗？

爷爷一怔，赶忙抽回手说，我心疼你，哪有什么够不够的。

我说，别说好听的，快去西河吧。

我们在街上不紧不慢地行走，五驼子家门口聚了一堆人，边乘凉边搓麻将。五驼子一定是赢了，油亮的脸上一片红光，见我们走过，还得意地睃了一眼。

爷爷对他说，我带学文去河里洗澡。

五驼子没有理我们，他根本没听见。

出了镇子，走上田间小路时，忽听见有人在黑暗中吟诗：大江东去，浪淘尽，千古风流人物。故垒西边……

我一听就知道是赵老师。

那声音奇妙极了,一个字一个字似风中滚动的擂鼓声,震得人心里发颤,这是激昂处。吟到低沉处时,则像是远山深谷中的回响。

爷爷说,狗日的赵长子,硬是可以靠诗文过日子。

赵长子就是赵老师。

我说,你不懂,诗文是精神财富。

爷爷说,那"四人帮"的精神财富,怎么不能让大家过日子?

我说,"四人帮"是坏人。

爷爷说,那伪政府时候,地主恶霸的米面不也让长工佃户过日子吗?

我说,你没读书别瞎扯。

爷爷不作声,停了一会儿,又说,我晓得,赵长子的骨头是诗文做的,他的威风全在骨头里面,西河镇的人连他脚趾缝里的泥都不如。

我望了望那边,黑黑的一面山坡,正在月亮的阴影里,我只知道那黑暗的中心是赵老师家破烂的小屋所在地。

刚刚走上河堤,一道雪白的亮光迎面射来,跟着传来了汽车的轰鸣声。爷爷睁不开眼睛,站在河堤上不敢动步,直到汽车呼地驶过去,才定下神来。

爷爷问,是给金福儿拖货的啵?

我说,不晓得。

可我明明看见汽车驾驶室内明亮的灯光下,闪烁着金福儿那黑油油的脑袋。

爷爷看了看西河,说,你下去洗吧,我在这儿等。

我脱光衣服,跑下河堤,踩着水和沙,一直冲到河中心,然后仰在水中,让头对着上游。流水顺着我的身子往下淌,凉丝丝地沁入心脾。在我的两条大腿之间,河水翻起一股小小的激流。涌浪中,有接连不断的沙粒一样的东西,在撞击着我,身体上除了头发以外,唯一可以在水中自由摇摆的是那件小玩意儿。母亲生前总是这么亲切地称呼它。不一会儿,就有一种要尿尿的感觉,而且还伴有一种似乎是紧张的感觉。我站起来,挣出几滴尿。再到水中躺了一会儿,那种感觉又来了。

我不知所措,从水里爬了起来,回到河堤上。

爷爷问,只洗这一会儿?

我说,洗得一点也不舒服。

第二天傍晚,我又忍不住和爷爷来到西河。

一个星期以后,我才明白自己的那种感觉中,最大的成分是焦渴。

4

父亲、母亲去世的第二年夏天,我开始长大了。

那是一个美丽的黄昏,我洗过河水澡后,坐到岸边的大石头上,看星星和月亮在河里洗澡,发出叮咚叮咚的撩水声。我看见很凉快的风,很凉快的水,很凉快的月光,不怀好意地朝一个半裸的女人身上涌去,把水做的女人调戏得一片哗哗响。

女人一点不觉得,坐在浅水里,将一支民歌反反复复地唱得一遍比一遍好听。洗完澡,女人来到大石头下边穿衣服。就在她轻轻拍打衣服的时候,歌声忽然没有了。

女人站在大石头下面,瞅着自己的衬衣久久地发呆。浸在河里的半块月亮和几颗星星,从提在手中的衬衣窟窿里钻出来,挂在她那不太高的乳峰上。我听见女人很轻很轻地哭了起来。

我悄悄地从石头上退回河堤,然后又退到去赵老师家的路口。这女人是赵老师的女儿,名叫习文,早我一年上的初中。前几天来了通知,说她考上了县高中。

我蹲在路口时,有一条水蛇从眼前爬过去,长长的黑影在路上横着移动,那响声如同冬夜里父亲和母亲将撩到地上的棉被拖回去一般让我肉麻和心跳。水蛇过去半天,路上还留着一股难闻的腥臭味。我正想挪个位置,习文从路那头走来了。

习文这时已不再哭了,依然唱着那首民歌,甚至从歌声里也听不出忧伤来。

我连忙站起来,迎着走去,嘴里也装模作样地哼着一首歌。

走了几步,路那头忽然没动静了。

我故意问,谁呀?

等了一会儿,习文才说,是我。

我说,你是习文啦?我是学文。

习文说,我听出来了。

我说,你去哪儿了?

习文说,没去哪儿,转一转。

我说,我陪你行吗?

习文说,不用了,我要回家。

这时,习文已经走到了我的面前。

我说,听说你考上高中了,全镇上就你一个女的,祝贺你。

习文说,我读不成了,从明天开始我去跟人学理发。

我说,高中怎么不读,熬三年就可以进大学。

习文说,我爸没钱。

我说,你爸真没用,一个女儿也养不起。

习文说,不许说我爸,你们西河镇才没用呢,只晓得欺负像我爸这样的老实砣子。

我说,你说"你们西河镇",那你不是西河镇的人?

习文不说话。

不过,在我看来,赵老师和习文的确不像西河镇人。西河镇人早上起床,总是蹲在家门口刷牙,但赵老师和习文不是这样,他们总是在屋里对着脸盆刷牙,再将水端出来,倒进外面的水沟里。

我说，起码你不该去学理发。

习文说，我爸说，别看这职业现在贱，将来可是件了不起的技术活。

说过后，习文要绕过我回家去。

我伸出手拦住她。她挺着胸脯走到我的手臂前，我盼着她再往前走，她却停了下来。

习文说，你让开。

我说，我不是故意说你爸没钱。

习文说，你现在是故意的。

我只好放下手臂。习文走过去时手臂在我的手臂上擦了一下，让我大半夜都睡不着觉，自己用另一只手去摸这条手臂时，就像在抚摸习文的手臂。

这天晚上，爷爷是偶然有事才没去河边陪我。第二天黄昏，他要陪我去时，我坚决地拒绝了。

我告诉爷爷，说，我长大了。

看习文洗澡心里特别凉爽，看完回家一整夜都不觉得热。我天天去，说是趴着，其实是躲在那块大石头后，一而再，再而三，就上瘾了。

5

这天傍晚,我正准备去河边,赵老师来了。

赵老师是西河镇第一个戴眼镜的人,也是西河镇个头最高的人,现在他又是西河镇最瘦的人。

西河镇头一回兴教师节时,镇教育组给每个老师发了两斤肉票。拿着票,可以到五驼子的肉铺里割两斤肉,不用自己掏钱。

老师们都很高兴,相邀着一齐去了。

割完肉后,大家余兴未尽,便说平时总说赵长子个头高,都不晓得他有多重,这一回非要称一称。

说时,五驼子就上来了,用手在赵老师的腋窝、胸脯和屁股上摸了一把,然后极有把握地说,多在九十五斤,少在九十二斤。

大家不信这长的人会不超过一百斤。

五驼子说,我估猪的毛重,从来都是一估一个准,这人和猪差不多。

大家仍不服气。

五驼子就夸口说,若是称了后,多出多少他负责赔多少,少了多少他也负责赔多少。

老师们都来了劲,拿上五驼子称猪用的大杆秤,非要赵老师双手抱住那秤钩,试它一试。两个力气大的老师一个站在肉案上，一个站在凳子上，用一条扁担穿过大杆秤上的头一道提索，搁在肩上，直叫赵长子，快一点。

赵老师没办法，只好双手抓住那秤钩，一缩腿，人就像一头瘦猪那样悬在秤上。称秤的人将秤砣来回移了几次，等到秤杆完全放平了，老师们一齐说，好了，好了，长子你下来吧。

赵老师下来后，站到一旁不作声。

隔了一会，称秤的老师欢喜地叫起来，说，五驼子，这回你可赔血本啰，你看，九十六斤半，多出一斤半，是该你赔的。

五驼子伸头一看，秤砣果然压在九十六斤半上面。他眨眨眼，回头扫了一眼赵老师，说，赵长子手上提着两斤肉，没有除呢，除了不就正好是九十四斤半。

老师们起哄说，称的时候长子他没有提肉，是吧，长子？

老师们那眼色里是在教赵老师说假话，别承认，蒙五驼子一次，可赵老师说，不，我提了肉。

五驼子在一边得意地笑起来，手里两把屠刀敲得当当响，说，你们这些臭老九，给个节日你们过，你们就翘着尾巴想上天，算计起我来了。发两斤猪肉哄你们是个节日，那我天天都在过节日。真过节日，那得发个漂亮女人给你们玩一玩，乐一乐。

这话一下子就扫了大家的兴。

五驼子说，两斤肉算什么，不够喝一餐酒，幸亏是上我这儿来割，换了别处，扣你们二两，给个一斤八两是正常的。

刚才称秤的老师说，这话也不假，当干部的从没有节日，可天天大鱼大肉地吃酒席。没有教师节时还不觉得自己可怜，有了教师节，见上面今天动员这家捐献，明天请那家募捐，我们倒一下子变成了拿工资的叫花子。

大家往外走时，赵老师小声说，不管怎样，有两斤肉总比没两斤肉强。

老师们忽然一齐喝道，长子，你别用你的标准来衡量我们。我们是在奔小康，你还得先脱贫。

赵老师赶紧不作声，又不敢赔笑脸，只好低下头去，让一米八几的身体，显得比谁都矮。他成年累月总是愁眉苦脸，笑得特别少，时间一长生疏了，再笑时非常难看。

我上初一时，报到那天，赵老师为了表示欢迎，努力对我笑了一回。样子很古怪，我不敢看。一离开他，我就编了一个顺口溜，说：天不怕，地不怕，就怕赵老师笑哈哈。

第二天，全镇上的人都这么说开了，但他们将赵老师三个字改成赵长子。赵老师知道后一点不恼，反而在爷爷面前夸我聪明，有前途。爷爷不爱听他的话。那时，我父亲还没有遭雷击，赵老师又到我父亲面前去夸我。父亲听后什么也没说，从口袋里掏出一支"游泳"烟给他。

赵老师摆手说，我不吸烟。

父亲说，那我拿不出什么来谢你了。你到我地里去扒几只红芋拿走吧！

赵老师红着脸说，不，不。

赵老师还没走远父亲就冲着母亲做鬼脸，并说，这个长子，有时真让人一点办法也没有。

母亲却说，这个人不一般，那样子像是被人压垮了，可又总也放心不下，总觉得他在什么地方让你不舒服。

父亲说，不就是肚子里多几瓶墨水。

母亲说，墨水是天下最厉害的东西，比原子弹，比毒药还厉害。

父亲说，天下最厉害的东西是女人身上的那个洞洞，男人掉进去了就爬不起来。

父亲说着就上来撩母亲，撩了几下，见母亲没有用手拦，就抱起她往床上去。

母亲在他怀里说，不管以后怎样，我们得让学文跟着赵长子多喝几瓶墨水，离开这西河镇。

父亲嬉皮笑脸地说，我现在要让你多喝点米汤水。

6

那天傍晚，赵老师正好在门口堵住了欲去西河洗澡的我。

赵老师上我家进门就笑。

爷爷见了忙说，长子，别笑了，有事快说。

赵老师说，恭喜贺喜，你的孙子要到县高中上初三了。

第一章

见爷爷愣愣地一点高兴样也没有，赵老师又补充一句，镇初中就两人考上，另一个是镇长的儿子大桥，是教育组帮他开的后门，他离分数线还有二十多分，只有你孙子是靠的硬功夫。

把下面学校的尖子学生，调到县高中读附设的初三班，是县里搞教育改革后的新规定，理由是保证将来升入高中的学生质量。

爷爷还是不开口。

赵老师就转向我说，当初我就说你有出息，你总算为我争了口气。

爷爷忽然说，长子，你别太得意，是不是学校分奖金给你了？

镇中学有个规矩，谁带的学生中考得中，一个人头发十元钱奖金。镇长的儿子大桥算不算一个人头，还很难说，若算，赵老师这回就可以得二十元钱的奖金。

赵老师喃喃地说，我不晓得他们给不给奖金，我不是正式教师。

爷爷说，得了奖金你可要分一半给学文。

赵老师说，当然，他为我争光，我得送他一份礼。

说完，他又笑了一下。

爷爷又不让赵老师笑，说，让你别笑你还要笑，吓着你的学生了看你怎么办？

见到赵老师笑，我的确有些难过，悄悄地往爷爷身后躲。

爷爷这时长叹了一口气，说，学文怕是读不成书了，我这把老骨头挣不回那样高的学费，比你的工资还高。

我的眼睛顿时忧郁起来，看着赵老师，想象他能成为一尊佛，让爷爷立刻回心转意。赵老师半天不作声，我在长久的观望和等待中，耗费了许多的幻想。赵老师骨瘦如柴的身子紧紧地收缩在一起，如同一只大螳螂。爷爷也瘦，但爷爷张开着架子，像是一只大公鸡。

赵老师终于说，你孙子学文是我教书几十年中，见到的最好的学生，就是卖家业也要再培养几年。

爷爷突然一吼，长子，你莫当面乱吹捧孩子，你别以为自己个头高看得远，怎么不让自己的女儿继续读？

赵老师听到这话人一下子萎缩到桌底下去了，声音极小地说，我家没有一件卖得出去的东西。

见爷爷不想让我进城读书，心里有些火，我特别不愿意爷爷提到习文，尽管爷爷一年多没和女人来往，可我仍不愿他以各种方式接触习文。

我大声说，说我的事就说我的事，扯习文干什么，人家的儿女人家晓得心疼，未必还要你去心疼？！

说完话，我看见赵老师的眼镜片后面一片潮湿，在灯光下一闪一闪的。我想起那次习文说的话，才明白赵老师当初劝习文学理发，一定也流过泪的。

爷爷瞪了我一眼，说，狗日的，你小卵子硬了是不是，想充人了？

爷爷火气一上来就咳嗽，直咳得两头弯到一起了。爷爷咳嗽时的模样也比赵老师形象高大。

爷爷将眼睛瞄了我几次。我走拢去，在他背上捶了几下。在拳头之下，我感到爷爷的背上尽是硌手的骨头，击一下就出现一股生痛。由于反馈回来的痛，我没有完全注意到爷爷的衰老已成了定局。

缓过气来之后，爷爷说，你家比我家还不如，那你来逞什么好汉！你回去吧，长子，我家的事我晓得安排。

赵老师往外走时，被门槛绊了一下，踉跄几步险些跌倒。我上去帮了一把，并随手扶了一下，想将赵老师弯得让人可怜的腰扶直些。赵老师很感激地朝我点点头，腰又弯了下去。

镇上有句名言，是骂人的，话是这么说：你就像赵长子，是一根永远扶不起来的臭猪肠。

这话最初是五驼子骂金福儿时用的。

那时，五驼子只有十几岁，金福儿和他一般大。

7

等赵老师走后，爷爷对我说，你的书还是要读的，我只是当面杀杀赵长子的威风，不让他有一点翻天的机会。

我说，爷爷，你不是说，赵老师是镇上最没用的男人吗，他哪儿来的威风呢？

爷爷说，你不懂。你看金福儿如今骑着全镇人拉屎拉尿，就是当年没好好杀他的威风，若是像对待长子这样就好了，金福儿就不至于有今日。

我说，爷爷，赵老师这个样子，全怪你们太欺负他了。

爷爷说，怪我们，他就不怪自己？

爷爷又说，谁要是连赵长子都不敢欺负，那还有什么用。

我记起自己刚上初一时，瞅着赵老师要进教室里上课，便将门掩了大半，然后将一只扫帚架在门顶上。赵老师推门朝里走时，扫帚正好砸在他的头顶上。赵老师捡起地上的扫帚，放到门边，然后走到讲台上，默默地站着。刚才还笑个不止的教室，一下子沉寂下来。

赵老师默默站了几分钟，而我却觉得像是过了几学期。

后来，大桥跳起来，说，你还上不上课呀，不上课，我们就出去打球。

赵老师没理睬，他轻轻地看着教室里的每个人。我刚学到心如止水这个词，赵老师那样子就好比心如止水。他越是波澜不惊，我们心里越是有种虚脱的感觉。又站了一会儿，他才开口让我们打开课本，翻到第八页。那是我们班上，朗读课文最好的一次。

放学后，我将这事说给爷爷听。

爷爷说，长子这个人太不简单了，他心里总像有个很硬的东西在撑着。

对于赵老师，爷爷的内心是极其矛盾的，他从来就十分小看赵老师,又从来不敢轻视赵老师,他说这镇上真正的强人只有赵长子。

爷爷站起来往外走,边走边说,赵长子这个人,比电影《红岩》里的疯子华子良还厉害。

爷爷在七十九岁时做了八十岁生日。老人们都这样,怕自己难过八十大关,就提前过了,让阴司的人寿掌管不知如何是好,在犯糊涂时,八十岁便过去了。父亲、母亲给爷爷做寿,本是给他求个平安吉利,谁知灾祸却降到他们自己头上。前些时,爷爷真的满八十岁时,他连一口荤菜也没吃上。爷爷说,他现在是为了我才硬朗地活着,不肯去死。

爷爷在赵老师刚才绊了一下的地方绊了一下,他晃了一阵,顺势回头说,我去打点主意。在西河镇,说打主意就是想办法借钱,并不是通常所说的策划阴谋,背后捣鬼。

走几步,爷爷叹口气说,要是政府的学校也像当年长子的学校一样,不收学费就好了。

爷爷一走,我就往河边跑。但我去得太晚了,只能远远地蹲在河边的柳丛里,看水中的习文。我不敢往前走,怕她发现了。

一只月亮和习文一起泡在水里,互相挨得很近。习文在水里翻了一个身,月亮就不见了,我想她一定是将它搂在怀里了。果然,过了一会儿,习文双手托着月亮,一点一点地小心放入水中。我想,我若是那只月亮就好了,那样我就可以在习文怀里尽情地翻滚,从她的左边乳峰一下子窜上右边乳峰，接着又从右边乳峰溜回到左边乳峰。玩累了，还可在那道不太深的乳沟里做一番歇息。

习文洗完澡独自款款离去。

我踩着沙滩跑到河里，想抱一抱习文抱过的月亮，可月亮也走了。

是习文带走的，我心说，习文你好狠啦！

我垂头丧气地回到家，刚坐下，爷爷也回来了。

爷爷说，还算顺利，只跑了七八家，就借到一半了。明天再跑几家，就差不多了。

我说，你别借了，这书我不想读。

爷爷说，你是不是在河里中了邪？

我说，习文考上高中了都不读，我读这初中干什么！

爷爷从口袋里掏出一大沓票子，大大小小的几元几角的都有，往桌子上一扔，屋里发出一声沉闷的震响。

爷爷说，不读也行，你用它买一瓶农药回来，我们老少爷们一起喝了它。死了也不怕别人上门来讨债。

这时，一阵风从门口吹进来，桌子上的钱票纷纷飘落到地上，悬在梁上的电灯泡也晃荡起来，照得桌椅板凳等物什的影子像电视录像中那些到处飘荡的鬼魂。

我有些胆怯，叫了声爷爷，我读书，你别生气。

其实我并非不想读书，我只是因为不能和习文待在一起而难受。

爷爷不作声，推开椅子蹲下去捡钱，我也蹲下去。

第一章

这时,电灯熄了一下,亮了后,又熄了一下,这是夜里停电前的信号。

我们赶紧找钱票,五分钟后,西河镇将是一片漆黑。赶在停电前,我们将钱票都找回了。一数,竟多出一元钱来。再数一遍,仍是多一元钱。

我想再数,电灯熄了。

爷爷说,多比少好,说不定是哪家给错了,多给了一元钱,让我们占个便宜。

我闩上门,钻进蚊帐准备睡觉,忽听见外面有人敲门。

开门后,见是五驼子的女儿翠水。

翠水说,我不找你,我找你爷爷。

我说,我爷爷老了。

翠水咯咯地笑起来。

爷爷在屋里说,花大姐儿,我真的老了,享受不了你了。

翠水说,不要脸,我是来要钱的。我父刚才多给你一元钱。

我说,你别混账。

爷爷说,是多给了,我正猜是谁多给的呢,学文,退她一元钱。

翠水走后,爷爷说,学文,你要记住,你要成为一个有用的人,别学西河镇人,宁肯穷,别去赖。

我说,像赵老师那样?赵老师从不赖。

爷爷不耐烦了,说,睡觉睡觉。

上床后，躺了一会儿，爷爷在墙那边对我说，赵长子就像金福儿家电视里的矮贼和皮鸭人。

我没听懂，问，爷爷你说什么？

爷爷说，我看见电视里的外国黑人就像赵长子。

我不再说话。我知道爷爷说的矮贼和皮鸭人，是指埃塞俄比亚饿殍。

赵老师以往老在讲课时晕倒，开始，大家都以为他有某种病，直到有一天晕倒后，将他抬到镇卫生院，才从医生嘴里知道，赵老师是没吃饱的病，饿病。

迷糊中，爷爷又将我喊醒，说，不对，那一元钱不是多的，不是五驼子的，下午我买烟后，荷包里刚好还剩下一元钱。

我说，退都退给人家了，有什么办法。

8

我在县城读了一年初三。功课上还过得去，平常成绩不在人上，也不在人下，可一到考试却能超水平发挥，回回都挤进前十名。

有一回，赵老师坐着一辆手扶拖拉机进城来看我，他以前在镇中学的同事、现在做了县一中一把手的胡校长，当着他的面，说我是一个比赛型的选手，和赵老师完全相反。

我问，赵老师是怎样一类。

胡校长说，赵老师是什么都不像，但又不是什么都像。

赵老师说，胡校长你这话别说学文不懂，就是我也不懂。

胡校长当即反问，你真不懂还是假不懂？

赵老师说，我真不懂。

胡校长叹了一下，说，其实，我也不懂，我只是这么感觉的。

赵老师说，那你应该好好研究这个问题。

胡校长说，我会在一块石头上绊两下子？研究它你不犯法也要犯错误。我现在只研究学生的成绩和明年高考的试题。

这一年里，赵老师就只有这么一件事让我有较深刻的印象。

然而，这无论如何也不至于使他成为西河镇有史以来，最残忍、最悲惨的一宗谋杀案的谋杀对象。

第二章

9

今年暑假,赵老师又来报喜,说我考上县高中了。

实际上,赵老师来我家时,只说了一句话,和去年来时说的那句差不多。可爷爷仍极为不满,满脸的不高兴,眼睛里都喷出火来了。

爷爷说,你啰唆完了没有,啰唆完了就快点走。

赵老师走后,爷爷在竹躺椅上躺着半天回不过气来。

爷爷对我说,不是我心狠,我倒真心愿你没有考取高中。我都八十一岁了,哪来劲挣钱供你上学哇。

我说不出话,起身往外走。

爷爷在背后喊,学文,你别乱来,无论如何这书还是要让你读的。

我在镇上瞎逛。

第二章

正午的时候，天上钉着一颗毒辣的太阳，沿街里不得不露面的畜生和人，都被晒得蔫妥妥的，或是摇着尾巴，或是摇着巴掌，企图扇出一股凉风。

不知为何，我骂了一句，热死你们就好了。

大桥忽然从背后冒出来，问，你骂谁呀？

我一怔，说，骂你。

大桥说，要骂就骂金福儿，你若将他骂死，我发奖金给你。

大桥一出面就有人接二连三地问，你考上高中了哇？

大桥得意地说，这回是真本事，没让我妈开后门。

赵老师说过，县高中录取一百二十人，大桥刚好是第一百二十名。

我说，这些人真势利，我考了三十四名，在街上走了半天也没谁问一句。

大桥说，你别气，连我都瞧不起他们，我只瞧得起你和习文。

提到习文，我一下子警惕起来，问，你找我有事？

大桥说，我想找习文帮我理发，又有些怕，你陪我去好吗？我给你付钱。

我也很想习文，就答应了。

理发店在镇子中间，走几步就到了。习文正在给一个女干部模样的人吹发型。

大桥上去叫了声，妈。

女干部模样的人嗯了一声,我这才看清她就是镇长。

习文的师傅这时殷勤地迎上来,问,大桥同学,理发啵,来,这儿坐。说着,他用灰不拉儿的围裙在转椅上拂了几下。

大桥说,你先理吧!

我说,你是镇长的儿子,应该优先。

镇长在另一张转椅上说,天热,早点理了回去吃饭休息。

大桥没法子,只好坐到转椅上去。

我在习文身后偷偷看她给镇长吹发型的姿势。隔了一年,习文的胸脯长高了,两条大腿圆得格外迷人,腰显得更细了些,而脖子尤其嫩得让人心痒。我不敢看她的脸,我怕碰上她的眼睛。

习文一抬胳膊,撩起镇长的黑发,露出半截粉白的脖子。镇长已经年过四十了,脖子却和习文差不多,难怪有那么多的男人追求她。不知为什么,她最后选中了金福儿。

这时,习文侧了一下身子,将抬起的胳膊正对着我,顺着短袖衬衫的袖筒,我看见习文腋窝里长了几根淡黑的腋毛。这一发现使我的心狂跳起来,从镜子里,我看见自己满脸通红,额头上尽是汗珠。

镇长在镜子里瞥了我一眼,说,这孩子怎么啦,是不是要中暑了?

我想赶紧回头,就在扭过脸的时候,正好碰上习文的眼睛,我没办法,只好拔腿就跑。

身后,镇长还在说,你怎么也脸红了,习文?

第二章

我一口气跑到西河,也没顾得上脱衣服,扑通一声跳进水里,一个劲地向深水处游。太阳将河水的表面晒得发烫,我猛吸了一口气,深深地潜入水底,抱着河底的石头,一动也不动,河底的水特别清凉,可我的身子怎么也冷却不下来。我被迫做了许多次深潜。

当我再次露出水面时,听到有人在水边喊我。一看,是大桥。

我站在浅水边,大桥说,有人看见你来河边,我就找来了。

我说,我不用你找。

大桥说,是不是习文对你偷偷说了什么,要不就是你对她有意思了。

我说,你放屁。

大桥说,说实话,我也对她有意思,如果你也是这样,我不和你争,让给你,我晓得争也争不过你,但以后考试时你得帮我的忙。

我说,大桥你再多嘴,我就将你拖到水里淹一把。

大桥说,我不说,你该回去了,你爷爷刚才也在找你呢。

我从水里爬起来,站在沙滩上将衣服脱了下来,拧干水,再穿上。

在我赤身裸体时,大桥忽然问,你胯里长毛了没有?

我骂起来,你妈胯里才长毛。

大桥大度地一笑,说,谁也逃不脱,我去年就开始长了。

我凶狠地说，你必须向我道歉，请我的客。

大桥说，你要吃什么？

我说，我要喝酒。

大桥说，我们去栖凤酒楼喝他娘的一回。

栖凤酒楼是金福儿开的。

我们一进去，厨师和服务员都朝着我们笑起来。

大桥说，笑个屁，快点炒菜，我们要喝酒。边说边在红案白案上指点，说，这、这、这、这，一样来一盘，再来一个仔鸡汤。

一个叫王国汉的人上来说，是不是先和金老板打个招呼？

大桥一瞪眼说，他是你爸？

王国汉不作声，招呼叫别人快做。

不一会儿，菜上来了，还有酒。

大桥一口干了一杯，说，真过瘾。

我也学着他喝下去，觉得这酒一点也不难喝。

酒楼的人都不做事，远远地看着我们闹。

正闹得起劲，金福儿来了。

金福儿穿着白衬衣、黑皮鞋，走到我们面前，拿起酒瓶一嗅后，随手扔出窗外。

金福儿说，大桥和我是什么关系？你们怎么能将兑了白水的酒给他喝呢！欺负他就等于欺负我。快拿一瓶原装的来。

王国汉立刻拿了一瓶原装白酒来。

第二章

金福儿拧开盖子，给我们分别斟上酒，然后说，一口干了，男人就得像个男人样。

大桥二话没说就将酒干了。那杯酒进我的嘴后，只觉得像是一团火顺着喉咙烧到肚子里面去了。

酒杯一空，金福儿就给斟满了。

大约喝了四杯酒，我和大桥都醉了。迷糊中，我听见金福儿说了一句，叫他爷爷来领人。

天完全黑了以后，我才醒过来。

爷爷说，是习文送我回来的。

我想象着习文一只手挽着我往前走，腋窝里那几根淡黑的腋毛或许在我脸上或脖子上轻轻摩擦的情景，心里又一阵激动。

第二天上午，大桥来我家看我。

他说，金福儿真是个流氓，昨天我妈说他不该将我们灌醉了，他竟说我们已不是小孩了，如果现在给一个女人让我们睡，不出三个月肚子就会大起来。

我什么也没和大桥说。我知道金福儿那话是真的，因为昨天夜里我开始遗精了。

送走大桥，回转身时，正好碰上习文。

习文提着一篮头发送到收购部去卖，她看了我一眼，说，以后你再也别上金福儿的当。

我一句话也说不出来。

习文又说，上学之前，来我店里一下，我帮你理个发。

10

爷爷又出门去打主意,蜷曲在街边墙根上的一条狼狗,吐着一条长长的红舌头,静静地注视着他。爷爷走过它身边时,它的尾巴略微动了一下。它叫黑旋风,是金福儿喂养的。

为了筹学费,爷爷天天出外奔波,天天出去打主意,天天打不到主意。去年到今年我在县里读了一年初三,借人家的钱到现在分文未还,大家都不敢再借给我们了。

过了一天又一天,再过一天就是学校报到的最后期限了。

夜里,我刚吃完饭,爷爷还在细嚼慢咽时,赵老师再次来了。进门时,还是那副被人抽了筋的模样,摇摇摆摆的身子仿佛随时都有可能散架。

我搬了张凳子给赵老师。

赵老师坐下后,瞅着饭桌上的熟红芋咽了一下口水。

赵老师问,学费筹齐了吗?

在西河镇,只有赵老师不说打主意这种土话。赵老师在讲课时,还举例说这种说法太不准确,打什么主意,好主意还是坏主意,它无论如何也无法从词义上与借钱联系起来。为了这话,赵老师在"文革"中反复被批判过,说他从骨子里仇视贫下中农。

爷爷说,筹你娘的个卵子。

爷爷这话有两层意思,一是说一分钱也没筹到,二是说赵老师不该假斯文。

赵老师说，没找金福儿和五驼子试试，这点学费对于他们来说，只是九牛一毛。

爷爷又骂起来，一对王八蛋，那一年真该让狼吃了他两个。

骂时，爷爷愤愤地将手中半截红芋往桌上一扔。红芋跳了两下，滚落到赵老师怀中，赵老师瞅着红芋，像做错了事的小孩一样，不安地打量着爷爷和我，并讪讪地笑着。

爷爷说，别笑。

说着，他拿起我吃剩的一只红芋蒂塞进赵老师嘴里。

爷爷说，长子，我警告过你，别当着学文的面笑。

红芋蒂悬在赵老师的唇上，随时都可能掉下去。赵老师不好用手帮忙，全神贯注地用牙齿和舌头将红芋蒂一点一点地往嘴里拖。那样子一如拔河比赛。我在心里拼命喊着：一二！加油！

赵老师平时上体育课和学生赛跑，连班里那个瘸腿的女生蓉儿也跑不过。

有一回，体育老师有事请假，让赵老师代课。赵老师把全班学生编成对，搞淘汰式赛跑，看谁跑得最快。编到最后，只剩下蓉儿。赵老师叫蓉儿别参加跑。大桥忽然站出来说不行，他要赵老师陪蓉儿跑一回，好歹总有个胜负。我们也跟着起哄。赵老师见几间教室里都有老师探出头来望，就连忙答应了。

大桥喊"各就各位预备跑",赵老师从一开始就落后,跟在一颠一颠的蓉儿后面,像只精疲力竭的老牛,拖也拖不动。我们纵然喊破嗓子为他加油,也没有用。

大桥一撇嘴对我说,真窝囊,还不如屙泡尿将自己淹死。

隔了几天,大桥又神秘地告诉我,他妈说,看问题不能只看表面现象,赵老师跑不过蓉儿就是表面现象。

我不愿和大桥说这个,没有接他的话。

赵老师终于将红芋蒂拖进嘴里,我浑身上下都憋出了汗。没见到他嚼一下,赵老师再开口说话时,我眼睛里已找不见那红芋蒂哪儿去了。

赵老师从分不清哪是口袋哪是补丁的衬衣中,抠出点什么,对爷爷说,你孙子去年考到县里读初三,学校发给我十元奖金,我一直留着没有用,就送给你应应急,让学文先报上名,另外,我给胡校长写了一封信,学费的事,我让他宽限几个月再说。

赵老师将一封信和一张汗渍渍的票子递到爷爷面前。

爷爷一下子站起来,火爆爆地说,长子,你装什么阔气,也来施舍别人,我家扫点地灰也比你全部家当值钱。

赵老师说,就算是当老师的给学生的升学贺礼吧!

爷爷固执地说,这更不合理,应是学生谢老师才是。

赵老师还在坚持要给。

爷爷忽然一脸凶相地说,长子,别把你当人,你不晓得做人呀!

第二章

赵老师怔了一下,说,杨大爷,我是来给你帮忙的,不是来斗狠的。

爷爷说,你想斗狠,我也不怕。

赵老师说,其实,人怕人又有什么意义?任谁也骄横不了两生两世,可如果想着多给别人做好事,过了许多代也还有人纪念。

爷爷说,我晓得,学文将来投三回人胎,也忘不了你这好老师。

只一句话,赵老师的腰立刻弯得像挂在树杈上的死蛇。

隔了半天,赵老师才冲着自己的肚脐小声说,那我就走了。

赵老师扶着桌面站起来,说,学文,你到了县里一定要好好读书,将来一定可以超过西河镇上所有的人。

说完,他喘了一阵气,这才一步一步朝门口挪去。

我拣了几个大红芋追出去。

爷爷问,没吃饱?

我说,给赵老师。

我将几只红芋塞到赵老师怀里,转身跑开了。

在我回屋时,爷爷正独自嘀咕,长子活成这个样子,还不如死了好。

爷爷的话一点不错。

11

爷爷蹲在门槛上猛咳了一阵。

我本来打算出门,见他咳成那个样子又不敢离开。

爷爷边咳边说,你晓得我为什么提前将红芋挖了吗?

我说,你总是有什么打算。

爷爷说,早点挖出来,拿到街上去卖,价钱要好一些,可以凑点学费,这是其一。其二,腾出地来,可以抢种一季萝卜,三个月下来,就能变成钱,便能将欠的学费交齐了。

我说,那去年借的钱怎么还?

爷爷说,有就还,没有就不还,钱到了我的手,他们还能真的割卵子去抵债!

爷爷又说,还有一点,不管怎样你明天得走,我没什么东西给你吃,就让你吃个新鲜。

我喉咙有些哽,说,爷爷,你真好。

爷爷说,不,其实我很坏,但我爱你疼你是一点不掺假。

说着话,爷爷不再咳嗽了。

我去河边时,绕了一下,到了自家的地里。

这块地那年本是分给了赵老师。那时,这地里的熟土只有一两寸厚,底下尽是麻骨石,在西河镇,像这样的坏地并不多,多的是那黑得冒油的良田熟地。

蓉儿的爸是村长。分田分地时,他问赵老师要田还是要地。

父亲牵着我悄声告诉他，说，你田和地都要一点。

赵老师便照我父亲的话说了。

村长不高兴，说，你就要点地吧，种田技术要求高，犁耙耖你一样不会，还要育种、下秧、放水、排水、施肥、打农药，然后又是收割、脱粒、晒场，这些你都得从头学，就算学会了你也没有力气做。

村长还说，徒弟种地，师傅种田，种地省事，把种一下，再施点肥，就可以撒手不管了。

金福儿也在一旁说，我就只要地不要田，田里又有蚂蟥又有蛇，还事事得弯下腰，你这腰能弯下去？

金福儿说着在赵老师的腰上捏了一把。

村长说，光要地不要田的人，可以多分二分地。

这时，我父亲有事离开了一会儿。

赵老师见金福儿等几个特别刁钻的人都只要了地，便朝村长点了头。

父亲回来时，赵老师已在属于他的这块地上签了字。

父亲很生气，说村长不该欺负一个不会做农家事的人。

村长说，我读书时，他不是也欺负我不会做作业，天天批评我，打我的叉叉。

父亲和村长吵了一架，一气之下，他将已分到手的一块好地和赵老师换了。

父亲直到几天以后，才知道村长将他和赵老师都戏弄了。

那天，赵老师扛着锄头出现在我家那地的旁边。

父亲问，你在那里干什么？

赵老师说，村长说我只配种这种地。

父亲问，你晓得这块地叫什么名字吗？

赵老师摇摇头。

父亲说，它叫鬼不生蛋。

这块地比换给我家的地更差。

几年之后，赵老师以及我父亲他们才明白过来，为什么金福儿只要了镇边上的地。镇里公家私家都要发展，一发展到金福儿他们的地里时，那地就成了他们的摇钱树。

鬼不生蛋在山坡上，没人能看中它。

爷爷和我，以及镇上所有的人都不明白，父亲为什么要帮赵老师。

在父亲的指点下，赵老师的那块地里每年种出了一季小麦和一季红芋，产量之低刚够他和习文吃。

镇上人都说，父亲的不合众，或许正是他遭雷击的主要原因。

爷爷也说，天都不帮赵长子，你去逞什么英雄。

我记得父亲死之前半个月，不知为什么一个人独自在屋里发火，一菜刀将一只桌子角砍了下来，并吼道，狗日的西河镇，总有一天我要叫天神一雷将你打个粉碎。

父亲没有买通天神，倒是天神被西河镇买通了。

父亲的死在这以前就有一种预兆。

第二章

父亲生前的最后一个春天,学校要我们开展学雷锋活动。那天刚好县一中的胡校长来学校有事。胡校长坐的吉普车进校门时,差一点将扛着大扫帚的蓉儿撞着,蓉儿摔倒了,但离车头还有一尺多远。

胡校长从车里出来,扶起蓉儿,问她去干什么。

蓉儿说,学雷锋,扫大街去。

胡校长说,那你们不如去赵老师家,帮他做点什么。

胡校长非常会猜高考题目,特别是政治题,有一年十个题被他捉准了八个,所以县一中高考升学率非常高,所有想考大学的学生都很崇拜他。

我们听了胡校长的话,拐到赵老师的家。

进门后,大家都感到无法下手。

屋里有两张旧床,床上的破旧被窝叠得整整齐,一张满是裂缝的桌子和用绳子捆绑着的两张椅子,擦得干干净净,黄泥地面扫出了金子一样的光泽,黄灿灿的尽是釉光。灶后的柴草也码得很整齐,一堆红芋堆得像是金字塔。尽管墙上到处是裂缝,可就是找不见一丝蜘蛛网。

大桥看后愣愣地说,难怪我妈说,赵老师灵魂深处还是一个大贵族。

蓉儿说,这一定是习文做的家务,将来谁娶了习文做媳妇,那可享福了。

我说,我们到他家地里去看看,这屋太破了,靠我们来学雷锋无益,要建筑队的领导来学雷锋才行。

大桥扛着"学雷锋小组"的红旗，一口气冲上山坡，他用力将旗杆往赵老师的地里戳了十几下，地里硬邦邦的，表面种着麦子的那一点土，插不牢旗子。

蓉儿说，插这边，这边土厚。

我说，这是我家的地，不是赵老师的。

在几个短暂的季节里，父亲用他那双精瘦的黑手臂，将这块地变化出了只有良田熟地才有的醉人的气味。

我说，你爸想整我爸真是痴心妄想，你爸只整得了像赵老师这样的人。

蓉儿红着脸分辩，村里的事又不是我爸一个人当家。

我说，这地是你爸亲手分的。

蓉儿叫起来，我爸的事不归我管。

我说，你可以叫你爸给赵老师换一块地。

蓉儿说，你思想好，那就和你家换行吗？

忽然，大桥在一旁叫道，赵老师来了。

在他的手指前方，一个稻草人立在赵老师的地中间。大家都笑起来了。稻草人四周，麦苗儿还算绿，只是太稀疏了。收获过后，赵老师家还得闹饥荒。

山坡下有人叫，你们在上面干什么？

我一看，是父亲。

蓉儿说，我们学雷锋呢！

父亲说，叫你爸来学。不然就叫雷锋学你。

父亲要我们走开。

大桥说，我们就给这块地施点尿素吧！

说着就动手解裤裆上的扣子。

蓉儿忙捂着脸叫，你们男生真不要脸，边叫边飞快往山下跑。

蓉儿这时脚还是好好的，到了夜晚她就叫起痛来，一直痛了几个月，待不痛时，腿就瘸了。

西河镇人说，这是她想帮赵长子的报应。

不久，父亲、母亲便遭到雷击。大家就更相信不能逆天行事。

12

这天晚上没有月亮，只有云缝里隐现着两颗卑微的星星。

这时候，习文自然已洗过澡回家了。

山谷就像赵老师家那只从没见过油的锅，酽黑酽黑没有一点反光。我知道，在这样的黑夜里，西河镇里有不少人正在干着坏事，但我浑然不觉身边已有凶险在即。

尽管习文早已洗完澡，流完泪，回家去了，我却想今夜不回去，趴在大石头上过一宿。西河镇只有这河边的大石头是干净的。我怕看见镇内许许多多的秽物。

西河镇南北长，东西窄，被两边的山一挤，又瘦又长，像赵老师躺在那儿。白天里，这儿的山梁轻轻起伏，青青蜿蜓，山腰上要黄黄得灿亮，要红红得富贵，要白白得洁净，要不黄不红不白的颜色也有。有时，只要一眨眼，半山就缠上薄薄的白雾，如同习文和衣在西河里洗澡，浑身似透明不透明，撩人得很。

天亮后，西河也会流得十分遥远，小水微澜，不须负荷，只把几片落叶，几瓣野花浪漫地搂着，弯一弯，扭一扭，从看不见的地方流来，流向看不见的地方。

镇子四周，零零落落地挺立着一些到老也不肯结果的梨树和苹果树，它们的花，却依然开得斑斓夺目，光彩照人。白漠漠的沙滩旁，有一带绿油油的稻田，白沙绿田之间作为阻隔的是我夜夜踱过的河堤。露水润在上面，滑溜溜的，时常让我不忍动步，以为踩着了赵老师手臂上暴露的青筋。

西河镇的白天还是有很多美景的，连瘦羊、老牛也会唱几声悠长的曲调。

眼下是黑夜，西河镇像一只没封盖的棺材。风顺着河床阴森呼号着，忽高忽低，忽轻忽重，忽飘忽滞，偶尔风声打了一结，便有凄厉的尖啸横着在河中央，作为一道堤坝，想阻拦又无力阻拦。随着风结的消失，河床就会滚动着石头一样沉重的呻吟。如果在严冬，这呻吟会密密地穿透一个人的灵魂，让他终日难以安宁，恐自己在哪一刻里变成了任谁都可食可餐的冰棍。

眼下正值九月，盛夏刚开始消退，水稻的醇香，不时弥漫到河里，被风无情地吞没。

第二章

西河镇内,灯盏在一只只消失,灯光在一点点暗淡,如同行将死去的老人,在一丝丝地合上昏黄的眼睛。

一只狗忽然吠叫起来。

一只烟囱忽然冒出一串火星。

一只手电筒的光柱忽然刺向天空。

一个干部忽然大声教训着谁。

一支笛子响了半句忽然又无声无息。

日后,我记起这个恐怖之夜,我想象赵老师死后那副惨状,不得不琢磨爷爷的话。

爷爷说,你不该将西河镇想成棺材和死人,所以,这是凶兆。

此刻,爷爷开始很凶地喊我了。

爷爷喊道,你那个野种,死到哪里去了哟!

"哟"字拖得很长很亮。爷爷唤我的声音是镇里一绝。这是他在儿子、儿媳妇暴死之后,含辛茹苦练就的。其实,他喊的那些话离远了根本听不清,我是从"哟"字反推回去的。他唤我时总是这样开头。

喊过几遍,爷爷开始累了,不那么凶,换了温和的调子。

爷爷喊道,学文,回家睡觉了哟!

每到这里,无论我在忙什么都会答应的。

13

父亲死的那个夏天,我正在田里薅秧,翠水来了。

翠水大我六岁,大习文五岁。

翠水问,你爷爷呢?

我说,人有个姓,瓢有个柄,你问谁呀?

翠水一笑,说,我真的没发现学文长成大人了,可你晓不晓得,有的瓢就是没有柄。

我说,只有圆葫芦瓢。

翠水说,错了,我身上就带了一只,你想要吗?

我明白她说的是什么,便说,你留着舀粥喝吧。

翠水说,这大一块田,你一个人几时能薅完,我来帮你一把。

翠水说着挽起裤腿下了田。

翠水薅田时,时常用她的脚来碰我的脚。她那双小脚圆纠纠的,不很白,但那肉奶奶的模样很诱人。我看了几眼,觉得很像雷击那天,茶叶丛里和爷爷的脚搅在一起的那一双。

翠水说,我离婚了,你晓得不?

我说,我不晓得什么叫离婚。

翠水说,离婚就是没有男人管我了。

我没有回话。

翠水又碰了一下我的脚,她说,你在想心事。

我说，没有，我想我爸说赵老师的话，我爸总说赵老师天生就不是种田的料。

翠水说，你怕不是想赵老师是不是种田的料，而是想他女儿习文。

我说，想又怎样，她比你好。

翠水说，她教你亲嘴儿了？

我说，你别管。

翠水说，我晓得她不会教，我教你行吗？

见我不说话，翠水又说，我每天都刷牙，我留了一条黑妹牙膏，你跟我去，我可以再刷一次，再教你。

翠水说着就伸手拉我。

我犹豫地说，田没薅完呢。

翠水说，怕什么，还有明天。

翠水领我进她家时，五驼子正在堂屋里用力磨那几把屠刀。磨好了的和没磨好的，都摊在他的脚边，亮铮铮的，几个人影在里面晃动。我用心一看，发现正是自己，不由得吓了一跳。

翠水小声对我说，别怕，连我都不怕他，你怕什么。

五驼子一抬头，问，你们说我什么？

翠水说，说你这刀太钝了，要多磨会儿。

五驼子放下正在磨的刀，拿起已磨好的刀，用手指试了试，就真的重新磨起来，嘴里还不停地嘟哝什么。

翠水将我领到她的房里，关上门后，便捉住我的双手向自己胸脯上按。我一点没防备,两只手就被她放在那对乳房上揉了几把。我正想挣脱,她自己先软了,绵绵地往床上一倒,半是呻吟,半是叫唤,直要我上去摸摸她。

我不肯,说,我只学亲嘴儿。

翠水说,你来吧,我教你比亲嘴儿更好的法儿。

我说,我是童子,才不吃你个亏呢。

翠水说,你爷爷为什么招惹人,姜是老的辣嘛。女人也是一样,姑娘只好看,好用的是嫂子。

我说,你太野气了。还说话不算话。你教不教,不教我就走了。

忽然,爷爷在远处喊起来,你这个野种,跑到哪里去了哟!

我说,我真的要回家。

翠水说,教教教,我这就教。

说着,她从床上滚起来,上前搂我。这次我有准备,猛地一闪,躲过了她的双手。

我厉声说,亲嘴就亲嘴,别用手。

翠水一怔,说,学文,你真的要让我好好教几次。

我说,不行,你将手放在背后再过来。

翠水只好将手反剪在背后,微张着双唇凑过来。我张开嘴,咬住她的下唇。

这时,爷爷开始用温和的调子喊我,学文,回来吃饭哟!

我忍不住应一声,呵!

这一声应，将一大口气全吹到翠水的肚子里去了。

翠水从此患上咳嗽病，据说是我将她的肺弄坏了。她并不怪我，这一点，她比五驼子善良许多。翠水不久又怀孕了。怀孕后，她匆匆忙忙找了一个男人嫁出去。出嫁那天，我们去讨喜糖吃，她吓唬我，说她的大肚子是我那口气吹的。

14

现在，爷爷又开始温和地唤我。

我正想回答，背后传来一声叫：啊——

后来，爷爷说这是鬼叫，鬼是人变的，所以叫起来像人。

这声叫是那样的惨，身下的大石头惊得抖了几抖。西河镇四周常有野兽出没，镇内常听说有鬼魂出现。野兽我见过。鬼魂我从没见过，但大人们常说得活灵活现的。我分不清是兽叫，是鬼叫，还是人叫。

在很长一段时间里，夜里睡觉独自蜷缩在被窝里，一想起那声音，就有末日来临之感。那声音里有五驼子杀猪屠牛时，畜生们那种绝望的惨叫：猪死前的尖叫穿心透骨，牛断气时叫得昏天黑地，那声音里像有人在做垂死挣扎。

叫声初起，我下意识一回头，见到一只巨大的怪影正朝我扑来。于是，我开始拼命地往回逃。

记得自己是一边逃一边喊，救命啦，鬼来捉我了。

爷爷却说，你当时一头撞进门来，钻进我的怀里，将一个指头指着身后，一个字也说不出来。

我当时吓蒙了这一点是千真万确的。爷爷用筷子撬开我的牙齿，一边拍打着我的胸口，一边慢慢地灌进一大碗温开水，直到我开口讲话。

说了经过后，我的四肢仍是冰凉。

爷爷认为我这是让鬼吓丢了一些魂魄，得去原地找回来。

此时的天空更黑了，风吹得格外的阴森，青蛙不时像豹子一样从草丛中跃出来，使人心惊胆战，小虫儿则一会儿呻吟，一会儿嚎叫，一会儿怪声怪气地狞笑。

爷爷端了一碗米，一边走一边洒，还一边长长地叫着，学文，回来呀！

我端着一碗清水，紧紧地跟着爷爷，一声声应着，回来了，都回来了！

听着自己的声音，我更加害怕。

爷爷非常信鬼，一有小灾小病，便又是烧纸钱，又是插桃木剑，但他又胆大包天从不怕鬼，镇上有人家迁坟时，总是请他去捡那些烂成了泥的骨殖。

赵老师总说没有鬼，但他白天黑夜里走路，只要一有动静，就吓得面色如土。

我问这是为什么。

爷爷说，为人不做亏心事，不怕半夜鬼敲门。

可爷爷是做亏心事的。他常在夜里出去，天亮前回来时，总是背回些红芋、玉米或鸡鸭，甚至还有弄得半死不活的小动物。

西河镇只有赵老师不做亏心事，所以，大家常在一起鄙视地说，赵长子真是无用透顶，连坏事都不会做。

去年腊月底，眼看就是大年三十了，家里还没有一点肉。爷爷整天叹气，说活人还好说，那些在天的祖宗不用点荤菜祭一祭，日后哪有脸面去见他们呢。

夜里，爷爷趁我睡着后溜了出去。

那天正下着雪，我起床屙尿时，雪花飘落在颈上，北风吹得人张不开嘴。我看见一行脚印顺着家门口一直往街上去了。

早上，我被广播吵醒了。

镇长在广播喇叭里尖声尖气地骂道，哪个胆大包天的王八贼，竟敢偷到我的头上来了，昨晚好好的一窝鸡，妈的，今天就只剩下几根鸡毛，妈的，西河镇除了赵长子以外，全都是贼种。

下午，爷爷回来时，各样的年货都有了。

我说，昨夜镇长家的鸡被谁偷的？

爷爷一笑，什么偷，谁吃不都变成屎！镇长也是的，这点小事翻出这大的浪。一个女人家家的，这么不要脸，在广播里骂丑话，就凭这偷她家的东西是瞧得起她。

夜深了，河风更大了。

爷爷吩咐我在大石头上守着，他自己去河滩上找鬼说说，讨回我丢的那些魂魄。

爷爷在河滩上走了一阵，然后站着不动，往后又蹲下去摸索一阵，最后才紧紧张张地往回走。

往回走时，爷爷在大石头底下稍稍滞留了一会儿。

这时，西河上游传来一阵轰轰声响，一片白花花的光亮顺着河床往下倾泻。

我连忙提醒爷爷，水库开闸了，大水下来了。

爷爷在大石头下面说，别作声。

一会儿爷爷爬上石头，挨着我坐下。

我说，我能说话了吗？

爷爷说，说吧。

我说，找到鬼了吗？

爷爷说，找到了，死鬼活鬼都有。

坐了一会儿，爷爷拉着我的手往回飞快地走着。

半路上，他没头没脑地朝我说，你的书这回算是读定了。

进到镇里，穿过一条小巷，见翠水的那只红纸糊的窗户还亮着，映得半条街都是红的，翠水大概正在脱衣服睡觉，那人影伸缩几下后，红窗纸上便出现一只老大的乳房。

爷爷让我自己回去，好生睡觉。

我不肯，说，我怕鬼再来捉我。

爷爷说，现在没有鬼了。

我还是不肯定。

爷爷说，你别以为我去找翠水，我不找她，我找她爸五驼子，我真的有要紧事。

没办法，我只好走。

走了一阵，听到身后有叩击声。我回头看了看，却没法看清爷爷是叩翠水的窗户还是叩五驼子的家门。

15

天没亮爷爷就喊醒了我。

上学的行李他都替我收拾好了。

西河镇是客车终点站，容易搭上车。可爷爷非要我走十里路，到一个小站去等车。

我说，你这不是巴不得人死吗?!

爷爷说，不听老人言，吃亏在眼前。

下一站叫甲铺。

甲铺的招手站牌下别无他人。爷爷掏出一只布包，亲自塞进我的贴身衣兜里。

弄好后，爷爷说，这是一百元钱，好生点用，要管半年啰!

我问，这么多钱，是哪里借的?

爷爷说，你只管多读书，多识字，别的少问。

远处传来一阵汽车喇叭声。

爷爷说，客车来了，车上可能都是熟人，有人若问，你就说多走几步可以省几角钱。

一会儿,客车来了。

爷爷又说,昨夜听见鬼叫的事,你不要和任何人说。说出去会不吉利。

车停下来后,爷爷将我的行李搬上车,有几个人和他打招呼,他也顾不上回答。

爷爷退到车下时,我想起习文说的,让我走之前到她那儿理个发,就冲着爷爷说,我没有和赵老师告别,回头代我谢谢他。

大概是汽车在呜呜呜笛,没听见,爷爷对我的话一点反应也没有。

车上果然都是熟人,翠水和蓉儿都在。

蓉儿穿着一身新衣服,眼圈红红的,脸上也阴阴的,几次扭头想和我说话,可嘴唇一动又缩回去了。

蓉儿的母亲和几个婶娘坐在她的周围,身上也都是穿着八成新的衣服,喜气洋洋的脸上隐现着少许不安。

我听见坐在旁边的一个女人和另一个女人窃笑着说些什么,其中一句是,瘸子去相亲,男的怕是个瞎子啵。

翠水坐的双人座上,另一个人是金福儿,她将头靠在金福儿的肩膀上,像是睡着了。

车上的人差不多都没理我。

只有金福儿和我说了一句,问我怎么才去报到,大桥都走一个星期了。还对我说,大桥和我是一个寝室,但不是一

第二章

个班。

蓉儿一家在一个偏僻山村前面下了车,她们一下去,路边的一群人便围了上来,都是一脸的笑。

蓉儿的母亲接过别人递来的一支烟,叼在嘴上,一个男人连忙用火柴给她点火,划了几根都被风吹熄了,蓉儿的母亲就自己从口袋里掏出一只打火机,手指一蹭,火苗蹿出老高。

客车开出老远,我还看见蓉儿母亲的嘴巴仍在冒烟。

我在县一中大门口下车时,翠水仍在金福儿的肩膀上睡着。

我挑着行李去了学校总务科。总务科的会计接过我的钱,说,你是最后一个来报到的。

会计数钱时,眉头一皱一皱的。那钱脏兮兮的,上面有很多油渍。

望着那么多的钱,我心里很奇怪。爷爷去年借钱是那样的艰难,东家几角,西家几块,才将学费凑齐。这一次,挨到最后却如此顺利,眨会儿眼就齐了,简直像去银行里取存款一样。

会计将钱数了两遍后,退回十元钱。

我小心翼翼地问,学费是多少?

会计说,一百元呀,你不晓得吗?

我说,你是不是数错了,这钱正好是一百块。

会计犹犹豫豫地又数了两遍,然后不高兴地说,你这钱是偷来的还是抢来的,怎么自己没个准数。还怀疑我数错了,是不是想学雷锋,搞捐献,那你就交一百一吧。

我捏着钱不作声,手心却直冒汗。

出了总务科,我看了看手中的十元票子,那汗渍渍的样子,很像昨天赵老师准备送给我的那一张。

我找到了自己的寝室。分给我的铺位上,被先到的同学扔满了月饼包装纸。除了过年以外,我和爷爷没有别的节日,我不知道别人的中秋节是在什么时间。

这时,下课铃响了,我赶紧挑上随身带来的柴和米,到事务长那儿换成饭票,我没有钱买菜票,只能吃从家里带来的腌菜。

回到寝室,大桥一脸激动地冲过来,双手抱着我的肩膀,连声说,特大新闻!特大新闻!

我说,闻你妈的屁去。你以为我读不成书了?我偏要读。

大桥说,你读书算什么新闻。赵老师被人杀了,杀成了五马分尸!

我说,大桥,你放屁连臭都不臭。

这时,班里的学习委员苏米进来问,你是学文吧!

我说,是的。

苏米便告诉我,班主任听说我来报到了,让我去领书,下午要上课。我便和苏米一起走了。苏米剪着男孩一样的短发,穿着一件牛仔裙,胸脯也凸起来了,走路的姿势很像电视里的香港女孩。我知道大桥一定在盯着看她,便回头呸了一下。

第三章

16

　　傍晚的县城很乱,烦人得很。

　　我在教学楼顶上想念习文时,苏米从楼梯口钻出来,告诉我,大桥在到处找我。

　　我说,他其实是在找你。

　　苏米说,他像个绿头苍蝇。

　　我说,你们干部子弟总是互相妒忌。

　　苏米说,你怎么晓得我是干部子弟?

　　我说,香水告诉我的。

　　苏米说,你是狗鼻子,真会闻。

　　她伸手要戳我的鼻子,我假装看楼下什么,躲开了。

　　我一伸头,就被楼下到处乱窜的大桥看见了。他叫了一声,转身便往楼里钻。

苏米说，我先走了，免得他看见了到处乱说。

苏米已洗过澡，换上了一条裙子，那走着的背影，使我真想上去做一回抚摸。

大桥走上楼后，用鼻子狠狠嗅了几下，然后问，苏米来过这里？

我说，我也觉得她来过了。

大桥说，你不晓得吧，苏米的爸爸是公安局的刑侦队长。

我说，你是说她会瞧不起我？

大桥叹了一声。这一回你别和我争好不好，我把习文让给你，其实你和习文做一对儿很合适。

我说，那我就将苏米让给你了。

大桥立即从口袋里掏出一片口香糖递给我。我接过来，剥开塞进嘴里嚼起来。

大桥将口香糖嚼了几下后，一伸舌头，接着就吹出一个白泡泡。我学着试了几下，总吹不成。

大桥说，等你吃了一百块口香糖，就会吹了。

我说，我才不吹，难看死了，像是一只避孕套。

大桥笑了一下，说，难怪苏米嫌我吹泡泡呀，一定是这个原因，我也不吹了。

这时，苏米又转回来了，说，我找你半天，你在这里躲着呀！

大桥忙说，我也在找你呢。

苏米说，我是和学文说话。学文，你耽误了一星期的课，我把我的笔记给你抄一下,再不懂的,问我也行,问老师也行。

我和苏米正要走,大桥忽然说,学文,中午我说的话是真的,赵老师真的被人杀了。

我说,那一定是你当的凶手。

大桥说,我怎么会杀他呢?

我说,你见习文不理你,就起了报复之心。

大桥说,要杀我就杀金福儿,杀他干吗!

苏米问,习文是谁?

我说,是赵老师的女儿。

大桥忙插嘴说,学文和她非常好。

苏米看看我,说,我爸今天上午去了西河镇,说是那里有一个人被杀了。到现在还没回来。

大桥得意起来,说,我没骗你吧!

我很烦,说,你得意个屁,西河镇那么多人,任凭杀谁也杀不到他头上。

苏米也说,你这个人怎么这狠心,别人死了你还得意。

大桥一下子蔫了。

我和苏米走到教室,抄起笔记。教室很热,苏米在背后用课本给我扇风。还没到上晚自习的时间,教室里就我们两个。我回头看了一眼。发现苏米正在看我,便不敢再回头了。

一会儿,苏米在我背上拍了一下,同时说,蚊子。她摊开手给我看,却什么也没有。她说,跑了,没打着。苏米的手,白得像粉做的，几颗小指甲似贝壳一样嵌在指尖上。

忽然，我想起了习文，便站起来。

我说，我不想抄了，我要去找胡校长。

苏米一点不生气，说，我陪你去。

我说，你要招呼大家上自习呢。

苏米说，我晓得胡校长的家，把你送到我就回来。

我说，城里的女孩真难缠。

苏米说，我和她们不一样，我喜欢穷人家的男孩，有志气。

我说，若是我父没死，我家一点也不穷。

苏米说，你没来报到时，我就晓得你的事了。是胡校长对我说的。

苏米又说，胡校长坐牢的冤案是我爸帮忙平反的。

黄昏的时候，我和苏米走在校园的林荫道上，惹得不少同学驻足观望。苏米一点不在乎，而我却总觉得不对劲。

苏米领着我走到胡校长门前时，听到屋里正在争执。胡校长写了个什么东西，他爱人怕他犯错误非要他烧掉。胡校长执意不肯。爱人就说他七八年的牢是不是没坐够。胡校长发脾气说他坐牢是为了信仰，一点也不后悔。

苏米一敲门，屋里就静了下来。

胡校长的爱人开了门，将我们放进去。

苏米进屋就说，胡校长，学文来问个准信，他听大桥说，赵老师被人谋杀了，是不是真的？

第三章

胡校长仰天长叹一声。

他爱人说，是真的，我们也是刚得到的准信，胡校长他正在写悼词呢！

我说，胡校长，这不可能。

胡校长说，我，我也不相信啦！

说着，胡校长就哭起来，先是默默流泪，随着便大声号啕。他爱人赶紧关上门，回头再叫他哭小声点，免得别人听见了不好。

胡校长一抹眼泪，说，人死了我哭都不能哭。我不是哭他，我哭我自己。哭我的良心，哭我的信仰，哭我的可怜可耻。论学问、论人品，我连老赵脚趾缝里的泥都不如。我现在活得人模狗样，他却落得如此下场，你说这天理何在?!

这时，苏米也流出眼泪来。

不知为何，我却没有哭。

胡校长的爱人说，你都当了几年的校长，连学生都不如，学文可是老赵一手教出来的学生呢。

这一说，胡校长才冷静下来。起身到卫生间洗了个脸，出来时像是换了个人。

胡校长说，老赵的悲剧也怪他自己，我跟他说过多少遍，生活在这个社会里，连老天爷都靠不住，什么全得靠自己，别指望有真正的公理公道。不管什么事，赢了，成功了，才是最重要的。

苏米和胡校长他们说了一阵话，我一声也没吭。

告辞出来后,在一处灯光照不到的地方,苏米站住了。

她说,你怎么不哭又不说话,这样会更难受的。

我还是不说话。

苏米说,我会叫我爸早点破案,将凶手枪毙了。

苏米上来捉住我的双手,很温柔地捏了一下。她的脸几乎挨着我的脸了,我想,她也许在等我亲她一下,但我站着纹丝不动。

苏米从暗处向亮处走时说,我晓得,你在惦挂着习文。

突然间,我说,你其实用不着瞎猜,我只是无论如何也不相信会有人对赵老师起杀心。镇上最该杀的,除了金福儿以外,再就是五驼子。我差一点说出蓉儿的爸爸和大桥的妈妈来。

17

赵老师死之前的那天,曾问我们上没上五驼子和金福儿家借钱,爷爷只是随口就骂了一句。实际上,我和爷爷去了他俩的家里。

五驼子家离得近一些,就先去。

五驼子是个屠夫,《水浒传》里称屠户,西河镇的人都叫他杀猪佬。

赵老师讲课时曾说,帝国主义反动派是杀人不眨眼的屠夫，顿一顿后，又补充一句，五驼子也是屠夫，但和那些屠夫不一样，一个是杀人，一个是杀猪，所以，这是本质区别。

五驼子先前的肉铺很简陋，左右两边加上背后用几块篾席一围，捆在四根木柱上，再用稻草和着黄泥贴上一层，顶上盖几块油毡，里面放一张肉案，便做开了杀生的买卖。每日里生意兴隆得很。

这块地盘本是镇供销社的。

供销社几次规划在这儿盖座小楼办食品店，因为撵不走五驼子，终归没有盖成。

五驼子本是供销社职工，他是镇上吃公家饭的人里，第一个停薪留职并先富起来的。那时他哥哥还没死，在镇里当镇长。镇里搞改革，动员人停薪留职，很长时间无人响应，他哥哥就叫他带个头。后来，五驼子总在说，他是西河镇改革的春风和带头人。

五驼子的哥哥患尿毒症死后，当妇联主任的嫂子被破格提升为镇长。几年之中，嫂子虽没嫁人，却也不再和五驼子往来，只维持一个亲戚名分。

所以，供销社的人完全不必怕他让他。

供销社的人怕他并让着他，是他只有八个指头。

18

西河镇有句俗话,四只眼睛的人善,八个指头的人恶。

四只眼睛是指赵老师。

八个指头是指五驼子。

不过,这句话里的善,是那种"人善被人欺,马善被人骑"的善。

前年夏季的那种闷热潮湿天气,虽然和以往的同样节气没有两样,可我却觉得它特别地让人无奈。父亲、母亲的突然去世,无疑也是对我的一次雷击。

黄昏过后,爷爷拿着一只手电筒送我到西河里洗澡,破败的街景和一些半裸着的乘凉人,让人看了难受。几个住在孤单小院的女人,一点不在乎围墙的矮小与残缺,裸着上身坐在竹床上。手电筒一晃,晃进围墙的缺口,照见女人那对干瘪的黑乎乎的像两只没长大便枯死了的葫芦瓜一样的乳房,大蒲扇扇一下,它要摆两下。女人骂了一句,随手用蒲扇遮在胸前,身子并没动弹,那样子真有几分凄凉。

爷爷嘟哝一句,残花败柳。

路过一家酒馆时,见镇文化站站长老高正陪着一个瘦老头在那里喝酒。

爷爷咽了一口痰,说,这么热的天喝"双沟",不怕烧死。

第三章

酒馆里的人没听见，两个人又举杯碰了一下，然后一饮而尽。

爷爷说，学文，你一个人先去洗，我说说话就来。

我知道爷爷酒瘾犯了，想凑上去喝几口。

我说，我要是淹死了，看你怎么办。

爷爷没办法，只好仍旧陪我去河里。

洗澡时，爷爷直催我快点。

返回时，酒馆已经关门了。

离开酒馆，又走了两百多米，迎面碰上老高和那瘦老头。

老高冲着我们说，你们去哪儿了，我们在你家门口等了半天。

爷爷说，有事就找我，喝酒时怎么就想不起我？

老高说，这次不找你，找你孙子学文。

老高指着那瘦老头，说他是省里的作协会员，地区的作协理事，县文化馆搞创作的董先生。

董先生专程来找我，是为了一条谚语的事。

放暑假之前，我到镇文化站看电视录像。前一阵是请翠水帮忙看门，翠水不要我买票就放进去看。老高有意见，总说要辞退她。这天我去时，老高真的将她辞了，换上他的媳妇。我不愿买票，在门外转悠时，见到墙上贴着一张广告，说是县文化馆征集民间谚语，入选后稿费从优。

我当时就找老高要了一张纸，将"四只眼睛的人善，八个指头的人恶"这句话写了交给老高。这是我一时心血来潮，还没等到雷击事件发生,我就将它忘了个一干二净。

老高也听说过这话,但他不知道这话的来历。只有我知道,这话最初是由爷爷说出来的。

董先生找我就是为了寻根刨底,弄清这句谚语的来由。搞清了,就可以上县里的《民间谚语集成》;搞得好,还有可能上省里和国家的《民间谚语集成》。就可以流传百世。

爷爷一惊,说,真想不到臭狗屎一样的赵长子,能写到书里,一代一代往下传。

董先生说,你也要写进书里,这条谚语底下肯定有注解,说是你创作的,学文收集的,名字也掉不了。

爷爷说,赵长子在正文里,我在注解里,我成了他的陪衬。

董先生说,注解很重要。

爷爷说,我晓得,毛主席著作里的注解,总在说,谁是叛徒汉奸,谁被抓了俘虏,谁被镇压枪毙。

董先生说,新出版的毛主席著作,将很多注解做了纠正。

爷爷说,我不想将来让人去纠正。

这时,老高插进来说,选不选得上还说不定呢,你就开始争多嫌少。我认为不管怎样先要力争能入选,这事你不懂,我懂。它可以算学文的作品,入选就等于发表,将来学文参加中考或高考,说不定就能够加分呢!

爷爷想了想,便说,要搞你们搞,反正这事与我不相干。

爷爷把我甩给他们,走时很有些愤愤不平。

第三章

我们正在当街上商量去哪个地方谈谈,爷爷又转回来,将老高唤到一边。

爷爷说,这个姓董的以前是不是右派?

老高说,你怎么晓得的?

爷爷说,看看他那模样和立场就能猜个八九不离十。

我们三个人后来还是去了文化站,待我从文化站往家里走时,沿街乘凉的人都在议论,说狗日的赵长子这回要上书里了。

找我的事一个晚上足够用,实际上大部分时间里董先生都在和我闲扯,问赵老师在学校里的情况。

董先生原说第二天早上回县里。

第二天中午放学时,我看见他从路边的一座厕所里钻出来,站在路边系裤带。我上去问他怎么没有走,他告诉我,他正在对赵老师进行一次深入的采访。

我从没见过采访,只听说采访是一件很了不起的事,就想去看个究竟。回家匆匆盛了两碗粥。为了赶时间,我大块大块地嚼着暗红色的辣椒。辣椒很辣,逼得自己顾不上粥烫,拼命地一口接一口往下喝。吃完第一碗后,爷爷还未上桌,我便将爷爷的一碗倒过来,再去锅里给他盛上。第二碗粥因为凉了一会儿,我吃得更快。

爷爷在我进门时,刚开始用一只铁丝做成的小勺子掏耳屎,一副非常惬意的样子,极舒服时,嘴角很夸张地歪到了一边。眼睛时睁时闭,睁开的时候也不大看我。

我以为他不会注意到,搁下碗筷便往外走,跨过他伸出老长的两条瘦腿,我忍不住吹了一声口哨。

爷爷忽然在背后说,就是赶杀场,也还没到午时三刻呀!

我没有理他。一直走到赵老师家门口,却不敢贸然进去。

习文手拿一只水瓢从屋里走出来,说,是你呀,怎么不进屋,当心头上晒起包来了。

我说,董先生在吗?

习文说,在,正在采访呢!

我蹑手蹑脚走进屋,见董先生和赵老师正面对面坐着说话。

董先生说,我女儿和你女儿一般大,长得也很像,高矮也差不多。她也穿三十六码的鞋吧。

赵老师说,去年还穿三十五码,今年又长了一码!

董先生说,有机会让她俩见个面,认个干姐妹行吗?

说着,两人都笑起来。并且笑个不止,后来眼睛都是湿润润的。

我在一边看呆了。生在西河镇这么久了,我还是第一次看到赵老师这么舒心地笑,也是第一次见到赵老师的笑也有不难看的时候。

赵老师和董先生边说话边用麦秆编着辫儿,两人都很熟练,脚旁黄灿灿的草辫已盘成很高一堆。

赵老师地里的麦长得瘦,麦秆儿长得又细又白。到了初夏，他就将它们割下来，先一根根摘下穗儿，再去掉底下的老秆，只留顶上的那一长节，扎成把，码成堆，有空就拿出来编成辫儿，然后由习文缝成草帽，拿到镇上去卖。早些年，镇上大多数人家都编草帽。女人出门无论阴晴，总要背一顶白草帽，上面画一颗红五星，加上毛主席万岁或共产党万岁或为人民服务等文字，也有写兴无灭资和斗私批修的，男人也戴草帽，但都是旧的和破的。那时，供销社收购草帽，麦收之后的整个夏季，每隔几天就有一卡车草帽被运到外地去。每逢开会时，女人们就像现在手拿毛线团一样，拿着麦草秆编草辫儿。这些都已过去了。现在，西河镇只有赵老师还在用着麦草秆编草辫儿缝草帽。镇上人都不买他的草帽，怕惹晦气，只有过路的外地人图个便宜，临时买一只用用，用完就扔。渐渐地，赵老师编的草帽还没卖出去，就变旧了。

董先生说他在劳改农场编了二十多年的草帽。

董先生问赵老师坐过牢没有。

赵老师说，没有。

习文说，你坐了几天牢，怎么说没有。

赵老师说，那是五驼子胡闹，才关了我几天。

董先生说，这可以不叫坐牢，这种情况对于我们是家常便饭。

说着，董先生又要去上厕所，他出了门，便往街边的厕所里跑。不一会儿，又转来了。

我问，你是屙尿还是屙屎。

董先生说，屙尿。

我说，屙尿跑那远干什么，又不是女人非要上厕所。找个无人的地方，不就行了。

赵老师插进来说，人嫌不嫌别人脏，或者脏不脏了别人，都是次要的，最重要的是自己嫌不嫌自己脏和脏不脏了自己。

我想了想这话，觉得难以明白。

董先生摸着我的头说，你书读少了，多读书就会明白的。

再坐下后，他们说的话我依然没兴趣。我一点也没料到采访会是这个样子。

这时，习文将粥煮好了。她预备碗筷时，问我吃没吃，加不加点。我告诉她肚子里一点缝也没有。

董先生吃粥的速度比我还快，并且不用辣椒开胃，嘴张得很大，都快吞下了半只碗，上唇插进粥里，只一吸，半碗粥就咕哝一声进了肚子。再一口，碗里已是干干净净，只有胡须茬上还挂着些粥粒。

习文帮他添粥时，他说，我的吃相很难看是不是？这都是劳改时养成的习惯，不吃快点，别人就会抢光的。

习文只吃了半碗，董先生就说他吃饱了，随手放下碗筷。

我耐心地等习文吃完，然后和她一起上学去。在路上，习文告诉我，说董先生准备将赵老师的经历写成一部长篇纪实小说，让天下人看看，到底西河镇里谁强谁弱。

我那时认为写小说的作家都是一些天才，一点也不相信眼前这个模样连爷爷都不如的老头，会有那种了不起的本事。

第三章

19

爷爷是五驼子的救命恩人。

在西河镇,五驼子的屠刀八面威风,就是一般的干部,也不敢在他的肉案前挑剔。爷爷是少数几个例外人之一,他买肉时,总要与五驼子挑肥拣瘦地理论几句。

我和爷爷去找五驼子打主意前,爷爷犹豫了好一阵,最后还是决定去。

因为前思后想,总觉得五驼子待我家还是过得去。

每次割肉,他总是先用尖刀划出一块白腻腻的肥肉,再加上一小块红彤彤不带一点骨头的瘦肉,放到秤盘子里,一点点地用手指敲那秤砣上的索子,直到秤杆像他女儿翠水的屁股那样翘起老高。

五驼子给我们加上一块瘦肉时,总是很自豪地补上一句话,说,给学文侄儿尝个鲜。

那样子,很明白地是在表示恩赐与施舍。

父亲在他死前的那个端午节,曾为这句话和五驼子大吵了一架。

父亲平常不去买肉,总是爷爷或母亲去,那天母亲刚刚小产,躺在床上。爷爷一大早上山去打斑鸠给母亲补身子,他一直埋怨儿媳妇只给他生一个孙子,之后,老是保不住胎。

割完肉后,五驼子习惯地说了一句,父亲眉头一皱,要他将那话收回去。

一争二吵，后来就打了起来。

我那天正在附近和大桥、蓉儿他们一起蹲在地上打弹子。目睹了父亲英勇无比地将五驼子扛在肩上，隔着肉案，一下子将其扔到街上。

爷爷说过，真正有力气的人，长得并不壮。我父亲就是这样。

五驼子爬起来，便要去肉案上拿刀，但每次都被父亲甩回到街中心。

大桥和蓉儿不玩弹子了，站起来一齐叫，再来一个狗啃屎。

后来，五驼子便扑了过来。

大桥和蓉儿一看情形不对，扭头跑了。

我被父亲的勇敢举动彻底征服，一直蹲在那里出神地看着父亲。完全不知道五驼子是奔我而来。

五驼子一下子将我捉住，并倒提着双腿，大声地警告我父亲，要他跪下求饶，否则，就将我撕成两半。

开始，父亲还强硬地说，五驼子若是敢动我的一根毫毛，就将他剁成肉泥。

五驼子一点不在乎，他撕开我的裤裆，显出我裆里的那团皮外之肉，大声笑着说，他现在不想撕我了，只想一口将这坨做种的肉咬下来。说着，他真的低下头。

我感到五驼子的舌头已在我身上舔动了，就极恐惧地叫父亲快来救命。

在万般无奈中，父亲终于跪在地上，求五驼子放我一条生路。

五驼子放下我，高声对四周观看的人说，他五驼子从来不怕恶人，谁也别想在太岁头上动土。

这场羞辱使父亲半个月没有上过正街。

爷爷打了斑鸠回来，跑到五驼子的肉铺门前，说，我××你女儿。

五驼子不生气，说，翠水是别人的人，不关我的事。

五驼子似乎不记这事的仇。我父亲死后，爷爷再去割肉时，他除了像先前那样以外，称完肉，付完账以后，又另割了一块半肥半瘦的肉扔进我提的篮子里，说这是代表学文的父亲送给学文补身子的。

别人买肉，五驼子完全是另一个样子。

别人买肉时，他割好肥肉后，就一个劲地猛抽烟，或者在一大堆乱骨碎肉中反复找来找去，非逼得人家说话。

买肉的人说，五驼子，找点瘦肉。

五驼子等的就是这句话。

其实，哪怕是赵老师来当主顾，他也不会不给一点瘦肉的。五驼子等这话是要杀人家的威风。人家话一出口，他的眼角、鼻角、嘴角就一齐歪斜起来。

然后，五驼子十分蔑视地说，你这副肠子，也够装瘦肉的格儿？

县城里的人知道西河镇的人爱吃肥肉,经常有人专门来买瘦肉。五驼子特别喜欢将瘦肉卖给县城里来的人。

西河镇平常人家一月吃不上两回肉,所以认为肥肉既解馋过瘾,又滑腻润口,吃一回,三日之内嘴唇上油光不断。之所以要一点瘦肉是装门面,因为城里人喜欢的东西,总是最时髦的。实际上,没有瘦肉一点也不影响西河镇人们的饮食习惯,只是一点瘦肉也不要,怕被人瞧不起,自己杀自己的威风。这一点,就连五驼子也不例外。

五驼子刚停薪留职那年,镇里给他评了一个劳动模范。正月十五那天被接到县里开劳模大会,餐餐吃好肉喝好酒。

五驼子能喝八两酒。他第一餐饭时,就和同桌的几个干部赌酒,结果被那些干部灌得烂醉如泥,大大丢了一回面子。

到吃晚饭时,他便和干部们赌吃肥肉,干部如不吃肥肉可以用酒代,一块肥肉一杯酒。

五驼子像风扫残云一样将桌上的肥肉全吃光了后,又去邻桌拣了几碗肥肉来。结果,几个干部都被他当场放倒,他还举着筷子叫,说他还想吃肥肉,问对方还喝不喝酒。

五驼子的壮举,成了那次劳模大会上最有意思的话题。西河镇人喜欢吃肥肉也因此被县城里的人所了解。

五驼子最威风最得意的时候,是那些阔绰的城里人毕恭毕敬地当他的顾客。尽管后来五驼子车祸受伤住院时,金福儿趁机拆了肉铺盖起栖凤酒楼,将五驼子撵到一条巷子里,城里人还是能找到。

第三章

20

那天,五驼子在巷子里面新做的肉铺中一瞥,见客车上跳下几个城里人,径直奔他的肉铺而来时,他就将肉案下面的那些纯净度达到百分之九十几的瘦肉块,一溜排开放在肉案上面,然后转身上厕所。

那些要赶回头车的城里人,只见肉不见人,就满镇子找他,一口一声大师傅,两口两声老师傅。唤得西河镇人都觉得这些城里人确实贱得很。

叫到后来,终于有机会在一座厕所里找到五驼子。

五驼子不肯出来。

五驼子说,××你娘,老子怎么养成了这么个富贵习惯,一蹲厕所就非要抽烟。我把烟忘在肉铺里了,你们去帮我拿一拿。

城里人赶忙递上一支带把把的香烟。

五驼子不接,说,我不抽这个。

城里人便像兔子一样跑回肉铺,心里不停地咒骂,脸上却笑盈盈地,拿了烟袋,再返回厕所,站在门口递进去。

抽了两袋烟,正要起身,他又"啊"了一声。

城里人忙问,有什么事?

五驼子说,我忘了带揩屁股纸。

城里人说,我这儿有。

说着城里人就从口袋里抠出一团卫生纸,刚要往前递,五驼子忽然发火了。

五驼子说,我就是一生不揩屁股,也不用这种女人的月经纸。

说着,又要城里人到肉铺去将他的专用揩屁股纸拿来。城里人只得依他,再次学一回兔子,去肉铺的墙洞里抠出一团废报纸送来。

厕所里很臭,城里人经不住熏,退到外边去。

五驼子又将他们唤回来,要他们看自己裆里的那坨尿肉,还问是比他们的大还是比他们的小。然后,才系上裤带,走出厕所。

城里人像众星捧月一样,将五驼子拥回肉铺。

五驼子往肉案前一站,那香烟便像机关枪射击一样,突突突地不断射过来。

五驼子对这些很不屑,懒得用手接,那烟就掉在地上,片刻便成白花花一片。

五驼子一昂头问,要几斤?

城里人纷纷抢着说话,都是大数字。

这时,五驼子很威风地一摔屠刀,十分坚定地说,那可不行,都叫你们买走了,西河镇人就不吃肉?我开这肉铺,是响应改革号召,为西河镇人民造福,不是为你们这些城里的老爷谋利益的。

城里人说,一斤肉我们可以多出五分钱。

第三章

五驼子忽然大义凛然,正气冲天了。

他说,要是以为我贪财,今天一个肉星子你们也别想拈走。你们拿着四两棉花纺(访)一纺(访),看西河镇有几个人不是视金钱如粪土。当然,金福儿除外,不在我的数内。说实心话,西河镇如有第二个像你们城里人和金福儿那样贪财的,那今天的香港就不在香港,今天的美国就不在美国,而是在我们这里了。

说着话,五驼子还用脚在地面上用力跺几下。

客车忽然在一旁嘀嘀地叫起来。

到这一步,城里人更低三下四了。

城里人说,我那老爷子明日万寿,点名要老师傅你的肉,说你的肉嫩腻,好消化。

人一急,说错话,被五驼子听出来。

五驼子当即骂了一串脏话,意思是他的肉只给对方的老婆尝!

城里人快成龟孙子了,嘴里连认错,对你老不住!对你老不住!

五驼子还不甘休,说,你还像金福儿一样想骗老子!你以为我不记得,上个月来时,你也说老子做寿要好猪肉。你有几个老子。

此刻,城里人的威风傲气荡然无存,其模样完全与赵老师相同,哀求地说,我为了添个儿子,丢了工作不说,还叫居委会罚得连老婆的裤子也卖了。就指望来您老这儿倒点猪肉回去，卖个好价钱，度一段日子。

五驼子听了大笑，说，听说城里又有嫖客了，你可以开妓院嘛！

西河镇人听了这话后，笑得像醉了一样。

五驼子既开心又威风，将肉案上的猪肉拣了一堆，倾倒在城里人的蛇皮袋里，称也不称，口报一个数，还申明，少一两赔一斤。

城里人不放心，拿到秤上一称，果然只有多的，没有少的。

五驼子在两件事上绝对正派，一个是从不短斤少两，扣人家的秤；二个是绝对不贪别人的女人，对别人的女人，像骂城里人那样骂几句，就算到顶了。

城里人买了肉，上车后，冲着五驼子笑眯眯地招手，嘴里还学电影里的人物，说几句洋文。

五驼子说，狗东西还不错，晓得感恩戴德。

赵老师在一旁说，人家说是的日本话，是在狠狠地咒你。

五驼子说，你怎么晓得他们说的是日本话？

赵老师说，我学过日文。

五驼子说，哎呀，你这个大汉奸，早点说出来，最少也枪毙你十次了。

城里人一上车，西河镇的人便拥进肉铺，抢那地上的香烟。

五驼子在门口拦住他们，说，让赵长子去捡，捡完了发给你们。

21

一拐出街角，我看到赵老师在肉案底下艰难地钻来钻去。

我和爷爷刚走到肉铺门前，一团猪肉就呼地撞落在爷爷胸前。

五驼子在里面吼道，这肉你要也得要，不要也得要。

蓉儿的爸在一旁很委屈地说，我又没说不要，你干吗发这大的火！

五驼子说，那你为什么磨蹭半天不接过去，也不掏钱出来。

蓉儿的爸说，我在说让你给剁好一点的肉嘛。

五驼子说，你当个村长有什么了不起，还不是臭狗屎一堆，能算哪碗菜哟，也配跑到我这儿来挑肥拣瘦？

爷爷拾起地上的猪肉使劲吹吹上面的灰尘，溅起一些油星喷到我的脸上。

蓉儿的爸接过那块肉，付过钱一声不吭地走了。

赵老师这时正好将地上的香烟捡完了，一只手攥得满满的。他站起来，挨个递上一支烟。

我站在爷爷身后，赵老师很平静地将一支烟举到我的胸前。

五驼子在一旁说，接着，学文侄儿，这是赵长子代城里人孝敬我们的。

我不知如何是好。

爷爷说，接着吧！

我伸出手接过那支香烟。香烟上有红红的血迹，没有血迹的地方依然一片惨白，我扫了一眼，觉得它一如赵老师那干枯少血的手指。

赵老师忽然对我说，你还小，别抽烟，抽烟有碍于健康。

五驼子无缘无故发起火来，说，赵长子，你怎么就不晓得自己闭嘴呀，非要老子帮你！

五驼子一脸凶相，杀气腾腾地拿起母猪屁股上的那坨尿肉，塞到赵老师嘴里。

五驼子说，我也会说日本话：你的良心大大的坏了坏了的！听着，不准吐，给我含着绕镇子走一圈。你要是敢吐，我就让镇长将你的老师的职撤了，退你妈的休去。

五驼子顿了顿，又说，你有什么资格在老子面前逞能，人长得成了一根卵子毛，还妄想当众杀我的威风，也不屙泡尿照照自己。活得像条癞皮狗，还让自己的女儿去学理发，一天到晚抱着男人头在怀里玩。

赵老师说，外面城里，如今理发的都是姑娘女人呢！

嘴里有东西，声音呜呜地听不大清楚。

五驼子说，装什么狗叫，快走。

爷爷紧紧拉着我，小声叮嘱说，别惹五驼子，我们还要求他借钱呢!

我说,五驼子如敢这样侮辱我,我就用那把杀猪刀捅他一个对心穿。

爷爷说,谁晓得长子的骨头长到哪儿去了。

赵老师真的开始按五驼子说的那样走了。

赵老师一走,爷爷放松了对我的注意。我趁机挣脱了,冲出去二十几步,一把拖住赵老师。

我说,赵老师,别怕这个杀猪佬!

赵老师愣了愣后,慢慢地转过身,轻轻唤了一声,学文!

就在这一刻,那团秽物从赵老师的嘴里消失了。

在我上初一的第一天,晚自习回来,母亲忙着打水,让我在大门外洗澡。我不肯,说自己现在是大人了。父亲在一旁笑了起来。笑过之后,父亲许久没有动静,然后说出一句让我们意料不到的话来。

父亲说,我们西河镇人认识的字,大部分都是赵长子教的。赵长子那张嘴真了不得。

现在那团秽物从教会西河镇一多半人识字的嘴里,下落到赵老师的心脏附近的胃里,便像美食一样在胃液中华丽翻腾。赵老师的样子看上去心如止水,脸上平静得如同什么事也没发生过,偶尔有那么一点点表情显露,却是轻蔑、鄙夷与不屑。就像我突然发觉自己长大了一样,这一刻里,我突然发觉了爷爷所说的赵老师那长在骨头里的威风,我仿佛记起赵老师说过的那话:面对别人的侮辱与伤害,不管有多重多深，只要自己能坦然以对，那么它们不但达不到本来想达到的目的，相反地能使自身得到深刻的觉悟与锻炼。

我不敢再朝赵老师看，回头对五驼子说，你不是人。

五驼子愣也不愣，径直大笑起来，说，小子，你的小卵子硬起来了是不是，想要威风，还得先找女人数数那边上共有几根毛！

赵老师正色说，学文他考上了县高中，这在过去等于中了秀才，是不能乱侮辱的。

五驼子冷笑一声说，电影《三笑》里的那个女人唱，秀才本是宰相根苗，你记不记得？

赵老师说，这是唱唐伯虎的。

五驼子说，你大概一天到晚都在背这句词儿啵？难怪呀，长子，你不请示我就将那肉吞下去了，原来是弟子马上要点状元当宰相。不过老子不怕，你吃了我的肉，那就得付钱给我。

赵老师说，是你送给我的。

爷爷一直在想讨好五驼子，以弥补我刚才的过失。

爷爷不失时机地说，送到嘴边的肉，哪个不想吃？是不是，长子？

四周看热闹的人顿时笑得前冲后仰。

赵老师这时已从学校里领回那十元钱的奖金，他几次欲将手伸向口袋，又放了下来。

四周的人都在起哄，长子，你有钱吗，有钱就交出来嘛！

第三章

西河镇人都知道赵老师很少有钱过手，要买点什么东西总是打欠条，然后，人家拿着欠条到学校会计那儿将他的工资兑走。

在西河镇人眼里，这时赵老师一米八几的个头，缩得比不足一米六的五驼子还要矮。赵老师半天才喃喃地说，没有钱，我没有钱。

而在我听来，那声音如金石掷地，铿锵作响，因为在这声音的后面是另外一种声音，它说，你们有知识吗？你们有文明吗？

忽然，金福儿在人圈外响亮地说，长子，别担心，我有钱。

22

很多年以来，西河镇一直没有听见过有人这么响亮地说自己有钱。

金福儿一开口，大家便下意识地给他让开了路。金福儿牵着狼狗黑旋风走到肉案边。

金福儿比五驼子瘦，比赵老师胖，比五驼子高，比赵老师矮。

金福儿走拢来说，五驼子，你也太没志气了，朝长子要什么威风？

五驼子说，我的事你管不了，弄烦了，老子连你一起耍。

金福儿说，可我不一定有兴趣陪你。你这坨尿肉算我买去了，给你一张钱。

说着，金福儿掏出一张十元票子。

五驼子说，还我的肉，那肉我不卖。

金福儿说，不卖？留着自己吃还是自己用？要吃的话，明天我派人送十只给你；要用的话，可能凑不了十只，我总得挑漂亮母猪送给你吧！

五驼子说，我就要这一个。

金福儿说，又不是从你老婆身上剜下来的，这么宝贝！

听到这里，我心里痛快极了。

赵老师却像预感到什么，腰真的弯了下去。

五驼子气得够呛，两块脸可以当猪肝卖，鼻子和嘴，完全能借给铁匠做风箱用。

金福儿转向赵老师说，长子，我替你出了气，你不打算说点什么？

赵老师抬起眼皮，盯着金福儿的脸部。

赵老师说，谢谢！

金福儿说，其实空说一声谢，倒显得虚伪。不如我喊一声，你应一声。

赵老师无奈地点了点头。

于是，金福儿就学起黄梅戏的腔调，长长地叫一声，岳父大人——

第三章

赵老师惶惑地看了看四周。

四周的人都往中间挤,一个个兴奋地叫着,快呀,快答应呀!

最后,赵老师终于低低地应了。

金福儿却说,我没听见,不算,得再叫。

赵老师只好又答应。

金福儿一声声地叫,赵老师一声声地应。

所有的人都说笑破了自己的肚皮。

我没笑,我大声地叫着,有什么好笑的,你们笑个卵子。

金福儿亢奋地说,我叫最后一声,你答应最后一声,便算了,一切拉倒。

金福儿憋细了嗓子,运足了气,高声叫道:岳——父——大——人——

赵老师眼里忽然一亮,猛地一扬头,也学着黄梅戏的腔调答应道:嗯——我的儿——还不快快跪下——给老子叩——头——

赵老师这戏腔一出口,周围的人都惊呆了,好长时间一点动静也没有。还是先前在一旁气闷了的五驼子率先明白过来,并也跟着学叫:我的儿——我的儿——快给老子叩头!

大家终于明白过来后,不由得一齐嘲笑起金福儿来。

金福儿有些恼羞成怒,嘴里不干不净地骂起来。

这时,镇长来了。

镇长瞪了金福儿一眼,说,别人都在忙改革,你们却只晓得欺侮老实人。

金福儿说，改革的目的不就是要搞优胜劣汰吗？

镇长说，不是长子教你们认几个字，你拿什么优！

金福儿说，长子教的字我早忘了，我现在的知识是在革命斗争和生产实践中学会的。

这时，五驼子挤拢来说，姐，有上好的腿精肉，你拿点回去煨汤吧！

镇长看也不看他，说，我最近肠胃不好，不想吃肉。

镇长又说，大家都走吧，别让人以为是西河镇的刁民在闹事呢！

大家散开时，赵老师也要走。

镇长叫住他，说，教育组要开教研会，正在到处找你呢，快去吧！

赵老师惊诧地看了一会儿镇长，将信将疑地走了。

镇长朝金福儿使了个眼色，在头里走了。金福儿赶忙跟了上去。

五驼子在肉铺门口站着，一双眼睛瞪得比猪卵子还要大，嘴里嘟哝，金福儿，你抢我的地盘，霸占我的嫂子，我非得亲手杀了你。

23

爷爷在街上站了好一阵,快要落山的太阳,顺着小街照过来,地上没有一处阴的,一寸寸地炎炎如火。汗珠落下来,立即变成了一股暑气。爷爷没有穿鞋,一双赤脚烙在石板上,很烫,不得不频繁地轮换让一只脚虚踏着。

五驼子的脸色终于平缓了些。

爷爷讪讪地上去搭腔,说,镇长还真不错,大热天还专门跑来看你。

五驼子说,我有什么好看的,她是那东西痒,来找野男人。

爷爷说,镇长也不容易,守寡带孩子,还要抓全镇的改革事业。

五驼子说,你同情她,那你怎么不去娶她做老婆,让别人抢去了。

爷爷说,我这样子只有找鬼做老婆。其实你和镇长很般配,俗话说,小叔不搞嫂,树上不结枣。

五驼子说,我不做流氓事,我一生只睡一个女人。

爷爷赶紧又将五驼子恭维几句。

五驼子听出名堂来,说,你是求我办事啵?

爷爷支吾一下,说,老五,学文侄儿要上学,找你打点主意。

五驼子用手在墙上擦了一下,墙上出现了一只不红不黄的巴掌印。

五驼子回头说,不是说学文要点状元,当宰相了,未必没人上门巴结?

爷爷说,那是玩笑话,当不得真。

五驼子说,林彪说,不说假话办不成大事嘛。我不说假话,也不怕得罪你们。钱我是没有借的,你找有钱人去吧!

爷爷用手抹了一把额头上的汗,说,别怕成了无头债,人死债不烂,将来学文会还给你的。

五驼子烦躁起来,说,那更没有,这小子现在就敢对老子发狠,将来老子老了,还敢找他讨账吗?

说着,五驼子就用手指着我的脸。

五驼子继续说,看看他那个眼神!毒得很,比赵长子和金福儿的眼神还毒。我不会再搬石头砸自己的脚。我当初对金福儿就是没有"宜将剩勇追穷寇,不可沽名学霸王",结果让他翻过身来。

五驼子进屋收拾东西,各种铁器弄得哗啦一片响。一只灰老鼠从墙角钻出来,顺着墙脚贼头贼脑地走着。五驼子抓起肉案上的一块肉骨头砸过去,灰老鼠一下子蹦起老高,然后蹿过门槛,跳入街边的阴沟。

五驼子拎起一根腿骨,掂了掂说,你们可以将它拿回去,熬罐骨头汤喝喝,里面放些冬瓜,味道很鲜。别放酱油,放了酱油就不鲜。

爷爷说，老五，你别扯骨头汤。借点钱给我吧，多少都行。

五驼子将一应屠宰工具用篮子装着提到门外，搁在地上，反手掩上一扇门。

爷爷的身子挡住了另一扇门。

五驼子说，收摊了，我要回家。

爷爷说，老五，就帮我这一次。

五驼子说，半次的半次也帮不了。

爷爷有些火，说，驼子，你可别忘了是谁救了你这条小命的。

五驼子邪劲上来，哗哗几把扒光自己的上衣，恶狠狠地嚷道，我不感你的恩，把你救的命还给你。你说，从哪儿下刀？是剁头、砍颈，还是割肝、剜心？你怎么说，我怎么做！

五驼子从篮子里取出两把刀，互相来回磨着。

五驼子叫道，快说呀，我都等不及了。

爷爷的白胡须颤抖了一阵后，才说，驼子，就算你威风，我怕你，不惹你，可你当心天报应！

五驼子大笑起来，手里的两把刀不停地互相敲击。

五驼子说，你们还相信天报应？天要是真能报应，就不该用雷打学文的爸，而应该打你。你这大年纪，还在搞十八、二十岁的女人，雷不打你，真算是瞎了眼。

这时，我忽然对五驼子说，你还不配遭雷打，你将来一定会让人用臭屁打死。

第四章

24

苏米见到我时眼圈红红的。

上完早自习,我装作在整理笔记,坐在座位上没动。

苏米先和女同学们一起出了教室,等大家都离开了以后,她又一个人返回来了。她是从后门进来的。我听见高跟皮鞋磕磕的声响,就知道是苏米回来了。

我扭过头,望了望她说,我晓得你有话对我说。

苏米点点头,眼圈又红了。

我说,你别哭,让别人看见了还以为我们有不正当关系呢!

苏米说,你这样说,我就哭给大家看。

边说,眼窝里边涨出水来。

我说,你要哭就一个人哭,我不陪了。

第四章

苏米说，你别穷硬气了，我不哭就是了。

她说不哭，可眼泪还是落了几颗下来。后来的眼泪都被她那块香手帕擦干了。

苏米说，我爸回来了。

我说，赵老师的情况怎么样了？

苏米伸出她的那只小手，说，你摸摸，到现在还是冰凉的。

我犹豫了一下，还是用手去摸了。苏米的手果然是冰凉的，如同一只冰棒，和那手一接触，通身就有一种麻酥酥的清凉感，但在最深处却有一股快控制不了的焦灼。

我正想抽回自己的手，苏米抢先将它握住。

苏米轻轻地说，学文，这事让我好怕。

我说，大白天人多，怕什么。

苏米说，我是为你才过问这事的，你得负责任。

我说，我能负什么责？

苏米说，你要安慰我一下。

我说，那你先告诉我赵老师到底怎么样了。

苏米说，我不敢说，晚上你到我家去问我爸吧！

我说，那我晚上再安慰你。

苏米兴奋地直点头。

吃早饭时，我对大桥说，苏米让你晚上去她家里坐一坐。

大桥一惊，说，真的，你不是骗我吧？

我说，晚上我陪你一道去，若骗你，你就罚我。

大桥跳了起来，拖着我到小食堂里，买了十个肉包子。他吃了四个，我吃了六个。

正吃得痛快，我看见一辆吉普车驶进学校，在操场上停下来，从车里走出一个穿花裙子的女人。那女人在操场上拦着几个人说话，后来她又拦住了苏米。然后，两个女人一前一后地朝小食堂走来。

我发现这个从吉普车上下来的女人就是镇长，连忙对大桥说，你妈来了。

趁他回头时，我抓起剩下的一个肉包子，抢先朝门外走去。

我们碰面时，正好在门口。

镇长笑一笑，拍了一下我的头。

苏米见我拿着肉包子，就说，你也学得财大气粗了。

我说，大桥请客，非要我晚上带他上你家去看看。

苏米说，真是俗不可耐。

我说，就让他去吧，看一眼又蚀不了什么！

苏米说，你看着办吧。

大桥在那边根本没有同镇长说话的心思，眼睛老盯着我们这边。镇长吩咐的话，他大概一句也没听进去。

后来，镇长坐上车走了。大桥才想起，说怎么会忘了找镇长要二十元钱呢！

天黑之后，我们往县公安局方向走去。大桥路极熟，问也不问就找到苏米家的那栋楼。苏米告诉过我她家住二单元

第四章

三楼靠东边。

大桥跟了苏米三次梢,只知道她住二单元,却不清楚是哪层楼,他正要敲门问。

我说,你看看三楼阳台上晒的衣服是不是苏米的。

大桥抬头一看,说,是的。

大桥跑上楼梯,前去敲门。

苏米开开门,问,学文呢?

我在楼梯上答应了一声。

进屋后,苏米告诉我,她爸正在洗澡。她切了两块西瓜,将一块大的递给我,小的则给了大桥。大桥只顾看墙上苏米的照片,没有发觉。

西瓜吃了一半,苏米的爸从卫生间里走出来,光膀子上搭着一件背心。

苏米将我们做了介绍。大桥听到介绍他时忙站起来叫了声苏叔叔。

苏米的爸将房顶上的吊扇调高一挡,人站在电扇底下吹了一阵风,才将背心穿上。

苏米的爸说,你是赵老师的学生?

我点点头。

大桥在一旁说,我们都是赵老师的学生。

苏米的爸说,赵老师死得太惨了。

苏米用双手捂着耳朵,说,等我进房去了再讲。

苏米进房去,将门关好。

苏米的爸又说，赵老师让人肢解成六块，头是头，脚是脚，手是手，身子是身子，被水冲了十几里。

我实在无法相信，说，会不会搞错了，被杀的是别人？

苏米的爸说，赵老师身体特征那么突出，闭着眼睛也不会搞错。

我实在想象不出，西河镇有谁会对赵老师有如此刻骨仇恨呢？西河镇不管谁都可以随时找赵老师出气泄愤，谁都可以尽情尽兴地摆布戏弄赵老师，而不会积少成多，积微成巨，酿成招致杀身的深仇大恨。

苏米的爸说，你觉得谁有可能是凶手？

我想了想，说，谁都不可能。

苏米的爸说，人都被杀了，怎么会不可能！

我说，你们不是有警犬吗？

苏米的爸说，河水将所有痕迹冲得干干净净的，警犬是英雄无用武之地。

苏米的爸看了看手表，说，八点了，《德里克探长》来了。

他给电视机换了一个频道。

苏米在房里大声说，你们谈完了吗？

苏米的爸说，出来吧，娇姑娘，没事了。

一直无精打采的大桥，见到苏米就来了精神。

大桥说，一定是有人想独占赵老师的遗产。

苏米的爸说，他有什么遗产？

第四章

大桥说，镇上许多田地和房子都是他的。

苏米的爸说，那在土改时就没收了。

大桥说，现在有可能给他落实一点政策呢！而且他在台湾还有亲人，说不定那边也有一大笔遗产。真是这样，那杀赵老师的人，说不定是个国际职业杀手。

大桥边说边看苏米。

苏米的爸说，你怎么晓得这些情况？

苏米说，他妈是西河镇镇长。

苏米的爸脸上露出一丝鄙夷的笑意。

这时，《德里克探长》正式来了。

从苏米家回来，我就钻进寝室躺下了。寝室里很闷热，大家都在外面乘凉。我对别人说身上不舒服。

半夜里，大桥进来看我。

他说，你没病，我晓得，你在想赵老师，赵老师平时待你最好。

大桥又说，赵老师待我不好，可我也想他。我妈说，他这是为我好。

这些都是心里话。

在镇里上学时，谁都不承认赵老师待自己好，都认为赵老师喜欢谁就是谁的耻辱。赵老师不喜欢谁，谁就感到骄傲。来县城后，见到老师对待某些同学格外亲切，我就想起赵老师。

大桥说，我和你打个赌，赵老师若不是被国际职业杀手杀死的,将来高考时,我一进考场就发头昏。

25

那个让我们既难堪又恼怒的下午,从五驼子肉铺出来以后,爷爷一下子衰老了许多,脚下老是站不稳,摇摇晃晃,仿佛随时都有可能倒在地上,爬不起来。

天黑以后,爷爷一声不吭地弄好晚饭。他默默地看着我吃完,自己再默默地吃。

我捋起袖子到灶边洗碗时,爷爷冷不丁地开口了。

爷爷说,再去金福儿家试试吧!

口气里有几分犹豫。

天上下起了小雨,我们在高高矮矮的屋檐下走着。家家户户的门口都干巴巴地挤着一堆乘凉的人。不时有人朝爷爷打招呼,说爷爷领着我满镇逛,是在显威风。爷爷也真的将腰杆挺得直直的,一脸的春风得意。人家有父有母的孩子,都没能考进城里去读书,一个孤老头领着无父无母的孙子,反倒超到前头去了,实在值得骄傲。

爷爷随口答着,要不你们做大人的死两个试试,说不定也能威风起来。

门口的人说,连赵长子都知道好死不如赖活,我们才不去做蠢事呢。

第四章

眼看快到金福儿家了,爷爷的步子沉重起来,人也有些蔫了。

金福儿新盖的三层楼,比镇农业银行的房子还阔气。农业银行的楼房只有两层,门窗都是木头的。金福儿的三层楼门窗是铝合金的,临街的一面,全都贴着小方块的瓷砖,在小雨中的灯光照映之下,贼亮贼亮。

五驼子曾说,这楼像是镇守西河镇的碉堡,全镇那些旧房子,在这新楼面前,那模样比人磕人的头还要贱几分。

金福儿是靠捡破烂发家的。

我见爷爷有不情愿的意思,忙说,别去求他,爷爷,我宁肯不读书。

下午,金福儿为虎作伥,侮辱赵老师和习文的情景,我半点也没忘。

爷爷站立了一阵,说,长子那话说得有道理,你现在是有点身份的人了,逢人遇事是得要拿个架子出来。

爷爷所说的架子就是威风。

爷爷说,你别去,在这儿等着我,我一个人去就行。

快进金福儿的门槛了,爷爷又退回来。我以为爷爷拿定主意,不求金福儿了。不料,爷爷脱了上衣给我,让我包着头,别让雨淋坏了。

爷爷说,屋里没雨,不怕。

蹲在一处屋檐下,我看着天上的雨大一阵,小一阵,落一阵,不落一阵。街上的灯火,也在不停地变化。地面上的雨水，在光溜的石块上流淌着，弯弯曲曲地发出许多的响声。灰老鼠一点不闲，一群群地在流水中抢夺着食物，不时发生着撕咬打斗。一只猪在雨中哼哼哧哧地走过。一会儿，一个七八岁的少年拿着一根竹杖从后面追上来，拐到前面迎头击了一下。那只猪昂头一拱，少年跌坐街上，嘴里不干不净地骂起来。这时候一只黑狗跑过来，跟在那猪的后面吠叫几声，那猪只好掉过头来，再次从我面前走过。

天上传来一声沉闷的雷响，小街轻微抖了抖。跟着雷又响了一下。雷声过后，街上突然显得寂静无声。

约莫半个钟头，爷爷出现在金福儿家门口，在那儿东张西望。

我想他是在找我，就站了起来。

爷爷朝我做了个手势，让我先回去，自己又转身消失在门口。

金福儿的三层楼房里，一点动静也听不到。那墙是夹墙，玻璃窗子也装的是双层。金福儿对别人说，在他屋里杀人，枪上不用装消声器，外面也听不到响声。

新楼盖起来后，常有些鬼头鬼脑的人进进出出，口称谈生意。那些人都不怎么说话，悄悄来，悄悄去，一个个像鬼魂一样。

金福儿还买回了一条狼狗。那狗也不爱叫唤，特别是咬人时，连哼都不哼一下，就上来了。狼狗是日本种，一切都看金福儿的眼色行事，金福儿叫它怎样，它就怎样。

前些时，金福儿将会说话的保姆撵走了，另找了一个哑巴女人顶替。

五驼子一望见这座楼，屠刀就开始剁肉案，两排牙齿也磨得火花纷纷。西河镇的人都相信五驼子的分析，金福儿将房子盖得这样保密，是好做亏心事。

新楼里也有喧哗时，县里、镇里的干部，各方面的头面人物在楼内时，金福儿一准将所有门窗都打得开开的，让全镇人都随他一起享受那一点一丝的谈笑声与干杯声。有时还有争吵声。

26

爷爷坐在新楼的沙发中，看着全镇最大的彩色电视机，心里嘀咕，金福儿活到这个份上，每天死一次也值得。

哑巴女人在一旁替爷爷扇着风。

爷爷指了指电扇，让哑巴女人去开开。

爷爷想吹吹电扇，蒲扇扇风他自己会，电扇风他很少能吹到。

哑巴女人打着手势告诉他，金福儿不让随便开电扇，浪费电，要多花钱。金福儿还说，由保姆用扇子扇风才是最高雅的。

爷爷说，那不就像旧社会的土豪劣绅吗？

爷爷记得，国民政府时的西河镇镇长，也不如金福儿现在这般威风。国民政府的镇长也曾经养过一只恶狗，但是本地种，有一次那狗想咬他，被他捉住狗尾巴，一下子掼出两丈多远。那狗后来一见到爷爷，便扭头就逃。

爷爷跟哑巴女人说了好多次，他要立刻见到金福儿。

哑巴女人总是叫他先看电视，金福儿在房里有很重要的事。

外面有冷雨，有凉风，什么扇子也用不着，我坚决地等着爷爷，在屋檐下蹲蹲站站。

有一次，我刚蹲下，就打起瞌睡来。

朦胧中，一只小石子忽然落在我的头上。

扭头一看，大桥正在一个墙角里小声地唤我。

我走过去，在他头上敲了一下说，你为什么打我？

大桥摸摸头，用手一指说，你看那是谁？

一个人影在金福儿的楼下偷偷摸摸地晃动着。

我说，是小偷。

大桥说，是赵老师。

我不相信，说，赵老师不会偷人家的东西。

大桥说，他不是偷，是在捡破烂。

我忽然想起，金福儿从前也是捡破烂的。

大桥骂起来，别提金福儿，我要日金福儿的祖宗八代！

大桥告诉我，从暑假起，赵老师就开始天天夜里出来捡破烂。捡了以后就拿到河里去洗，然后，又趁夜里挑到甲铺去卖。赵老师不愿镇上人知道他也学过去的金福儿,捡起破烂来了。

我说,你怎么晓得?

大桥说,有人向我妈汇报的。

我说,谁?

大桥恶生生地说,你别管。

很长时间过去后,我才想到这个人是金福儿,金福儿发迹后开了一个废旧物资回收公司,甲铺那儿是他设的点。在五驼子从前那个肉铺地盘上建起来的栖凤酒楼隶属这个公司。他还一直计划开一个综合食品商店,一有空就在街上的繁华地带窥视别人的房子,有时还公开要人家将房子转让给他。

黑暗中,赵老师轻轻地哎哟一声。

我说,一定是他的手被什么咬了。

大桥说,也可能是被什么划破了。

停了停,大桥问我,赵老师那副眼镜是多少度的?

我说,习文说是一千度的,去年教师节检查身体时,医生说他该戴一千二百度的了。他没钱配新的,便说自己这副戴惯了,舍不得丢。

大桥说,难怪别人说他是睡在棺材里搽粉,死爱面子,穷到这一步,还不肯当众承认自己穷,没钱。

我一下子来了气,说,你是见赵老师这可怜样,来寻开心的是不是?

我憋足劲，只要大桥的话一对不上茬，就狠狠揍他一顿。

大桥出乎意料地说，我爸死了，留下些衣服，我妈几次送给赵老师，他都不敢要。我妈说叫我扔在垃圾堆里，让赵老师偷偷捡回去。

我说，你妈当那么大的官，真要同情赵老师，就完全有能力帮他。

大桥摇头表示这里的情况很复杂。

大桥说，我妈说了，全镇人都在踩他，我妈的官当得再大也没用。

说话间，天更黑了。西河镇的一些房子，像是小孩搭的，歪歪斜斜，东一间，西一间，愿大就大，愿小就小，想高就高，想矮就矮，乱得没有一点规矩。大部分墙角白天都是黑沉沉的，没大人在一旁，小孩都叫怕。在夜里，西河镇墙角的那种黑暗，上了年纪的女人也害怕。

大桥往我身上挨了挨，说，我们看着赵老师将东西捡走之后再走，行吗？

我不由得也挨紧他一些，并点点头。

天太黑，大桥没看清我已点了头。他从口袋里掏出一只月饼，分了一大半给我。

大桥说，一边吃月饼，一边等，行吗？

我说，嗯。

大桥听到我答应了，很高兴地说，我妈很喜欢你，让我从今以后一定要好好向你学习你那种刻苦学习的精神。我妈说,若是她也死了,真不晓得我将来会是什么模样。

我说,你妈死了,对你是有利有弊。

大桥说,我也可能像你那样认真读书了。

我说,但是你没钱呀!

大桥说,没钱怕什么,只要不怄气就行。

我说,你怄什么气?

大桥说,我对不起我爸。我爸死时要我照管好我妈,可我怎么也管不了她。

我忽然不想和大桥说话了。心里想起爷爷是不是在金福儿家的沙发上睡着了。我听人说,沙发绵软,人一坐上去就想睡觉。

爷爷的瞌睡瘾特别大,父亲、母亲死后,他抱着我父亲的头一边哭一边就睡着了,别人都以为他哭死过去了,细听却有鼾声。

27

一些矮房子的灯都熄灭了,只有少数高房子还有亮光,人声是一点也听不到了,只是附近房子里,有一种古怪的喘息声。

大桥骂了一句,流氓!

那时,我的手刚好在他裆里碰了一下,我以为他是骂我,就伸手揪住他的衣领。

大桥连忙用一只手的食指和拇指作了一个圈圈，再用另一只手的食指和拇指插入其间，复又指了指有喘息声的房子。

大桥说，翠水在和男人干这个！

我这才注意到自己就在翠水房子附近。

后来，远远地又响了一阵沉雷，依然没有闪电。

大桥紧张地说，赵老师拿起那包东西了。

我看不太清楚，我眼睛也有些近视。

我听见赵老师轻轻地喊一声，谁掉衣服了哇！

赵老师又小声地喊，谁晒的衣服收掉了哇！

大桥急得直搓手。

我们完全没想到赵老师会这样做。

大桥说，赵老师真是个书呆子，别人丢的东西他也不捡。

这时，赵老师忽然高一脚低一脚地拎着一只口袋跑开了，脚下的破鞋踩得雨水叭叭响。

赵老师刚走开，金福儿楼房的后门吱的一声开了。跟着一个女人走出来。

我觉得女人有些像镇长。

我问，那是不是你妈？

大桥一怔，说，我妈怎么会夜里上这儿来。

大桥又说，我出来时，我妈正在办公室里训人呢！

我又看了看那女人，说，不过我还是觉得太像了。

大桥说，我妈是镇长，她怎么会穿裙子呢！

那女人的确穿着裙子,风一吹,飘得像只大风筝。

女人走不见了。

大桥恶狠狠地说,金福儿,三年之内,要是不杀了你这杂种,我就不是我爸的儿。

这晚,大桥已骂过几次狠话了。

我说,你恃你妈的势,太盛气凌人了。我要走了,不陪你了。

大桥一把拉住我说,我也跟你走,今晚我上你家睡,给你做伴。

我说,我床上蚊帐破了,蚊子会咬死你。

大桥说,咬死了还舒服些,你让我去吧,上床后,我告诉你两个重大秘密。

大桥果然守信用,躺在床上,他告诉我,省电视台看中了习文的嗓子,要习文去省里参加民歌比赛。县里偷梁换柱,派了另一个人去。那个人唱歌像猫叫,却还得了奖,并差一点留在电视台里了。习文比她强,习文若去,一定能唱到北京的春节晚会上去。

第二个秘密是,过两天镇里要开公捕大会,要抓七个人去坐牢。

我盼着大桥嘴里会出现金福儿和五驼子的名字,说到最后一个人,仍不是他俩。

我说,你妈不是清官,一点不贤明。

大桥说,我要是我妈,就先抓金福儿,最少判无期徒刑。

再抓五驼子。

我说，你不会抓五驼子，他是你叔叔。

大桥说，我才不承认呢，我妈也不承认，我总叫他杀猪佬。我妈还想将他的肉铺撵到镇边上去呢！

我说，怎么不撵？

大桥说，还不是在等机会，当领导的人从不蛮干。

28

我刚睡着，又被梦惊醒。我梦见父亲和母亲双双跪在北京的一条繁华街道上，面前铺着一块黄布，上面陈述着他们死去的冤情。不断地有人过来吆喝，说这里不是你们申冤的地方。

屋子里黑洞洞的。

我感到尿急，伸手摸电灯开关的拉线。摸了一阵，手上有了感觉，便开始拉，却是空飘飘的，一点用不上力。这一定又是老鼠将开关拉线咬断了。

我叫一声，爷爷！

隔壁屋里没有反应，爷爷去金福儿家借钱还没回来。

我摸黑起了床，脚下正在找鞋，外面的大门被敲响了。

大桥也醒了，说一定是找我的。

我说，哪个？

敲门的人说：老赵，赵长子。

我说，门没闩，你推吧。

大桥小声说，别说我在这里。

门响了一阵，赵老师踏踏地进屋来了。

父亲死后，爷爷交不起电费，就在墙上挖了一个洞，一间堂屋和两间房，共用一盏电灯，灯泡就安在三间屋交界的那只墙洞里。

屙完尿，回转来我对赵老师说，线断了，电灯开不亮。

赵老师说，不要紧，我屋里黑惯了。

我说，你找我还是找我爷爷？

赵老师说，找你。

说着，他嗓子里闷闷地响了几下。我很熟悉这种声音，爷爷每次想将一阵剧烈咳嗽憋回去时，嗓子里就这么响几下。

赵老师终于没有憋住，很响亮地咳嗽起来。

我站起来，摸到一只茶杯，又摸到开水瓶，小心地倒了一杯水。

递给赵老师时，我反复说在这儿，在这儿。结果赵老师还是没接稳，开水泼了一些在他身上，黑暗中，他哎哟了一声。

喝过水，赵老师说，学文，你白天不该那么冲动，要学会万事忍为先。我们知识分子以知识作为矛，以忍让作为盾，知识不会伤人，忍让可以护身。

我说，这么一味忍，会将人憋死。

赵老师说，忍让是最好的进攻，目的是让他们自己打败自己。他们在找不到对手时，最大的对手就变成自己了。

赵老师死后，我和爷爷说起这事，爷爷只是反复嘀咕着，赵长子这个人啦，赵长子这个人啦。

赵老师说，你晓得人的骨头有几种？

我说，一种。

赵老师说，不，有两种，一种是钢铁做成的，一种是水做成的。钢铁做成的很硬，但很容易断。水做成的就不一样，看起来很软，吹口气也能凹下去几个坑，可你无论用刀剁还是用斧砍，却砍不断它，一松劲它就恢复了原状。你可以要它怎么样就怎么样，可以将它变成空气，变成冰块，但只要一有机会，它就依然成为水。

我说，我还是不想用水做骨头。

赵老师叹口气说，谁又想呢。

大桥忽然在里屋说，贾宝玉说，只有女人才是水做的呢！

赵老师在黑暗中愣住了，好半天才说，大桥，我不晓得你也在这儿，这些随口说的话，你可不要告诉你妈。

大桥说，放心，我和她一刀两断了。

我说，断不了三天。

大桥说，赵老师，你回去吧，这么晚，习文一个人待在屋里不安全。

赵老师嗯了一声，起身离去。

我掩上门后，一屁股坐在床沿上。

大桥叫道，你坐痛了我的手。

我一体会，果然屁股下有条梗。

我说，你怎么晓得习文在屋里不安全？

大桥说，她那小屋孤单单地建在山边，要是有坏人瞅机会进去强奸她，谁也发现不了。

我说，你怎么有这种念头，是不是自己就想这么做？告诉你，你若真对习文有歹心，我就将你活着煮熟吃了，还要喝你的人肉汤。

我将牙齿咬得嘣响。

大桥恐惧地说，你这话吓死我了。我说习文是为了你。但我以后再找到一个女人时，你别再和我争。

29

赵老师刚走，大桥从床上爬起来，要去看看他是不是还拎着那只口袋。

正要出门，镇里的广播响了。

镇长脆脆的声音响彻了西河镇。

镇长叫道，大桥，都半夜了，怎么还不回来？快点回吧，我明天还要起早到县里去开会咧！

大桥双手捂着耳朵说，你叫个屁，我就是不回去，非急死你一回，看你以后还敢不敢乱往别人屋里钻。

镇长叫了几遍后，又改口说，镇上的各位，谁晓得大桥的下落，请到派出所报个信，或者直接告诉我也行。

几分钟后，广播喇叭歇了下来。

大桥钻进蚊帐里，说，真有好多蚊虫，咬得我身上包擦包。

我说，那你趁早回去。

大桥说，别说蚊虫，就是飞机咬我也不回去。

我说，我去报信，看你回不回去？

大桥慌了，忙说，你千万别去，我再告诉你最后一个秘密。

这是一个真正的秘密。

赵老师的前妻在台湾，她写信给省统战部，要求帮忙查找她的前夫，省里将信转到县里，县里一时不敢回复，想偷偷地抢着先解决赵老师的困难，再通知他去信认前妻。镇里秘密清点过赵老师先前的财产后，都感到吃惊。镇中学和镇政府、镇委会那一大片房子，全是赵老师的。

镇里觉得很为难，退还给他，那学校和镇政府、镇委会往哪儿搬呢。就算赵老师同意出租，每年租金得好几万。镇里最后决定，先想办法将赵老师转为公立教师，同时办退休手续，再给习文安排一个合适的工作。这以后，再一边退还，一边请赵老师自动捐献出来。

猛然间我明白，赵老师那么快领到奖金，以及镇长亲自通知他去教育组开会，一定是这锦囊妙计的一部分。

30

爷爷坐在金福儿的沙发上，一下瞌睡也没打。哑巴倒是坐在旁边的小椅子上睡着了。

听到房门响了，爷爷忙站起来迎着。

哑巴惊醒过来，下意识地用扇子朝爷爷坐过的空位子扇了几下。

金福儿穿着一件睡袍从房里走出来，脸上有许多倦容。

见到爷爷，金福儿吃了一惊。

金福儿说，这大半夜的，你怎么来了。

爷爷说，我天一黑就来了，一直在等你。

金福儿说，我在陪镇长有事呢！

爷爷说，晓得你忙，所以不敢叫门。

金福儿说，你还没有看过我的房子吧，我带你到每间屋里看一看。

爷爷耐着性子跟着金福儿到各处转了转，他看到卧室的地毯上扔着一件女人的花裤衩，裤衩边还有几团卫生纸。

金福儿似乎是有意让爷爷看见那些东西，还站在门口，大声吆喝着，叫哑巴进房去收拾。

转了一圈，回到客厅。

金福儿说，我这屋还可以吧！

爷爷说，像金銮殿一样。

金福儿说，人生的事真是难说得很，过去我总不懂三十年河东，三十年河西是什么意思，这一两年才算开了窍。

爷爷说，既然你悟出了这话的道理，那我就直话直说了。

金福儿说，有什么事你尽管说。

爷爷说，侄儿，我想借点钱。

金福儿沉吟一下，说，钱的事本是最容易不过的，特别是你当年对我还有救命之恩。你借钱做什么？

爷爷说，给学文交学费。

金福儿说，侄儿上学的事我怎么给忘了。这个忙按理是应该帮的。只是我手头上实在没有现钱，一连几笔生意都蚀了。今天上午，为了到安徽去搞废钢材，我还去求银行要贷款呢。这些时，我一见人说钱字就心慌。

爷爷说，十块二十块，我不嫌少，一百二百也不嫌多，无论多少，你得帮我一把。

金福儿说，你说蹊跷不蹊跷，前些时，手头上有成千上万的钱，却无人过问。现在我连五元钱也拿不出来，却一阵接一阵的人跑来要钱。

爷爷说，我借的不多，你在柜底下，箱子角上找一找就够了。

金福儿说，你明天上午到栖凤酒楼或者公司里去找我，看能不能凑一点。

爷爷起身欲走，金福儿让他等一等，回头叫哑巴拿了两件半新不旧的衣服，说这是联合国支援中国救灾，请外国人捐献的，如果自己不穿，拿到外面去卖，每件最少可以卖五十块，卖得好可以超过一百。

爷爷拿上衣服就走了。

31

爷爷到家时，已是半夜过后。电灯开关线断了，我摸索着点了半截蜡烛。

大桥一见爷爷手上的衣服就叫起来。

大桥说，学文，别要！这是从外国人的死尸上扒下来的，上面什么病菌都有。有的还有艾滋病。本来工商所要没收，是我妈去担保下来的。

爷爷瞟了大桥一眼，说，你妈真是好干部，待金福儿这样好。

大桥脸上一红，不说话了。

爷爷瞅了瞅那两件衣服，说，管它什么病菌，总熬不住开水烫。

爷爷将两件衣服放进锅里，又舀满了水，盖上锅盖，便去灶后点起火来。

灶火将爷爷映得红通通的。

不一会儿，锅里的水就咝咝作响。

我揭开锅盖看了一下，说，这衣料是化纤的，一煮就没用了。

爷爷一听，忙将灶里的火弄熄，又用手去锅里捞起衣服，扔在脸盆里。

正忙着，外面有人敲门。

开开门，镇长站在我面前。

镇长一个劲向里走，边走边说，大桥在你家吧？

我说，是的。

镇长说，你没听到广播，怎么不去报信？

我说，正忙着将金福儿给的衣服消毒呢，没空出工夫来。

镇长站在屋当中，说，大桥，出来随我回去。

大桥在房里说，我不回去。

镇长正要进去，大桥又说，你别进来，屋里还有个没穿裤子的男人。

镇长稍一怔，还是进去将大桥拖出来。走了几步，大桥一把抱住桌子腿。镇长拖不动，一会儿就气喘吁吁。

大桥说，要我回去也行，以后夜里你不能将我一个人丢在屋里。

镇长忙说，行行。

大桥说，今天是谁当的叛徒汉奸，出卖了我？

镇长说，是赵长子告诉我的。

大桥说，赵老师太没骨气了。

第四章

他们走后,我将夜里的事全告诉了爷爷,爷爷听后,夜里再没有开过腔。

第二天早饭后,爷爷和我一道去找金福儿。走在街上,看见派出所门口贴了一张招领启事,说赵老师昨夜在金福儿家附近,拾到衣物一包,有遗失者来派出所认领。

栖凤酒楼的王国汉和蓉儿的爸正在高声议论。

王国汉说,赵长子这家伙真酸,这大年纪了还想学雷锋,既是捡的东西,拿回去就是。

蓉儿的爸说,衣服不同别的,一穿上身别人就能认出来。

王国汉说,改个样式,或者染个色不就认不出来!

爷爷上去问,国汉,金福儿到酒楼里了吗?

王国汉说,这么早,酒楼还等我去开门呢!

我和爷爷便回头先去金福儿的废旧物资回收公司。

公司里坐着几个人,我们问时,他们指着正在门外踱步的一个人说,县文化馆的小曾也在等他呢。

等一会儿,我坐不住,跑到门外和那个踱步的人搭话。

我说,曾老师,你认识董先生吗?

小曾说,老董和我住一层楼。

我说,他最近在家吗?

小曾说,在家,身体不大好,哪儿也去不了。

我说,是不是在写一本书?

小曾说,一天到晚总见他写,可就是不见发表出来。

我说,那本谚语不知编好了没有。

小曾说，编是编好了，就是没有钱印。

我说，曾老师你也是写书的吧？

小曾点点头，从公文包里拿出一份省报，指着一篇报告文学说，这是我最近发表的一篇较满意的作品。

我看见那文章的标题是《新破烂王金福儿》。

小曾又掏出一个会员证给我看，说，我是省青年诗歌学会会员。

正要再问，爷爷喊我去栖凤酒楼看一看。

路过派出所时，正好碰见大桥夹着那包衣物从门里出来。

大桥走到墙边，将那张招领启事撕成粉碎。

栖凤酒楼那儿也没见到金福儿。

再回到废旧物资回收公司，金福儿正坐在那里和小曾谈得热火朝天。

听了一阵，听出了些头绪。小曾写的这篇《新破烂王金福儿》，省报要收三千元钱。小曾是来讨账的。金福儿还想让自己的名字上《人民日报》，问小曾这得花多少钱。小曾答应回县后找朋友打听一下，不过估计不会低于一万五到两万。

后来，王国汉送了一张现金支票过来。小曾接过支票，笑一笑后起身告辞。

小曾走后，没等爷爷开口，金福儿就主动说，我刚才到处问过，找过，实在是一点现金也没有。

爷爷后来站在街中间叹气，险些叫一辆汽车给撞了。

爷爷说，我算是白救了这一对杂种。

第五章

32

　　差不多整整半个世纪以前的六月初六夜里,爷爷早早地上床睡了。傍晚时分,他在客店里与住在那里的一名少妇有过一场销魂的交欢。少妇是下游一位富人的小妾。爷爷在街上碰见她的小轿时,她正好撩起轿门上的帘子向外张望。爷爷盯了她一眼,然后就一直跟在轿子后面走,也不说话,只听得见他的脚响。小轿走出镇子一里多远时,爷爷仍跟在后面。少妇忽然在轿里吩咐,我有些不舒服,不走了,回镇子住一晚上。少妇刚在客店住下,正在向脸上搽粉描红,爷爷就进了她的房。

　　爷爷这一回遇上了对手,他使尽了浑身解数,才与少妇弄成个平手。结果,他没有像以往一样,在女人房中留宿,穿了衣服就出门回家。少妇怎么挽留也挽留不住。

走在街上,他看见月亮长了毛,潮乎乎的风吹得身上像是浸在水里。几只狗的吠声,也没能引起他的注意。他还在想着,那个女人看上去有些瘦弱,劲头却是如此厉害,以致几乎使他当场露出败象。

爷爷上床时,双腿感到竹席上有水,就骂起父亲来。

爷爷说,你擦席子怎么不擦干,床上尽是水。

父亲那时不到十岁。

他分辩说,我擦了几遍,可怎么也擦不干。

爷爷说,你狗卵子用也没有。

父亲说,我听人说,可能要发洪水了。

爷爷莫名其妙地骂了一句,发洪水好,都淹死了才过瘾。

父亲拿着扇子给爷爷扇了几下风。

爷爷又骂起来,说,你想将我扇瘫呀?

爷爷的功夫日后渐见深厚,是与他一贯坚持男女交欢之后,半日之内不浸冷水,不吹凉风等一系列措施有关。

半夜里,天上响了一声炸雷,暴雨像瓢泼一样倾泻下来。父亲先醒,他被雷声吓哭了,趴在爷爷身上叫唤了好久,才将其叫醒。爷爷打开门后,被迎面而来的大雨大风惊得后退了两步。

他站在屋子中间,看着在闪电中铺天盖地的雨水,心里不由得有些紧张。过了一会儿,他吩咐父亲上去将门关好。

风很大,父亲关上这扇门,那扇门又被吹开了。爷爷没有上去帮。他被弄得精疲力竭时,才将门关好,身上被雨淋

第五章

了透湿。

爷爷坐在椅子上,抽了一袋烟后,样子变得安详起来。

父亲提醒他,说,外面好像有人在哭。

爷爷说,我听见了,哭就哭吧。

父亲说,别人好像在逃跑。

爷爷说,脚长在他们身上,我们管不了。

爷爷在屋里终于熬过了半日时辰。

这时,洪水已从西河里漫上来,蛮横无理地将西河镇淹成一片汪洋。

爷爷一开门,见洪水已经进到了门槛底下,前面的低洼处,小树只剩下一只梢头。

父亲见了,说,我们逃不出去了。

爷爷镇静自若地转身找了一根竹竿,搭在墙上,猫一样曲着身子,顺着竹竿爬上去,用手将屋顶的茅草掏了一个洞,钻出去,站到屋顶上面。父亲太小,爬竹竿时跌跌滑滑,历经几次反复才爬上屋顶。

天亮后,西河镇已面目全非。浪头像蛇芯子一样,舔着几处岌岌可危的瓦脊,大多数的茅屋顶上都站着人,牛和猪则在街道上胡乱游着,一些女人和小孩与木桶或木箱一起浮在浪头上。

父亲看到昨日坐在轿里的那个少妇,抱着一只澡盆,拼命地朝爷爷喊着,救救我。爷爷闭着眼睛,一动也不动。

慢慢地,少妇被浪头推向洪水中,颠了几下便不见了。

爷爷睁开眼睛后，父亲对他说，有个女人叫你救命呢！

爷爷说，我睡着了，她人呢？

父亲说，我也不晓得去哪儿了。

爷爷说，这怪不得我，这茅屋顶只能站两个人，人多了会垮的。

过了一天一夜，洪水退了。

镇上大多数人都在四处窜着弄吃的。为了抢夺食物，镇上一天之内就打了一百多次架，有三个女人和一个男人，被人用石头砸破了脑袋，另有两个男人和两个女人，被人咬掉了耳朵或鼻子。

爷爷在倒塌的客店里，见到了那个少妇的尸体，身上仍和与他分手时一样，只穿着一件小裤衩，不知是被水泡的，还是被水灌的，肚子鼓得老高，那对曾又高又挺的乳房，变得一点也不起眼。爷爷见被洪水冲走的女人不是刚刚和他睡过觉的少妇，心情变得开朗了些。

他在满街的瓦砾中独自寻找一种东西。有时碰见大米、黄豆等食物，他丝毫不在意便一步跨过去。

父亲几次来找他，说家里的米被水浸得没用了，问怎么办。

爷爷不理他，问烦了时，就举起拳头要揍他。

后来，爷爷终于在一堵尚未倒塌的墙上，发现了一只牛角和一黑瓷罐。他上去取下来，从中抠出一点黑色的粉末，放到鼻尖上闻了闻，脸上露出了笑容。

回屋后,爷爷让父亲将缸里被水浸过的米掏出来,放进清水里洗一洗,再放进锅里用火慢慢炒干。

爷爷一点不在乎父亲将米炒得又黑又煳。他埋头将自己的那支土铳擦干净,将那罐子里的黑色粉末灌进铳管,站在门口朝天放了一铳。

这一铳很响。

爷爷收回铳,说,这火药还不错。

33

爷爷撅着屁股将一块大石头往家门口滚。

有人过来问,肚子都是瘪的,搬这么大的石头干什么?

爷爷说,又不要你搬,你着什么急!

那人说,走吧,去看看他们打架,谁输谁赢。

爷爷朝街口那堆人看了一眼,说,我没有这份闲心。

正说着街口那堆人哄地散了,一个人兔子似的往这边跑,另一个人挥着一把斧子在后面追。

前面跑的人跑得很快,渐渐地与追的人拉开了距离。忽然间,他脚下一滑,人倒在地上连翻了几个跟头。

洪水退了,但留下许多的潮泥,沾在石板路上,比抹了油还滑溜。

跌倒的人正要爬起来,追的人赶到了。一道白光在阳光下划了一个漂亮的弧线,然后落在趴在地上的那个人头上。

一股血气味的一声冲起老高。

追的人又挥起斧头砍了第二下,并说,看是你狠,还是我狠!

话落斧落,半边人头,顺着街道滚出老远。

爷爷见人头朝他滚来,就用脚踢了一下。

爷爷说,大毛,你这是怎么啦?

追的人说,狗日的老七抢了我家的一只大南瓜。

爷爷说,那你就将他的头当南瓜了?

追的人说,他还打了我媳妇,用手在我媳妇身上乱摸。

爷爷说,老七的叔带着一支队伍呢,光机关枪就有两挺。

追的人说,我不怕,我也找我叔去。

爷爷说,你叔那帮土匪,能干是能干,可就是人和枪太少了点。

这时,又有人发现老七被砍死了。

那人边跑边喊,大毛杀人了,快去日本人那里报告呀。

老七家的几个人跑到日本人的炮楼跟前,连叫了十几声太君,还不见动静。再看吊桥上站岗的警备队也不见了,便大着胆子往里跑。

炮楼里平常住着五个日本人和一个排的警备队。

下雨之前,他们就接到通知撤到县里去,大雨让他们耽误了一天,他们怕中了埋伏,便在夜里偷偷地溜了,连镇里的维持会也没有告诉。

第五章

老七家的几个人,从炮楼底层一直爬上顶层,才知道太君和二太君都走了。

他们说,这事得讨个公道。

商量了一阵,决定还是去找二叔。

商量完后,他们每人在炮楼顶上撒了一泡尿,见风将尿吹得横里飘,他们觉得如果能吹到伍姓人家的饭锅里去就好了。

老七这边的人姓金。金家上辈的老二,早先在广西军里当排长,后来腿打残了,回乡来拉了一支队伍叫民众自卫军,说是抗日,经常得到广西军的援助。

大毛这边的情况有所不同。

他的亲叔叔因失手打死金家的一条狗,被迫上山落草,做了土匪。日本人来了以后,他领着弟兄和日本人干过几仗,所以,人虽只有二三十个,名声也不小,加上又靠着新四军,吃亏的事从没轮到他们头上。

老七这边的人一出镇子,爷爷就说,大毛这回闯下大祸了。

父亲说,杀人的事原来就这么容易干。

爷爷说,人的命是用一层纸包着的,想要它完蛋,难的时候少,容易的时候多。

父亲说,那大毛怎么办呢?

爷爷说,他肯定也要去搬兵。

过了一会儿,果然有信传来,说大毛上了后山的小路。

34

傍晚，父亲和爷爷在街上缓缓地走着，脚步在石板上敲出些清脆的音响。

父亲问，我们去哪？

爷爷说，我累了，想找个地方歇歇。

他们在街上走，两边的门都已闩死了。爷爷心里好笑，想这些人真是没主意，真有事找上门，这断壁残垣能挡得住枪炮吗！爷爷兴趣来了，便找座门，上去踢一脚。屋里立即传出一片惊恐之声。

有人还连连声明，我们不姓金，也不姓伍，我们都是外姓。

爷爷便憋着嗓子说，把你媳妇的手从窗户里伸出来，让我摸一摸。

一会儿，果然就有一只白嫩的手臂伸了出来。

摸了一会儿，爷爷就笑起来，说了自己的名字。女人半嗔半恼，要抽回手，爷爷用力拉住。拉了一会，里屋有男人上来帮忙。爷爷猛一松手，那一男一女便都摔倒在屋里。

父亲觉得很可笑。

闹到第四家，爷爷一踢门，从里面传出的只是一个女人的声音。

爷爷便说，别怕，是我。

第五章

女人开了门。

爷爷先进去,父亲在门外听见女人说,我害怕死了,没有那个心思。

爷爷说,我就是来陪你的。

女人说,我真的一点也不想。

爷爷说,你放心,这几天我夜夜都来陪着你。

往后,女人不作声了。

父亲在门外待了一会儿,忽然冲着门里叫,土匪来了,土匪来了,快跑哇。

爷爷提着裤子出来,说,哪来的土匪?

父亲说,你就是土匪,到处抢女人。

爷爷抡起巴掌在空中停了一下,落下来后,只在父亲的头上做了一回抚摸。

爷爷说,你也进屋吧,只是别偷看。

父亲说,我给你看门,不然她男人回来了你怎么晓得。

爷爷说,她男人当兵在重庆,回不来。

父亲很固执地坐在门口不动。爷爷不愿与他多缠,浪费大好时光,只身返回去了。

父亲在门口待着百般无聊,便学起驻守炮楼的那些日本兵训练警备队的人那样,在街上走起队列来。

父亲自己使唤自己的声音,将已进到街里老七他叔的人马唬住了,连忙退到镇外,再派几队尖兵潜入镇里,花了一个时辰,才搞清镇内无一兵一卒。

老七他叔的队伍再次涌进街里时，顺手绑住仍在走队列的父亲。

父亲再次大叫，土匪来了，土匪来了！

爷爷和那女人的好事刚刚做毕，正酥软地趴在女人身上歇息，他没有理会外面的呼叫，还对身下的女人说，他在吃我的醋呢。

倒是女人推他起身，说，去看看吧，万一呢？

爷爷迟疑一会儿，还是下了床。

开开门，见一队人马正寂静无声地走着。

父亲嘴里塞上了毛巾，叫不出来，在人群里干瞪着爷爷。

爷爷并不去找，站在门口，等那骑马的人过来。

爷爷上前去说，二大爷，你手下抓错了人，把我儿子抓去了。

老七他叔跳下马，用鼻子在爷爷身上嗅了嗅，说，活该，自己搞女人，将儿子丢了。

爷爷说，人都有个逞英雄的地方，你带兵打仗，我只好带女人上床。

老七他叔笑起来，说你等着吧，我还你儿子。

父亲刚回来，镇子里就乱糟糟到处是哭喊声。

天亮前，老七他叔的队伍，将大毛一家老小全都抓到炮楼里关着，声称只要拿大毛来换，他们就放人。

35

天上有一只鸟飞过，黑黑的，像墨线一样直。

父亲说，炮弹！

片刻之后，又有一只鸟飞来，落在门前的石头上。

父亲说，炮弹要炸了——轰！

正在打瞌睡的爷爷被惊醒了。

爷爷说，小杂种，昨晚一会儿都没睡，你让我睡一会儿好不好？

父亲说，不对，昨晚你睡了一会儿，我才是一夜没睡呢。

爷爷记起自己上过女人的床，便笑了笑，说，你懂个屁，那事比干活还累。

爷爷准备再睡，父亲又在门口拿着一根棍子，比画着学起打枪来。

爷爷睡不着，便操起一条木杠和两根粗绳子，拉上父亲到后山上去捡石头。

刚出门就碰上一群人，男女老少都有。男人挑着被窝，女人挽着包袱，匆匆往镇外走。

爷爷将木杠拄在地上，问，你们这是怎么啦，逃水荒？

男人说，水荒倒不用逃。这金伍两家眼见着就要交火了，不躲一躲，恐怕要吃亏的。

爷爷说，他们两家的事与我们外姓人不相干。

男人说，说是不相干，可子弹不长眼啦！

爷爷说，我不走，看他们能不能把我给吃了！

这家人一走，镇上的人就慌起来，纷纷收拾东西往外逃。

爷爷在山上撬石头，不大在意这些事。父亲无事，不断地往镇里跑，每次回来就告诉爷爷又有哪几家逃了。

爷爷撬出一大堆石头以后，便开始往回挑。

走到街口，他看见老七他叔正领着几个人在那里看地形。

手下说，这儿得放上一挺机枪。

老七他叔说，机枪都上炮楼，这儿放一个班就可以了。

爷爷挑着石头过来，远远地就叫，让开一点，让开一点。

走到近处，老七他叔用手一按木杠，一担石头就溜下肩头。

爷爷说，二大爷，我很忙咧！

老七他叔说，别人都逃命去了，你干吗还在自找苦吃？

爷爷说，何必要跑呢，挑几个石头把墙一围结实，子弹就打不透了。

老七他叔说，我还有炮弹呢。

爷爷说，我晓得，你们没有炮。

老七他叔说，真是好眼力，大家都说你聪明盖过全镇，依我看，你这样不顾生死地捡石头垒房子，一定还有别的原因。

爷爷说，石头满山都是，大家都可以去捡嘛！

说了一会儿话，老七他叔就回头走了。

第五章

爷爷将石头挑回家，卸下来，又往山上走，顺路他看了看，半条街上，只剩下昨夜和他睡觉的那个女人没有逃走。

爷爷敲开门，劝那女人也出去避一避。女人以为爷爷反悔了，不再来陪她，便坚决不走，还说夜晚他若不来，她就去他那里。

爷爷清楚地告诉她，她若不走，肯定活不过今天。女人以为爷爷想杀她，惹得爷爷生起气来。

爷爷说，我连畜生中只要是母的就不宰杀，何况是陪我睡觉的女人，你太不知好歹了。

说完，爷爷不再理那个女人。

父亲和爷爷在空无一人的小街上来来回回地跑了一上午。中午时分，有人来给守在街口的那一班当兵的送馒头。

父亲看见雪白的馒头就不想走了。

爷爷便上去找他们要两个。当兵的开始不肯给，爷爷说，那我就找二大爷要去。

当兵的犹豫一下后，还是给了。

爷爷和父亲坐在后山上吃馒头时，看见树林里有个人影晃了一下。爷爷叫父亲坐着别动，自己进了树林。

他刚进去，就被人用枪顶住了后背。

爷爷头也不回地说，我要见伍司令。

伍司令就是大毛他叔。

爷爷继续往树林深处走，后来就看见大毛和他叔以及几个挎手枪的人坐在一块岩石上。

爷爷上去说，伍司令，街上只剩下一个女人，误不了你们的事，你别杀她。

大毛他叔说，我们的事还没动手呢！

爷爷说，别瞒我，你们还是放了那个女人吧！

大毛他叔说，都说你是智多星，你说我瞒你什么了？

爷爷说，我是瞎猜，镇上的人逃跑是你用的计，他们一走，屋里都空了，你就可以把墙上的洞一直打到金家屋里去。

大毛他叔愣了愣说，你真行，什么都一眼看清楚。

爷爷说，只有那个女人碍着你们的计划。

大毛他叔说，是的，我们只好把她杀了，这是天意。若是你早一个时辰晓得这些情况，我也要杀你。

爷爷说，所以我不敢早来，现在来我就不怕，因为你们已将金家老小都捉到手了。

大毛他叔从怀里掏出一只表，看了看说，还差十分钟。

爷爷在石头上坐下来，石头上有一堆烧鸡，他问也不问，撕下一只鸡腿就吃起来。

大毛他叔说，你挑石头干什么，我们都看着你一上午，像是鬼逼着似的，一会儿也没歇。

爷爷说，挡水呢，我怕再次发洪水，将我那小屋冲垮了。

大毛他叔说，你糊弄鬼去，哪有用石头挡水的，钉几根木桩，放几捆稻草，比用石头强一百倍。

爷爷说，有些事预料不到，譬如你大白天穿墙打洞去劫金家老小，老七他叔怎么也没想到，他人多枪多，还以为你

第五章

只敢趁黑放几下冷枪呢!

大毛他叔说,一点不错,谁能料到金伍两家竟会因一只南瓜而动枪兵呢!

爷爷说,所以,有时石头挡水不一定比不上稻草。

大毛他叔说,可我还是不相信你的话。

正在这时,紧挨着金家的一户人家的烟囱里冒出了一股浓烟。正是做中午饭的时间,若在平日一点也不奇怪,今日,一条街的人都跑光了,这柱烟就显得孤单而引人注目。

大毛他叔一甩手说,好,成功了。

他抓起石头上的一瓶酒,一口气灌进半瓶。

爷爷说,该放了那个女人吧!

大毛他叔说,说实话,我还真不晓得她的死活呢!

他唤了一个手下,让去打听一下。

半个时辰后,手下回来说那女人不听话,想叫喊,只好杀了灭口。

大毛他叔说,这女人真蠢,你别可惜。

爷爷说,说好了今夜陪她睡的。

大毛他叔说,你生气了?

爷爷说,哪有那么多的气,为别人的事生气最划不来。

大毛他叔指挥手下朝炮楼开了几枪,等炮楼上用机枪还击时,他们已撤到后山那边去了。

爷爷记起那石头上还有半瓶酒,待枪声停了后,又返回去找。一进树林就闻到一股酒气,走近石头,才看见酒瓶被子弹打碎了。烧鸡还在,他拣起一块咬了一下,觉得有几颗硬物硌牙,吐出来一看,鸡肉上面尽是碎玻璃。

爷爷走出树林时,有一个人蹲在父亲身边,用力拖他。父亲双手死死抓住一根葛藤。

爷爷喝了一声,猛扑过去。

那人慌忙退了几步,说,别误会,我们司令想请你去当参谋长,让我先来接你儿子。

爷爷说,我什么都可以干,就是不落草为寇。

36

老七他叔气得暴跳如雷。

他一家老小二十几口,被大毛他叔那伙土匪神不知鬼不觉地劫走了。特别丢人现眼的是,自己人多势众也只能在深更半夜动手抓人,而他们却是在自己的枪口下光天化日里,将人捉了去。并留下帖子,声明一个死的换一个死的,一个活的换一个活的,反正是一个换一个,一个人头就换一个人头,一条人腿就换一条人腿。

老七他家一算账,自己只抓了伍家的十几个人,不够换。就连忙差人再去捉几个姓伍的来凑足数。

镇上姓伍的没有了,老七他家的手下就到附近村里去找。忙了一天,总算凑齐了二十几个。

第五章

这天下午,炮楼里传出一阵阵女人的哭叫声。

哭叫声初起时,炮楼外面的人还以为这女人正在遭到别人的强暴。惹得老七他叔一阵火起,要手下去查清是谁干的,然后拖出来枪毙,经过一番查询,才知情况不是这样,而是大毛他叔的大儿媳妇要分娩了。

黄昏时分,一声婴儿的啼哭,从炮楼里飘向全镇。随着婴儿啼哭的开始,女人的哭叫声消失了。

就在炮楼上诞生一个婴儿的同时,西河镇后边大山里的一个山洞中,老七他叔的小儿媳妇捂着大肚子,也开始叫唤起来。

大毛他叔跑去看,见那女人的裤子已被羊水湿透了,就下命令让所有的男人都到外面去。

他自己却没走,站在一旁,看金家的老女人们如何为她接生。

他一边看一边说,争口气,金家这一代还没生出个能做种的,你要是能生出来,你公公就是用自己的老命也会换你们回去。

那天晚上月亮不大,暗暗的,说看得见又看不见,说看不见又看得见。

爷爷踏黑在屋子四周忙碌着,石头墙垒得高的地方已齐胸高了。

炮楼上的婴儿哭声,一阵接一阵地传来,在婴儿的哭声里,不时夹杂着一两声狼叫。

爷爷用心听了听，回头催父亲快点给他递东西。

爷爷说，狼已经有些饿了。

父亲只有几岁，根本帮不了爷爷的什么忙，他这样催，其实是催自己。父亲拿着几块小石头站在爷爷的身后，一听到催就将小石头递过来。爷爷有时的确是要用小石头垫大石头，有时候，并不要，只是干咋呼，见父亲递小石头过来，他就趁机吼几句。

老七他叔的一个手下急促地跑来，请爷爷火速去一趟炮楼。

爷爷不肯去，他正忙着，脱不了身。

那手下就说，那他只有按命令说的第二种方式将父亲带走。

爷爷没办法，只好随着去了。

修炮楼时，爷爷来过这里。炮楼修好后，他这还是第一次进来。

炮楼一共有四层。大毛他叔的大儿媳妇睡在第二层。爷爷经过第二层时，闻到一股鸡汤香味。他看了一眼，发现产妇正躺在一张床上，一个老女人在床边一匙一匙地喂汤给她喝。

产妇和他打了个招呼。

爷爷没做任何表示，继续往上爬。

老七他叔坐在炮楼顶上，爷爷一上来就感到有一股清凉无比的风在吹着。

爷爷说，好风。

老七他叔说，你是第一次上来吧？

爷爷说，是啊，没当过汉奸，所以过去没机会。

老七他叔说，我这是第二次，可我也没当汉奸。那次日本人把我抓来要我当他们的警备队长，我假装答应，一放出去，我就跑了。

爷爷坐下来抽了一口老七他叔递过来的烟，说，二大爷找我有事？

老七他叔指了指对面的一座高山，说，你上过白马寨吗？

爷爷说，找媳妇的头一年，我打了一只豹子，几个人一锅煮吃了后，一个个心里像火烧，女人听说我们吃了豹子肉都躲着不见，那股邪劲没处消，大家才去爬白马寨，一趟下来，两天两夜没有恢复元气。

老七他叔说，那帮土匪就住在上面。

爷爷说，这个大家都晓得，山上那灯光，几十里外都能看见。

老七他叔说，他们把我的家小捉住了，你说怎么样才能救他们？

爷爷说，攻他们，你人多怕什么！

老七他叔说，日本人攻了几年也攻不下来呢！

爷爷突然不作声，只顾低头抽烟。

老七他叔也不说话，站起来顺炮楼上的垛墙绕圈子。转了两圈，他忽然拔出手枪朝天连打了五枪。镇里立即出现一片骚动。

有人在炮楼底下问出了什么事，炮楼上一个人探出头说，没事，试枪呢！

老七他叔刚坐下，白马寨上也传来五声枪响。

枪声停下来后，老七他叔说，我想请你帮个忙。

爷爷说，你别开口，这件事我做不了。

老七他叔说，你又猜到什么？

爷爷说，你想请我当说客，当中间人。

老七他叔说，的确是这样。

爷爷说，你们手上都有这么多的枪弹，我实在无能为力。

老七他叔说，你一去就先告诉他们，伍家的儿媳妇刚生下一个男孩。

听到这话，爷爷站起来，答应接受此事。

二人在炮楼顶上商量到半夜，一切都谈妥后，又开始喝酒，这样直到二更时才回去睡觉。

爷爷一觉睡到太阳出山，还是老七他叔派人来催，他才上路的。

爷爷一到白马寨山下就开始喊，弟兄们别开枪，我是来给伍司令报喜的。

喊了十几声，路边的树林里就闪出两个人，拦住盘问他。

爷爷说，快去报告你们司令，说有人来给他报喜，让他派一副轿子来接我。

第五章

小土匪蒙了他的眼睛,捆了他的手,一个用绳子牵着他慢慢走,一个飞快地回去报信。

隔了一会儿就有一乘轿子下来。

四个人轮换抬着他走到中午,才走到大毛他叔的驻地。

大毛站在门口说,有什么喜事就对我说吧!

爷爷说,你只晓得闯祸,这事得亲口对你叔讲。

大毛他叔从门后走出来,说,我在这儿,你快说吧!

爷爷作了一个揖,说,恭喜伍司令,贺喜伍司令,伍司令做祖宗了,你大儿媳妇昨夜为你生了一个孙子。

大毛他叔刚要笑,又皱起了眉,说,孙子一出世就受罪,有什么可喜的。

爷爷说,人家二大爷也不是没主见的小人,他待她们母子好着呢,从昨夜到今早,就杀了两只老母鸡。

大毛他叔一听,忙对大毛说,快去伙房,让他们也杀两只老母鸡。

大毛一走,大毛他叔就招呼爷爷进屋坐下,烟茶都上了以后,才说,真是出奇,他金家的小儿媳昨晚也生了一个男孩。

爷爷一听,心里像是灌进一团蜜。

37

爷爷在山上受到最好的款待,夜里还有女人陪着睡觉。据说,这女人是大毛他叔平时最心爱的。爷爷开始还有些放不开,怕这一帮土匪在玩什么花样。他强挺着熬到半夜,实在是抗不住,就一横心和那女人干上了。

天亮后,他醒过来,见自己还活着,就放下心来,将已起床梳理的女人又按在床上。

那女人直夸奖爷爷,到分手时,两人还有点恋恋不舍。

大毛他叔见了爷爷便问,夜里招待得好不好?

爷爷从未见到过如此大方的男人,自己先不好意思起来,说,伍司令,实在是对你不起。

大毛他叔一笑说,只要我孙子能有个平安,女人算个卵子!

爷爷说,伍司令手下,男人是英雄,女人也是好汉!

吃完早饭,他们一起去看老七他叔的孙子。

金家老小听说爷爷是来做中间人,准备将他们换出去时,一个个都喜得流出眼泪来。躺在床上的产妇,挣扎着坐起来,将婴儿的包布解开,露出那灰白的小东西给爷爷看,要爷爷回去传个信,请二大爷务必保住金家的这条根,千万别动杀机。

爷爷将他们安抚一番,就动身下山。

第五章

天黑之前，爷爷见到了老七他叔。

说过之后，上上下下自然免不了一场惊喜，接着便是对爷爷的馈赠与宴请。

第二天，爷爷又上了一趟白马寨。不过这一回他没有受多少累，先是由老七他叔用马将他送到半山，走了不到一里路，大毛他叔的轿子就来接着。

两个来回，双方就谈妥了，六月十五各自放人，地点在镇外的河滩上。

爷爷的确聪明无比，他想出的一些办法，令双方都无法挑剔，而又绝对公道。在他的计划中，要用一段白布做成两只一模一样的袋子，然后，彼此将掳获的对方的独孙子，装入袋里，交给爷爷掌握。而他则蒙上眼睛。待双方其他人员交换完毕以后，再由两名产妇上来认领各自的儿子。

这个计划实在太完美了，那两个婴儿还不敌两只小猫，要怎么摆布就怎么摆布，他们又是两家的命根子，万一发生意外，哪一方也不敢朝他下毒手。这一点尤为绝妙，那白布袋没有一丝标志，都像装的是自己的孩子，又都像装的不是自己的孩子。谁想下手时，都不能不有所顾忌。

六月十四，白天里爷爷到那片沙滩上去走了一圈，没见到有什么异常之处。按照协议，在人员交换之前，除了爷爷之外，任何人都不得进入这片沙滩，否则，谁发现了谁就可以开枪打死进入者。

爷爷站在沙滩上，举起手向四周摆了摆，意思是什么也没发现。河边上的小山与炮楼上的人会看见这个动作的。

　　沙滩上的太阳格外晒,爷爷有些抗不住,便脱了褂子到水里打了一个滚,然后仰在浅水里。一群小鱼在他身上不停地撞击着,流水漫过他的身子,轻轻地淘着身子下面的沙,他感到自己在一点点地往沙子里面沉下去。

　　这一切本来是很惬意的,爷爷翻了一个身,一股从下游吹过来的风,让他忽然叫了一声,不好,伍家的人会吃亏的。

　　一想到此,爷爷不安起来。

　　他爬起来,用手拧了几把裤子里的水。

　　这时,炮楼上响起了枪声。

　　一头牛从上游疯狂地跑过来,子弹打在牛的四周,冒起一团团沙尘。爷爷看着牛从面前冲过去,心里觉得这牛跑的样子有点异常。

　　正在想,小山上叭地响了一枪,跟着那头牛轰然倒地,在沙滩上滚了一滚就不再动弹了。

　　爷爷站在牛的旁边,看着牛头上那只枪眼,回头望了望小山到这儿的距离,不禁吸了一口冷气。

　　他自语着说,这些土匪,隔了两里多路,还打得这么准,难怪日本人拿他们没办法。

　　爷爷蹲下来,掀开牛的后腿,顿时脸上变得严峻起来。

　　牛的后裆里有一条刀伤,长约尺余,虽然被线缝过,但还在往外渗血。

　　爷爷站在沙滩上想了很久,这时候他一点也不觉得太阳

第五章

狠毒。

离开沙滩之前,他又绕着它转了一圈,并依然举起手向四周摆了摆。

爷爷去炮楼弄了一大桶煤油和四只陶罐以及一些破絮,做成灯一样的东西,放在沙滩的四角上。

天黑后,爷爷没有先去点灯,而是用别在腰间的小锄,在沙滩正中迅速地挖出一个深坑。

待那四盏大灯一点着,整个沙滩照得如同白昼。

爷爷从沙滩回来,先到炮楼里去向老七他叔汇报了一切正常。炮楼的底层,有几只封得严严实实的铁罐子。老七他叔送爷爷出炮楼时,眼角睒着那些铁罐子,脸上有种难以捉摸的微笑。

街上的人走了许多,极为冷清,如果没有那些三三两两的巡逻兵,这种冷清就会让人想到地狱。

正走着,爷爷忽然听见耳边有人说,面对着墙,装作屙尿。

爷爷一怔,还是照办了。

那人说,沙滩上有埋伏没有?

爷爷说,你去问二大爷就是。

那人说,我是伍司令派来问你的。

爷爷吃了一惊,他真的以为是刚刚走过去的巡逻兵在问,他四处看了看,看不见人在哪里。

爷爷说,你在哪里,别蒙我。

那人说，我只问一句，有没有埋伏？

爷爷说，说有都有，说没有都没有。

那人说，到底有没有？

爷爷说，你将我这话告诉伍司令就行，他会明白。

声音消失以后，爷爷在那儿找了很久，也看不出哪儿可以藏住一个人。

38

往后的多少年中，爷爷一直在想这个问题，总想解开这谜。

从我记事时起，爷爷就反复讲这件事，模仿当时的那声调，空空的，嗡嗡的，像是从天上来，又像是从地下来。夜深时，爷爷一讲，我就认定那是鬼魂，若是白日里讲，我便觉得是神仙。

父亲告诉我，他那时与我现在差不多大，爷爷在事情一发生，双脚刚迈进屋就对他讲了这事。神情里虽然觉得奇，但仍是平静的。爷爷当时说，不出三日他就可以找到答案。随着三年、三十年的时光逝去，爷爷百思不得其解，便越来越觉得此事神秘，因而那故事也就一天比一天神秘。

爷爷从来都非常自信，以他的智慧或者说是狡猾，仿佛没有什么可以难倒他的。他说，样板戏唱道，天下事难不倒共产党员,我不是共产党员,可天下事也难不倒我。可事实上,爷爷被这件事难倒了。

直到赵老师被谋杀的这个夏天,爷爷有空还到那条街上去琢磨,一愣就是一个时辰。

那条街还是过去的老样子,只是比以前更衰老破败,墙上抹的黄泥虽然在镇里搞文明建设时被刷上一层石灰,那种虚伪的新样子,反而映照出许多的苍凉,就连最绚丽的晚霞也装饰不出灿烂来。

爷爷站在那儿沉思,一副哲学老人的模样,走近了才能听到他在很庸俗地喃喃自语,说,狗日的,你孙子都要当祖宗了,你还在用这件事为难我,杀我的威风。

习文从理发店回家总是路过那条街,所以天黑的时候我就和爷爷一道去那儿。

这个夏天雨水很多,老街在潮湿的天空里,散发着一种霉味。

习文过来时,手里托着一块豆腐。

我说,还没吃呀?

习文说,刚做完活,师傅发给我五元钱,我买块豆腐回去做给我爸吃。

我说,那个剃头佬真奸。

习文说,你爷爷总在这儿,是想什么问题吧?

我说,他在找那个四十多年前和他说话的人。

我将一九四五年农历六月十四天黑之后发生的那件事从

头到尾对习文说了。

习文说，说不定是土匪用了一种物理方法，你和我一起去问问我爸吧！

我们到习文家里时，赵老师正坐在饭桌旁看书，桌子上摆着两碗粥和一小碗炒辣椒。

赵老师对故事的大部分不感兴趣，只是说到那个神秘的声音时，眼里才出现两只亮点。

赵老师断然否定了习文关于土匪掌握了物理实验方法的推测。那个时候的西河镇，没有一个人真正懂得什么叫物理，就连听到这个名词的人也最多只有两三个。就是四十多年后的今天，西河镇内能真正熟练运用一些常见物理方法的人也不多。

最后，赵老师认为土匪用的是一种原始的方法。

赵老师说，当时附近有些什么东西？

我想了想说，听爷爷说，附近只有两棵竹子从窗户里伸出来。

赵老师说，窍门可能就在竹子上面。

赵老师站起来，在屋里踱了一会，说，错不了，肯定是利用了竹子，他们将竹子打通，接到那放水的竹涧上，像电话一样，人在那头说话，这头听得清清楚楚。

在我出生前十几年，西河镇的确一直保持着用竹涧取水的传统，一般人家将竹子一剖两半，作为明涧，富裕的大户便用铁条打通整棵竹子，然后像自来水管一样，一根根连接起来，长的达一两里路远，去取那人畜不易去的地方的干净泉水。一般人家则就近取那山溪里的水。

大炼钢铁时，附近山上的树虽然砍光了，荆棘灌木还在，泉水在每年的大部分时间里还能涌出来。学大寨开山造田以后，灌木被连根拔了，大寨田、大寨地里只长草，泉水也就完全没有了。随之竹涧也没有了。

回老街时，爷爷还在那儿。

我问，这里当年有没有一副竹涧直通后山？

爷爷说，有哇，架了两里多远呢，取的是那山腰的泉水。

我说，这就对了，土匪将竹子从竹涧上接到窗口，人在半山上看见你走到窗口时就和你说话。

爷爷惊诧一阵后，问，你是怎么想出来的？

我说，是赵老师想出来的。

爷爷马上不高兴起来，说，这死长子，磨了这多年仍贼心不死，还想在我们面前抖威风——妄想！痴心妄想！

末了这一声喊，吓我一跳。

39

四十多年前的那个夏夜，四只装满煤油的罐子，将河滩照得雪亮。四只狼闻到了死牛身上的血腥味，在灯光与黑暗的临界处坐卧不安地嗥叫着。炮楼上，敲更的声音响彻西河镇。下半夜，西河两岸更静了。一只狼忽然一个猛扑，窜进光亮之中，直奔那头死牛。狼还未舔着牛皮，小山上的枪声就响了。狼在河滩上打了一个跟头后，爬起来一瘸一拐地往回逃。这时，炮楼上的机枪也响了，一旁望风的三只狼，裹着那只受了伤的狼，逃进黑暗之中。

五更时，西河镇内响起一阵钟声，接着就有隐隐约约的诵经声传出来。

爷爷后来对迷惑不解的我说，这是大佛寺的和尚在做早上的功课。大佛寺一九四九年以后被改做了供销社。

一九四五年农历六月十五的早上，河滩里的四盏灯还在亮着，直到上午十点左右才逐次熄灭。

火焰消失后，四股黑烟又冒了好久。

在十一点四十五分左右，爷爷独自一人来到河滩上。他绕着河滩察看时，黑烟中的黑灰飘落在他的身上。风仍是从下游往上吹。爷爷用手一抹，手上立即出现几块黑迹。他将四只罐子分别拎起来，扔进河水中。一只罐子撞着了水中的一根竖着的小竹竿，他以为竹竿会倒入水中，但竹竿只是倾斜一下，又恢复成直立的模样。他数了数，水中有五根这样的小竹竿。

爷爷来到河滩正中，高高地举起那双刚在水中用沙子搓洗过的手。

几乎是同时，小山和炮楼上各响了三枪。

几分钟后，上游与下游都有一大群人涌过来，在河滩的两端站住。

爷爷说,天上下雨地上流,小夫妻吵架不记仇,双方相互致意问好道歉。

大毛他叔一拱手说,二大爷,失礼了!

老七他叔还上一揖说,伍司令,对不起!

大毛他叔那边人虽个个长得像穿山豹,钻天鹞子一样神勇,却只有几条长枪,再就是手枪和大刀。相比之下,老七他叔这边就强多了。两挺机枪就摆在明处,其余背长枪的站了好几大排。两边的家小,也都差不多,人人都是又喜又怕的样子。

爷爷高声叫着,交换俘虏现在开始,第一项,双方将孩子交给中间人——我!

两个产妇,抱着自己的孩子,从两边走到中间,将孩子交给爷爷。

老七他叔忽然对儿媳妇喊,用手帕将孩子的嘴和鼻子捂住,当心感冒受凉。

大毛他叔立刻叫起来,不行,要捂都得捂上。

爷爷说,一视同仁,中间人也得捂上。

他从怀里掏出三块白布,两块给了产妇,自己留下一块捂住自己的鼻子和嘴。

产妇将装着孩子的两只白布袋交给爷爷,回头走入先前的所在人群。

爷爷又叫,第二项,将中间人的眼睛用黑布蒙起来,这个我自己干。

爷爷用黑布将自己的眼睛蒙上，然后蹲到地上一只手抱起一个婴儿。

爷爷在弯腰往起站时，感觉怀抱中的两个婴儿一动也不动，他下意识地叫了一声，哎哟，怎么搞的，死了？

差不多与此同时，耳边响起了枪声。

爷爷始终弄不明白这第一枪是谁先开的。他蒙着眼睛记不清自己朝哪个方向站着，如果是对着下游，老七他叔就会先听到声音，就会抢先下手。但无论如何，那么快的反应，只有大毛他叔的手下才有。

枪声一响，爷爷顺势一下倒进昨夜挖好的深坑里躲了起来。

开始一阵，大毛他叔的人一点亏也没吃，他们人少，散得快，人一猫下枪就能出手。老七他叔的人多，挤成一团，半天散不开，等散开时，已被放倒了二十几个。

老七他叔他们到底有机枪。等他们将机枪架到那头死牛身上开始扫射，大毛他叔的人就处于下风，河滩上光秃秃的根本就没个躲的地方，一转眼就死了几个。

就在这时，侧面水中突然冒出五个人，水花一溅的工夫，五把手枪同时瞄准那头死牛射击。随之，轰隆一声爆炸中，那头死牛和两挺机枪被炸得粉碎。

机枪一毁，土匪们的真功夫便无遮无拦地显露出来，一枪一枪地打得下游的河滩上血花开得异常旺盛。

爷爷坐在沙坑里,有些慌,他正想抽烟,刚摘下那块白布,就听见老七他叔在喊。

老七他叔说,快放毒气,熏死那些狗日的土匪。

爷爷赶忙又捂好白布,还用坑底的水将布浇湿。

刺人的气味立即布满了河滩。老七他叔怕这空旷的地方放少了毒气不管用,就多放了好几倍,可偏偏打开毒气罐后不到两分钟,下游吹来的风突然停了,终年不断风的西河在那阵里一丝风也没有,毒气覆盖着河滩。

除了爷爷和那两个婴儿,其他人全被弥漫开来的毒气所熏杀。

40

在太阳焦灼的气息中,河滩上弥漫着浓浓的血腥气。两三百人做着各种各样的姿势一动不动地待在那儿。除了被枪打死的人以外,其余的人都是在企图逃离的时候被毒气熏死的。爷爷很容易就找到大毛他叔,他侧卧在沙堆旁,一排机枪子弹穿透了他的胸膛,尸体还没僵,一股血还在汩汩地流着,流到沙堆里就不见了。

找老七他叔则用了不少时间。下游的死尸太多,有几处人都成了堆,爷爷不得不用手去将他们搬开,一张张面孔地辨认。下游的河滩上都找遍了,仍没找着,爷爷想他一定是捡着一条命了，不由得暗暗发慌。老七他叔要是再活着回来，显然对爷爷是件很危险的事。

四周很寂静，爷爷捡起一支步枪，朝天放了一响。见没有反应，他又放了第二响。无论是炮楼还是小山上都是平静如初。

爷爷这才知道，两家为了自己的命根子，将全部力量都派出来了。

他坐在河滩上，从烟袋里抠出一坨烟丝按在烟杆前面的小锅里，吧嗒吧嗒地吸了几口，然后磕掉烟灰，重新按进一坨烟丝。一连抽了五锅，爷爷心情舒缓了些。

这时，沙坑里传来几声婴儿的啼哭。

爷爷站起来，正要走，眼前的河水咕咚一响，浮起一个白胖胖的身体背部，看看觉得眼熟，爷爷放下烟杆往水里走去。走了几步，水就淹过头顶。爷爷划了十几下，游到那尸体旁伸手将其用力一翻，死人的手正好在爷爷脸上扫了一下。爷爷吃了一惊，以为那人还活着，忙将他往水里按。按了几下见没动静，才又让他浮起。

那张脸使爷爷确信老七他叔也死了。

婴儿的哭声更响亮了，两个嗓门此起彼伏地张扬着。

爷爷回到沙坑，解开袋子之前还以为他们尿湿了，抱起来一看，没有尿尿，他们饿了。

爷爷抱着两个婴儿，先后找到那两个产妇，用脚试试后，爷爷不免叹了口气。

回到家中,父亲坐在门槛上,双手撑着小脸问,仗打完了?

爷爷说,完了。

父亲说,谁打赢了?

爷爷说,我打赢了。

父亲说,怎么就只抓这么两个小俘虏?

爷爷说,大俘虏心野了,养不在家里。

爷爷将两个婴儿放在竹床上,自己到灶后去点火熬粥,准备喂他们。

父亲从门槛上转过身来说,你又没有奶,怎么喂他们?不如送给大佛寺的和尚。

爷爷一下子乐了,说,这么好的主意我怎么没想到呢!

爷爷和父亲真的抱起婴儿去了大佛寺,把他们交给了管事的和尚。

和尚看了看他们的相后,对爷爷说,这两个人得取个重点的法号压一压。

当着爷爷的面,和尚将左手抱的一个叫陀子,右手抱的一个叫佛儿。

爷爷口渴了,找和尚要水喝。

和尚说,我不能给你茶喝,你手上有血,身上也有血。

爷爷说,心里还有血呢!

和尚不说话。

爷爷说,你给我儿子喝,让我儿子喂给我行吗?

和尚叹口气,将一杯茶递给了父亲。

父亲喝了一口,然后口对口喂给了爷爷。

喝到第三口,爷爷见院子聚了十几个和尚,手里都拿着锄头和铁锹。

爷爷问,你们去做什么?

和尚说,他们要去西方乐土,在等我们去送呢。

说着钟声响了,和尚们合掌诵了一遍经,一个跟着一个走出庙门。

41

爷爷说,我坐在沙坑里,头上一片火花,若想抽烟,只要将烟锅伸出去,子弹头就会飞来帮我点着。

父亲说,你点了吗?

爷爷没有回答,他正在搬石头,一用力,挣出了一声响屁。

父亲笑起来。

爷爷说,你真是笑个屁,快搬石头。

金伍两家人一死,西河镇又热闹起来。从早到晚,逃出去的人家,都在络绎不绝地往回赶。先回的人,见金伍两家那么多的财产,却空无一人,就进屋去找。有找到金银珠宝的,有找到绫罗绸缎的,有找到字画古玩的。稍后点的便拣

第五章

了些精细的用具。再后些的,便只有搬那粗笨的家用农具。至于牛羊猪鸡鸭,那都是顺带着拿的事。最后回的人,什么油水也没沾到,便到河滩上的死人堆里去寻找。

从十五下午开始,和尚们在河滩上埋死尸埋了一天一夜,两三百具尸体,只剩下最后二十几具了。

河风又吹起来,同河水一道,将血腥味传了很远。四方的野狗都跑来抢吃死尸。

和尚们一边撵着野狗,一边挖深坑掩埋死者。

到了十六的下午,和尚们又被来死人堆里寻财物的人群撵开了。

管事的和尚见此情景,说,西河镇是在劫难逃。

说完,和尚们全都回了大佛寺。

傍晚,老七他叔的尸体被人从沙坑里刨出来,撬开嘴,敲下那两颗金牙。

在西河镇,爷爷从来都是最聪明,最会审时度势的人物之一。在几天前的那场洪水过后,爷爷什么也不看重,就只看重那支土铳和一葫芦火药。父亲生前多次说到这件事,他那时拼命想找吃的,可爷爷对他说,大灾过后,最危险的不是人吃什么,而是狼吃什么。

六月十五血战之后,在全镇人对金伍两家疯狂的抢劫中,爷爷对一群群满载而归的人熟视无睹,挂在嘴角上的藐视,使父亲想起自己在观看一队黑蚂蚁在搬运一粒饭粒时那副模样。

父亲想不通,那么多无主了的财富,爷爷为什么不要。

父亲说,我们也去拿一点吧!留给我将来娶媳妇时用!

爷爷抬起头,使劲用鼻子在空中嗅了嗅,然后皱着眉头问,你闻到什么没有?

父亲说,我闻到了别人的饭香。

爷爷说,你总记着要往那穷窟窿里填吃食,这是什么时候了,快给我搬石头。

父亲搬了一小块石头,顺着梯子爬上已比他高出许多的石墙,嘴里不停地嘟哝。

父亲说,别人的老子晓得趁机带儿子发财,我的老子却逼着儿子受苦。

爷爷说,别人的老子都是蠢猪。

父亲一生气,脚下踏歪了,人从梯子上滚下来,手中松落的石头刚好砸在自己的脚上,四个趾头一片血肉模糊。

父亲哭叫着,哎哟,痛死我了!

爷爷站在石墙上说,痛死了活该!

父亲又叫,我脚断了,血流光了。

爷爷在石头上抓下一把土,愤怒地撒向父亲,说,小杂种,我××你妈,还不给我爬起来干活。

父亲伤心地抹着眼泪说,都怪我妈死早了,没人心疼我。

爷爷从石墙上跳下来,拎起父亲并随手给了一耳光,说,我不心疼你,就让你去喂狼。

爷爷要父亲帮他抬木头,石墙已经垒好了,他又要用木

第五章

头将窗户和门撑好。

父亲拖着一只血淋淋的脚,在镇里到处找木头,发现了就回来告诉爷爷,让他去扛。

那些木头都是别人家的。

爷爷告诉人家,自己的茅屋被水一浸要垮了,要借他们的木头用几天撑一下,等房子修好了就还给他们。那些人正忙着搜寻金伍两家的剩余财产,想也没想就答应了。

在扛木头时,爷爷的鼻子朝空中嗅得更勤了,不仅眉头皱得越来越厉害,那张臭嘴骂出来的话一句比一句难听。

爷爷将第七根木头扛回家,一进门就听到屋里有婴儿的哭声。

爷爷问,哪来的细伢儿?

父亲说,你捡回来的那两个。

爷爷说,我已将他们送到庙里去了呀!

父亲说,你上山挑石头时,和尚又将他们送回来,说是暂时放一两天,他们都在河滩上埋死人,腾不出人来照料他俩。

爷爷焦急地说,现在他们都回庙里了,你快点将他俩送去,路上跑快点,快去快回,无论碰见什么事都不要耽搁。

父亲吃力地抱起陀子和佛儿,出门刚走了十几步,就听见镇外传来一阵阵古怪的呼啸声。他正在疑惑,爷爷快速从后面冲上来,拦腰抱起他,转身几个箭步跑回屋里,身后的街上,充满了从河滩上逃回来的人群失魂落魄的惊叫。

爷爷用两根木头将门撑得死死的。

父亲听见外面所有的人都在叫唤着同一句话,狼来了!狼来了!

父亲开始不明白这么多人怎么会怕一两只狼,他趴在让猫和鸡进出的门洞里朝外看。在最后一个人影从眼前消失后约两分钟,一只长得极壮、拖着一条大尾巴的狼出现了。他刚回头对爷爷说了一句,真的是有狼来了。再看时,他被眼前的情景吓蒙了。

门洞外面,满街都是驴子狼,一只挨一只,灰蒙蒙的,像天黑时起的雾一样,将小街塞满了。

关于这次狼群袭击西河镇的情况,爷爷和父亲存在着分歧。父亲说,当时狼群最少有一万多只,父亲的依据是包围我家的狼有三十多只,全镇有五百多户,三五一万五,说一万只还是留有余地。爷爷却认定最多不过三五千只,否则这次西河镇就不只咬死几百人,而有可能全镇覆没。后来,我在县志上见到的这件事是如此记载的:一九四五年农历六月十七日,七百余只驴子狼袭击了西河镇,人员死伤四百有余,牲畜难以计数。这是一种折中的办法。

然而,假如真有万余只以上的狼,我也相信爷爷和父亲能够活下来。

爷爷听着外面狼群奔突的声音,镇定自若地往土铳里填着火药和铁子。

爷爷边做边问,狼还在跑吗?

父亲战战兢兢地说，还在跑，不过有的已在往回跑了。

爷爷说，它们在准备吃人了。

茅屋被狼身上的那股臊味充满了。父亲这才记清，他在中午时分学着爷爷用鼻子向空中猛嗅时，隐隐约约地嗅到的一点气味，正是这种臊味的一种淡化的形式。

父亲说，你早就晓得这许多的狼要来？

爷爷说，是的，我晓得，这道理太简单了，人畜都在找吃的，狼不是一样也得找吃的吗！

父亲说，那你怎么不提醒别人，让大家一起作防备？

爷爷说，驴子狼来了，总要闹饱肚子才走。大家都提防了，驴子狼吃什么？它吃不上就会更加拼命地攻击，那就等于大家都没提防。

爷爷特别郑重地对父亲说，只有少数人在提防时，提防才是最重要的。

驴子狼终于停下不跑了，它们分头将一家一户包围起来，男男女女的惨叫声，开始在天空中响亮地飘荡。

爷爷和父亲的茅屋因陀子和佛儿的啼哭，备受驴子狼的青睐。三十几只驴子狼围着屋子，站成一圈，都是那种年轻力壮的角色，前胛宽厚，后腿粗壮。

父亲守着门洞，一看狼爪子伸进来，他就用斧子砍。爷爷拿着土铳不时从梯上钻出屋顶，朝狼群中闹得最凶的那只放一铳。

爷爷始终没有往土铳里上钎，每次总是上一小把绿豆大小的铁子。他不愿打死驴子狼,只想打伤它们,让它们无力攻击,不敢嚣张。

父亲后来告诉我说,爷爷的指导思想是,宁肯伤一个而吓住一群,而不杀死一个惹怒一群,父亲说,这也是西河镇人一贯的指导思想。

一天一夜的围困,驴子狼始终没有能闻到爷爷和父亲身上的人肉味。

第二天,太阳偏西时,驴子狼顺着西河往下游去了。它们在靠近县城的一座山谷里遭到日本人的阻击。日本人用机枪、炸弹和火焰喷射器,迫使活着的驴子狼改变袭击县城的计划,逃进大山里。

太阳下山之际,爷爷抱着陀子和佛儿,领着父亲从屋里走出来。街上到处是狼粪,每隔三五步就有一块被舔得白白的人骨头。

爷爷刚要昂首喊叫什么,一声沉悠悠的钟声从大佛寺里传出来。

爷爷怔怔地停了一会儿,还是喊道,平安无事了,活着的人快到庙里去烧香磕头吧!

这喊声已不及自己想象的那么威风,那么响亮。

附近屋里有些动静,但不见人开门出来。

父亲也叫,狼都走了,街上只有狼屎啰!

爷爷拧了陀子和佛儿一把,两个婴儿一齐哭起来。

爷爷大声说,连吃奶的伢儿都不怕了,你们还怕个卵子哇!

一些门终于陆续慢慢地打开了,十几个脸色灰白的人从门缝里钻出来。

父亲说,其实,既然你晓得狼要来,为什么不跑到外面去躲一阵呢?

爷爷说,只有孬种才躲。我若是躲了,能有现在这个样子吗!

爷爷站在街中间,望着那些哭丧着脸的人,要多威风有多威风。

第六章

42

爷爷将镇上人打死的狼都剥了皮,挂在屋子周围的石墙上,灰溜溜地绕成一个圈,软塌塌松垮垮的样子,就像数月之后,随赵老师来到西河镇的那个漂亮女人的大衣毛领。爷爷当年的小茅屋,则像女人头上尖尖的绒帽。

说完这句话,我结束了这个讲了一下午的故事。

苏米家里没人。

她嫂子在武汉那边生了小孩,她妈妈请了一个月的假去照料,她爸已在审讯室泡了一天两夜,和几个侦察员一道,正在针对谁搞车轮大战。

从星期六开始,学校开秋季运动会,老师让我参加星期一的半程马拉松跑。这个项目是学校的传统项目,一般的中学是不敢让学生这样跑的,怕出问题。胡校长一上任就搞了

第六章

这个项目,参加者总是那些来自最贫穷家庭的农村学生。这个项目放在运动会的最后,到时胡校长总能请到一个县里的主要领导来为冠军获得者颁奖。胡校长这样做是为了让像我这样的穷学生发挥出自己的特长,从而克服在城里学生面前的自卑感,也让那浑身是优越感的城里学生感受一下这些穷孩子所具有的坚韧不拔的优良品质。

我是这个项目的头号种子选手。

苏米没有参加任何比赛,老师交给她的任务是让我星期天休息好,全力以赴地准备星期一的比赛。我便跟着苏米躲到她家。

我坐在长沙发的一端,苏米坐在另一端,等我讲完故事时,那一端已经空了,苏米已坐过来紧紧地挨着我。

苏米的样子真像只小猫。

我忽然感到一种从未有过的孤独,觉得自己作为一个西河镇最典型人家的后代,恐怕永远难以和外面真正的文明融合在一起。苏米的秀发上午才洗过,到现在还飘散着一股醉人的香味,黑亮黑亮的光泽透着神秘的某种诱惑。我想,我是该亲她一下。

我正准备将自己的双唇贴上苏米的头发,她抬起头来。

苏米说,西河镇简直是个阴谋家的乐园。

这话让我有些生气。

我说,你别乱下结论,你其实还不了解它。

苏米说,只有你和赵老师不是阴谋家。

我说，就按你的标准衡量，那也最少还有一个人不是。

苏米说，我晓得你想的谁。是习文。她真的很漂亮，很善良吗？

我说，不和你说这个。算上习文，那还有一个人不是阴谋家。

苏米说，没有了。

我说，我爷爷。

苏米说，你爷爷？照我看他是个最大最大的阴谋家！

这一次我完全生气了，一下子就将她推开。

我站起来大声说，你们这些城里的小姐懂什么，你尝过没饭吃没衣穿的滋味吗？你尝过被周围的人欺负的滋味吗？别人骑在你头上拉屎拉尿，你要是不想办法臭他们、报复他们一下，那你还是人吗？胡校长为什么要让我们跑半程马拉松，因为他在西河镇教书时被抓过，他尝过受屈辱的滋味。他知道城里人养娇了，不敢上阵，让我们跑出点威风，叫城里人晓得这些穷光蛋并不是好欺负的。

苏米呆呆地看着我。

我说完了，转身向门口走去。刚要拉开门，苏米上来拦住我。

她不说话，我也不说话，两人面对面地站在门后。

后来，苏米伸手拿起我的手，抚着手背上的一块伤疤，问，这是怎么弄的？

我说，砍柴时不小心砍的。

苏米说，我真想在自己手上也砍一刀。

我说，你以为这样我们之间就扯平了？

苏米忽然扑上来，紧紧搂住我，嘴里连连说，你别这样，学文！你晓得吗，你这样让我吓坏了！

我心里一软，叹口气说，你也别怕，其实我是在给自己壮胆。

苏米踮起脚说，吻我一下。

我说，我不会。

苏米说，大桥说你和别人亲过嘴儿。

我说，是亲过。

苏米说，那你怎么又说不会呢？

我说，苏米，你别又瞧不起我，可我真的认为吻和亲嘴儿不是一回事。

苏米说，那你就亲我一下。

我说，和我亲过嘴儿的翠水不是好的女人。你懂我的意思吗，苏米？

苏米从我的脖子上溜下来，回到沙发上坐了一阵才说，我晓得，你还是忘不了习文。

我说，这不怪谁。只怪我们认识迟了。

这时，桌子上的电话忽然响了起来。

苏米拿起话筒，听那口气，我知道是他爸打回来的。

苏米和她爸说话时，一会儿嘟着嘴，一会咯咯咯地笑，一会儿又静得像一枝荷花立在黄昏无语的池塘里。我想起习文，想她这些日子忧郁的样子，已到了秋天，她自然不去西河洗澡了，她也许根本就不在月光下行走了，天一黑就待在那所山边孤单的旧屋里，守着清灯，流着清泪。

苏米放下电话，高兴地说，太好了，我爸今天不回来，明天上午又要去西河镇捉人，这些时间都是我们的了。

我一听到捉人，就问，去西河镇捉谁，是杀赵老师的凶手吗？

苏米说，我不敢问，他不让我问这些，有时我妈问他，他也阴着脸说她不该问。不过，我想应该是八九不离十的事。

我忍不住骂了一句，王八蛋，看你这回躲到哪个臊肉缝里去！

苏米捂着耳朵叫起来，说，学文，你文明一点好不好！

我说，太恨了，谁还顾得了文明。

苏米到厨房做饭，我无事可做，就转到苏米的卧房找书看。推门进去，见满屋都是些小玩意儿和大大小小颜色各异的彩色瓶子。墙上有一张很大的彩色照片，上面是一个穿着泳装的少女躺在一片草地上。开始我以为是一幅画，后来才发现上面有一行字：苏米十六岁。

照片上半裸的苏米让我心里一热。我低下头，想转身不看了，又有些不舍。

苏米在厨房叫起来，学文。

我有些慌乱地应了一声，什么事？

听到我的回答，苏米从厨房里冲出来，急红着脸说，你

第六章

怎么可以到我房里去呢！你太不懂礼貌了！

我说，哪有那么多的礼貌。

我回到客厅。

苏米说，你看到什么了？

我说，我刚进去，什么也没有看到。

苏米脸色正常后，说，没看到我的照片？

我说，没有。

苏米似乎有点失望。

苏米说，男孩子想进女孩子的房间，只有一种办法。

我说，像小偷那样。

苏米走近我，贴着耳朵说，先吻她。

外面突然有人敲门。

打开后，进来的是大桥。

大桥气鼓鼓地说，我就晓得你来这儿了。

苏米说，是老师让我督促他休息的。你下回若是跑半程马拉松，我也让你来休息。

大桥一下子就消了气，说，你让我跑，我就是累死也参加。

我说，若是苏米让你拿冠军呢？

大桥说，我就像别人杀赵老师那样，将其他参加赛跑的人全都干掉。

大桥正要为自己的笑话而笑，我一拍茶几说，你是个十足的王八蛋。

大桥说，你干吗要骂我？

我说，骂你是轻的，我还要揍你。

大桥站起来拉开架式说，想打架，别以为我会怕你。

苏米说，大桥，你发个什么威。你用赵老师的死来开玩笑，还算是个有良心的学生吗？快向学文认错。

大桥低头道了一声歉，我挥挥手让他坐下。

苏米也做不出什么好饭好菜，就是煮了三大碗面条，然后从冰箱里拿出几碟凉菜。

苏米端面条出来时，在厨房门口朝我递了个眼色，我迎上去拿了她努着嘴指的那碗，她自己留了一碗，剩下一碗给了大桥。

吃的时候大桥直皱眉头，有时将嘴张得老大。苏米问味道怎么样时，他连连称赞味道好极了。

我们吃完了时，大桥还有半碗没咽下。

苏米说，是不是觉得咸了点，学文练长跑出汗多，得多补充点盐，我就稍放重了一些。

大桥说，没事，我口味向来随便。

大桥一吃完，就去了卫生间，我贴在门上听见他在里面咕哝咕哝地喝着自来水。

苏米悄声告诉我，她在大桥碗里多放了一把盐。

我说，你也成了阴谋家。

苏米说，这是为赵老师讨个公道。

第六章

43

半程马拉松开始之前,我将一个信封交给苏米,要她比赛结束之后再打开看。苏米接过去时,脸上泛起一阵红潮。

其实信封里是一张请假条。我要苏米转告班主任,自己要请两天假回去看看。

做热身运动时,运动场边上的高音喇叭在介绍参加半程马拉松赛的运动员。原定只有二十人参加,可在20号之后,播音员又说,现在介绍21号运动员苏米的情况。不只是我,所有参加比赛的学生都大吃一惊。

苏米穿着一套红色运动衣,像一团火一样站在我身边,等待着起跑的信号。

我说,你不该逞这个英雄。

苏米说,我也要做个样子给城里的学生看一看。

我说,二十多公里、四十几里,差不多都可以跑到西河镇了。

苏米说,我也想试试获奖时的威风劲。

我说,你怎么也学起西河镇的人了!

裁判在旁边大声叫起来,各就各位,预备——跑!

苏米抢先冲在前面,我故意落在后面,她不时回头看,我装作没发现。

一出县城,我就第一个加速,一会儿就将苏米他们甩下几百米。他们都在保存体力，目标是返回学校运动场，争夺冠军。我的目标是西河镇，没有对手，也不需要保存体力等战术，累了我可以找地方歇一歇。

快到折返点时，我扒上一辆拖拉机，藏在挂斗里。守在折返点的班主任正坐在路旁和别人聊天，一点也没觉察到我的犯规动作。

县城到西河镇有七十多里，我跑跑走走，中午过后不久就到了家。

爷爷正坐在门口搓紫苏，见了我一点也没有吃惊。

爷爷平静地说，腌菜吃完了，回来拿腌菜啵。我正打算这两天找人给你带去，装菜的瓶子你总不记得让人带回来，害得我总是找人讨瓶子，损我的威风。

我说，今年紫苏的价涨了没有。

爷爷说，和去年一样。

爷爷扔掉手上已搓过的紫苏禾，又随手拿起一把，用双手一揉一搓，黑红色的紫苏籽粒儿就纷纷落在地上的一只簸箕里。

爷爷身边，紫苏禾堆得快平了屋檐。

我说，这么多，你一个人怎么搓得了？

爷爷说，就靠它变点钱，要是能卖个百把元钱就好了。

爷爷眯着眼瞅了瞅簸箕里的无数小籽粒儿。

我说，我沿路看见有人把紫苏禾儿摆在公路上让汽车碾，然后扫起来，筛一筛，簸一簸就完成了。这样多省力。

爷爷说，不行，紫苏是治人病的，医生说了，不能在公路上用汽车碾、油烟熏、轮胎轧，还有沥青沾，肯定影响药效，会害人的。

我进屋倒了一杯水，自己喝了一半，将剩下的一半递给爷爷。

爷爷说，瓶里没水了？

我说，只剩这一杯了。

爷爷说，那你喝吧，我喝凉水就行。

我说，不，我喝凉水。

爷爷说，那不行，凉水塞心，你正在读书呢！

我说，你先喝，我再去烧。

爷爷说，我试试你的孝心变没变，还行。我去烧，顺便热两碗剩饭。你没吃吧？我也没吃。走了这远的路，你先歇一歇。

爷爷起身进屋后，我坐在他的位置上，拿起一把紫苏禾，一下下地搓起来。紫苏晒干后，有一种沁透心脾的野香，说不出那是怎样的一种味儿，可就是让人割舍不下。

老远看不见的街上，传来五驼子剁肉时，刀砍在肉案上的咚咚声，不时还可以听到他要割人鼻子，割人卵子的叫嚷。

搓了三把，正要拿第四把时，金福儿和镇长并排从街那头走过来。金福儿神色有些沮丧。

镇长见了我有些吃惊，她问，学文，你怎么回来了，大桥呢？

我说，我有事，请了两天假。

镇长说，走的时候上我那儿去一趟，我也给大桥带点腌菜去，让他开开胃。

他们走过去后，我想起一件事，就追上去，临近时，听见镇长对金福儿说，又不是你作的案，这个样子不是自己杀自己的威风嘛！听我的话，下午就去找个人来接替王国汉。

我走上去问，镇长，你晓得苏米他爸在哪儿吗？

镇长反问，哪个苏米？

我说，我的同学，她爸是刑侦队的队长。

镇长说，我记起来了，大桥跟我说起过这个女孩，她爸正在派出所审犯人呢！

金福儿这时拉了镇长一下，说，走吧。

镇长随金福儿走了。

我在她背后问，是不是杀赵老师的犯人？

她没有回答。

回屋时，爷爷已将饭炒好，盛在碗里了。

我拿着筷子问，赵老师是怎样死的？

爷爷说，吃完了再说吧，那个死法，让人一想起来就恶心。

44

蓉儿坐在客车上,听到售票员对她妈说,前面就是兔儿寨了,要下车就先站到门口来。

蓉儿眼泪又一次涌出来,她说,妈,我不下去。

蓉儿她婶在身边一把拉起她说,都到这一步了怎么还犹豫,下吧下吧,不要怕,有我和你妈陪着你呢!

蓉儿说,你也在这儿找了个男人?那太好了。

蓉儿是故意气她婶。

蓉儿她妈忙说,婶为你保媒,你怎么能这样说话。

蓉儿说,她是把我往火坑里推。

蓉儿她婶说,是你自己先掉进火坑的,怎么还怨别人。

蓉儿一时说不出话来。

车一停,她妈和她婶就将她弄下来。

蓉儿脚一沾地,就有十几个人围上来,纷纷打量她,看了几遍后,有人就说,太忠真有艳福,这好的肥肉,自己跳进嘴里来了。

大家拥着蓉儿进了屋。一个二十几岁的男人坐在椅子上对她笑了笑,白净净的脸上还起了些红晕。

蓉儿她婶忙对蓉儿她妈说,这就是太忠,蓉儿的对象,你的女婿。

蓉儿她妈说,见了我们,你怎么不起身迎一迎。

蓉儿她婶说，跟你说实话吧，太忠是个瘫子，站不起来。

蓉儿她妈火了，正要发作，蓉儿她婶将她扯到另一间屋子。

蓉儿她婶说，太忠是个瘫子，可蓉儿是个瘸子呀！

蓉儿她妈说，蓉儿虽瘸，可她能站能走。

蓉儿她婶说，但她肚子里还有一个野种呢！

蓉儿她妈张了张嘴，有什么话终于没说出来。

蓉儿她婶说，说实在话，太忠开始还嫌蓉儿呢，是我做了不少思想工作，要他思想再解放一点，他才想通的。

二人说了一阵，回到堂屋时，蓉儿迎上来说，这里人太多，我想带太忠到外面去说说话。

蓉儿她婶说，我还怕你难得想通呢！

大家将太忠移到那个用四只轴承做的小木车上，看蓉儿推着他顺路往山坳里走，都笑起来说，现在的男女真大胆，巴不得一见面就上床。

蓉儿将太忠推到山凹无人处。

太忠说，蓉儿，只要你以后真心和我过，我会把你肚子里的孩子当亲生的待。

蓉儿说，这话以后再说，我想看看你这车是怎么做的。

蓉儿将太忠移到草地上时，太忠用手将她箍住，说，今天就跟我结婚吧，我想女人都想疯了。

蓉儿奋力挣脱后，将那小木车扔进路下面的水塘里，然后一溜烟跑了。

第六章

蓉儿读书时成绩不好,知道自己考高中无望,初中毕业之前,她就想进金福儿的公司做事,托人帮忙说时,却被那男人趁机强奸了。蓉儿一直不愿对家里人说,直到发现自己怀孕,无奈中才说了。她爸想去告那男人,她妈却不让。蓉儿本来就跛了一条腿,别人若知道她又出了这种事,那还会有谁要她做媳妇呢!

蓉儿只有十六岁。

她妈就托她婶帮忙找个人家赶紧嫁出去。

蓉儿顺着西河沿岸的柳丛往回走。有两次她听见她妈和她婶在一声声唤着,蓉儿,蓉儿,你千万别寻短见啦!

她没有理她们,埋头在河滩上走着。河滩上很干净,也很安静。她觉得心里很空,可又实在没什么好想的。

后来,她在一处深水湾里掬了几口水喝下去,再坐在柳荫下歇息时,终于想起那个占有她身子的男人。

那时,天刚黑,王国汉拿了半瓶洗发液送给她,并要带她到河里去洗头。她第一次用飘柔二合一,心里很高兴,就跟他一起去了。走到河边的柳林里,王国汉忽然一下子就将她按在草地上,然后就一个劲地揉她的胸脯。她挣扎了一阵,慢慢觉得全身酥软无力,于是王国汉就将她和自己的衣服全脱光了。待坐起来后,王国汉还不让她穿衣服,抱着她坐了一个小时,等到她说冷时,王国汉把她按在地上压了一会儿,这才和她一起穿衣服回去。

蓉儿想恨王国汉,可不知怎么地一点恨也没有,有时倒还有些想他。

走了二十多里的河滩,蓉儿看见甲铺了。

蓉儿忽然觉得没有劲,两腿软软的,在沙子上拖了两道长沟。

正在艰难地走着,有什么东西在脚下一绊。蓉儿低头一看,一只手从沙子里伸出来。开始她以为是谁和自己闹着玩。镇上的孩子在夏天总爱用沙子将自己埋起来,只露出一张脸在外面,脸上盖着一片桐籽树叶,等人走近了,突然蹦起来吓唬他。

蓉儿正准备在那手上踩一脚,又觉得不对头,那只手白得像张纸,附近也没有桐籽树叶。她没再细想,还是顺势踢了一下。

那只手猛地飞出去一丈多远。

蓉儿吓得哇哇大叫,一口气跑进甲铺乡政府,说,河滩上有一只人的手。

一个小时后,苏米的爸带着两只警犬赶到了。在甲铺以上五里的西河里,他们找到了两条腿,一截身子,一个头和另外一只手。

镇长闻讯赶来,看过那拼在一起的身子,只说了一句话,就哇地呕吐起来。

镇长说,这不是赵长子吗?

第六章

45

我回到西河镇时,赵老师的死所引起的惊讶和猜测都已平息了。

第一个受惊的蓉儿已心平如镜地嫁给了太忠。

赵老师的那只手让蓉儿发了一天一夜的高烧。她妈和她婶找过阴先生求了一道符给她喝了,又去医院买了几十元钱的药吃下,才退了烧。

第三天中午,蓉儿吃下两大碗饭后,她妈就开始劝说,太忠的不好处你都晓得了,太忠的好处你可不晓得。你身上有残废,又被人破了贞洁,怀了个野种,如果在别的人家,你一生也抬不起头来。太忠家就不一样,他爸他妈都快七十岁,活不了两年。太忠虽然在路边摆个鞋摊加爆米花的机器收入不少,但他那个样子也威风不起来。所以,你去了就是一把手,当家的,你想怎么威风就怎么威风。远的不说,就说赵长子吧,他这一生活得连条狗都不如,连死法也比别人惨一百倍。他要是换个地方,譬如是电视里常在救济的那个非洲吧,他要是去了,说不定还能当个总统皇帝。赵长子是我们西河镇的一面镜子,再想不通的事,和他比一比就想通了。毛主席不是说要有反面教员吗?赵长子就是我们的反面教员。所以,蓉儿,你千万别忘了这个反面教员。你也不是姑娘了,晓得男人是怎么回事。太忠还是个童子身,你嫁他本不吃亏。白天他能挣钱养你，晚上他能让你快活，有这些就行了。乡下又不是城里，要男人陪着逛马路。听他妈说，他三两天就要遗一回精，这种身体只怕是你到时候享不住那个福呢！

蓉儿说，你不用多说，我也想通了，我是你女儿，你害我还不是等于害你自己。我可以嫁太忠，但我找王国汉时，你们不要干涉。

蓉儿她妈说，你嫁出去了就归太忠管，我们当然不管。

蓉儿当晚就去找王国汉，却没有找着。

她后来发觉王国汉是在有意躲着自己，就来了气，一天到晚总找他。有一回，她终于在翠水的房里将王国汉堵住了。

蓉儿和翠水吵架一点光也没沾到。

翠水骂她，王国汉说你太嫩了，还不够臊，才只长了十六年，怕搞穿了犯法。

蓉儿一句也骂不出来，气得一夜没睡着，早上起来，招呼也没和家里打，就提着一只提包，装了自己的几件衣服上太忠家里去了。

我在街上走着，西河镇一切如旧，大家都懒得说赵老师的死，好像那是一件挺无聊的事。

我走进习文的理发店，她正背对着我给镇长吹头发。

我说，习文。

习文看了我一眼说，理发吗？

我说，你怎么像不认识我一样！

习文说，我晓得你是学文。

我不知道如何开口了。

习文说，放假了还是请假？

我说，请假。

镇长忽然说，哎哟，烫死我了！

习文赶忙将电吹风挪开了些。

我说，习文，我一直不相信，所以现在才回，真对不起。

习文说，你别打扰我好不好，我不能再烫着镇长了。

我只好重新走回街上。

五驼子在他的肉铺里极张扬地吆喝着。一群城里人又在那里买瘦肉。一辆红白相间的东风大客车停在街边。城里人买好肉坐车走了，街上一下子冷清起来，远没有那次戏弄赵老师时热闹。

五驼子大声说，你晓得吗？金福儿请的那个经理王国汉，叫县公安局的人抓起来了。妈的，还叫栖凤酒楼，这名字就十分下流。

我以为五驼子在和别人说话，扭头看了看，四周并无其他人。

46

眼下正是收获季节，二季稻的香气涌进了西河镇。沿街两长溜的大小簸箕里晒着雪白的棉花，家家户户的屋檐下挂着一串串的干红辣椒，往上则是一层仿佛没有边际的黑瓦。

爷爷没有种棉花。看到棉花我就忍不住要用手去抚摸，那种感觉使我想起了苏米的小手。我似乎第一次发现西河镇有如此奇妙的景色。

我就在这样的动人景色中走进派出所。

办公室里有好几个人，一个在擦枪，一个在看报纸，一个在抽烟，其余的人都在打瞌睡。

我说，我要找苏米的爸。

顿了顿，见没人理我，便又说，我要找苏米的爸，我有急事。

擦枪的和抽烟的相视一笑，还是没理我。

我火了，大声说，我要找苏米的爸，听见了没有?! 赵老师都死这长时间了，你们还在这里睡觉、闲坐。

这时，派出所文所长从里屋出来，说，是学文啦，怎么进城才三天，就敢到派出所里来抖威风了。

我说，我要找苏米的爸，他们却不理我。

文所长说，苏米是谁，他爸是被人拐走了还是怎么地，你得说清楚哇！

我正要解释，苏米的爸也从里屋走出来了，说，你们别再开玩笑了，他还是个孩子，不懂得大人的幽默。

除了睡觉的人以外，大家都笑起来了。

苏米的爸对我说，有什么事，到里屋来说吧！

第六章

我一进去就说，听说你将杀死赵老师的凶手抓起来了？

苏米的爸说，谁告诉你的？

我想了想说，五驼子，还有苏米。

苏米的爸说，瞎猜，没影的事。

我说，你别保密，大家都晓得你将王国汉抓起来了。

苏米的爸说，抓王国汉是因为翠水告他强奸了她。

我一下子泄了气，说，苏米总说你破案如何厉害，恐怕是替你吹牛吧！

苏米的爸说，这个案子太复杂了，可一查起来又平常得让人发腻，没有哪一点可以成为线索。让人感到像是起了雾的夜再蒙上眼睛那样，你感觉到有什么东西就在眼前，可就是抓不住它。你晓得胡校长是怎么建议的吗？他说这个案子得请社会学家来侦破。

桌上的电话响了起来。

苏米的爸抓起话筒，说了几句。文所长进来问谁的电话。苏米的爸笑着指了指自己的鼻尖。听他说话的口气，像是苏米打来的。

隔了一阵，苏米他爸果然将话筒递给我，说，苏米要和你讲话。

我拿过话筒说，有什么事吗，苏米？

苏米在很远的那端说，你是个笨蛋，你是个逃兵！

我说，你们跑的是半程马拉松，我跑的是全程马拉松。

苏米说，可谁能作证？学文你没有见到上午的那个场面。

其实刚过折返点我就跑不动了,我却一直拼命地往前跑,老师几次劝我放弃,上车休息,我就是不答应。好不容易到了学校门口,我实在是一步也走不动了。这时,几十个女同学拥上来,像举着马拉多纳一样,举着我跑过终点。

苏米说,你晓得我为什么能够坚持下来吗?我一直在追你,越是看不见就越想追上去,可你却欺骗了我!

苏米在那边放下了话筒。

我也默默地放下话筒。

苏米的爸说,吵架了?女孩子就这样,一时晴一时雨的,连天气预报都不发布。

我说,我晓得她会原谅我的。你们什么时候审讯王国汉?

苏米的爸说,马上开始。

我说,我想听听。

苏米的爸说,你还小,这种强奸案你不能听。

我说,我还是想听,说不定他与赵老师的死有关。

苏米的爸想了想说,那我就陪你在这儿听吧!你要记住,这可是看在苏米的面上破的例,你以后可不能欺负她。

我说,我没有那个威风,敢欺负城里人。

屋里有一只小喇叭和审讯室的话筒相连。苏米的爸将开关一按,喇叭里就传出声音来。

王国汉是翠水告发的。他自己却不知道,所以一审问,他先交代出来的竟是蓉儿,接下来又交代了一个叫凤儿的,还有一个叫彩娟的,他刚脱了她的裤子,听见有人走过来,就连忙跑了。

交代了这几个,王国汉说再也没有别的了。侦察员说他不老实,用电警棍在他眼前碰出许多嚓嚓响的火花。王国汉又说出他和翠水的事,他声明翠水是自愿的,他答应给翠水二十元钱,可那天翠水没有先洗澡,身上有一股汗臭,结果他只给了五元钱。翠水将钱丢了,边穿衣服边说要告他强奸。

审到这里,文所长喊大家去吃饭。苏米的爸将我也叫上。

苏米的爸说,这小子不老实,关键的东西可能在最后,等我们吃完饭他就会开口的。

苏米的爸他们喝酒比派出所文所长他们厉害多了,样子也凶,个个拿着酒杯威风得像个打了大胜仗的英雄。

苏米的爸不让我喝酒,只叫我吃菜。

我从未见过这么多的好菜,不一会儿就吃饱了。

离开饭桌,我去审讯室看动静。

王国汉双手铐着挂在窗子的铁栏杆上,两只脚尖踮着刚刚踩在地上,一声声地呻吟就像五驼子在杀猪。

王国汉看见我,有气无力地说,学文,救救我,我快吊死了。你去和文所长说一下,我什么都说。

我说,赵老师是不是你杀的?

王国汉说,我什么坏事都干了,就是没杀赵长子。

我说,你不交代,那我就不去说。

王国汉说,好好,我交代,赵长子是我杀的。你快去喊人来吧!

我急忙跑到派出所隔壁的那家餐馆,对苏米的爸说,快去,王国汉交代出来了,赵老师是他杀的。

苏米的爸一愣,说,你怎么晓得?

我说,我在铁栅门外面问出来的。

这时,大家的酒已喝得差不多了,苏米的爸一挥手说,各人来个门前清,散席。

天黑了下来。

苏米的爸和我坐在审讯室外面的一间屋子里,里面的问答听得一清二楚。

王国汉说他贪污了金福儿公司的六千多元钱。他还在和镇长一起出外考察时,趴在卫生间的通风窗上看过镇长洗澡。说完这些,王国汉说他再也没做别的什么了。

苏米的爸站起来,走进审讯室说,赵老师的死是不是与你有关?

王国汉说,与我一点关系也没有,那天晚上我在翠水房里一直没离开。

苏米的爸说,真的一点关系也没有?你别以为我一点不晓得。

王国汉垂下头说,赵长子死后,我就一直想把习文搞到手。夜里我去过三次,但她总将一把刮胡须的刀子放在枕边,我就不敢动手。

审完王国汉,我正要走,苏米的爸叫住我,要我看完本县新闻再走。

八点钟，电视机里开始播本县新闻，最后一条是县一中秋季运动会胜利结束的消息。电视里反复播送苏米被一群女学生举着跑向终点的镜头。苏米的爸眼睛周围变成了一片潮湿。我的心里有点激动，但不太激动。

往外走时，苏米的爸问我，你是不是去看习文？

我点点头。

苏米的爸说，带我一起去，苏米在电话里要我一定代她去看看习文。

听到这话，我的眼泪一下子就涌了出来。

习文屋子的墙缝里到处都是灯光。

听到敲门声，习文忙将一把雪亮的剃刀拿在手里。

习文说，谁？

我说，我是学文，还有公安局的苏队长。

习文开开门。屋里到处都是赵老师用过的教材和备课笔记。

苏米的爸说，有一个叫苏米的女孩让我代问你好！

习文说，谢谢。

说时，她用眼睛盯了我一下。

我不敢看她，望着别处说，苏米是苏队长的女儿，和我是一个班的。

苏米的爸蹲下来，翻了几下铺在地上的书，说，你是想从中找到一些线索吗？

习文点点头。

苏米的爸说，找到没有？

习文摇摇头。

苏米的爸说，作为赵老师的女儿，你一定会有一种直觉。就是那种没有任何根据，也没有任何理由，但又坚持相信的一种想法。你能告诉我，谁最有可能成为凶手吗？

见习文没说什么，苏米的爸又说，可以叫学文出去，你单独和我说行吗？

习文说，不用，除了他，西河镇人人都像是杀我爸的凶手。

苏米的爸叹息一声，说，这可是最不可能的。

47

天一亮，爷爷屋里就响起咳嗽声。一阵接一阵，像打机关枪。

我刚从床上坐起来，爷爷就隔着墙说，趁早，河里的水干净，去挑三担回来，把缸里灌满。

这是爷爷第一次叫我挑水，我有些愣，心想，爷爷怕是真老了，他要是不能动了，自己的书恐怕也就读不成了。

我没有作声，挑上水桶就出门往西河里走。镇上大部分人没起来，街上只有少数几个像我一样趁早到河里挑水的人，

第六章

大家见了面,也不打招呼,只顾把一挑水颠得晃悠悠的。

小街上,各户门前还未来得及扫,昨夜猪、羊、牛拉的粪便随处可见,而翠水的窗前,更是大明大白地扔着几团红色的卫生纸,上面有一摊摊的血污。

挑水的人们并不骂,绕了几步就过去了。

田野上有一层湿雾,十几堆还没烧透的火粪,仍在冒着青烟,和雾搅在一起后,散出一股沁透心脾的异香。

习文屋后的山坡上也有一股烟在升起,但比火粪烟淡许多,也小许多。我看不清那是在做什么。别处的雾都是薄薄的,就那儿显得又浓又厚。

我将第一担水挑回屋里,再到河边舀第二担水时,一阵风将那团雾吹散了,露出习文的身影。

习文跪在一座新坟前,一把一把地烧着纸钱。

蓉儿的爸正好挑着水桶走过来。

我问,今天是什么日子,怎么习文这早就爬起来上坟。

蓉儿的爸望了一眼说,长子一死,习文就天天这样,剃头佬发给她的一点工钱,她差不多都买了黄表纸。

我说,习文一个人太可怜了。

蓉儿的爸说,是呀,不知谁来行行好,早点给她保个媒,找个男人嫁出去,也算是个依靠。

我忽然生起气来,说,你以为习文也像你家蓉儿那样?

蓉儿的爸说,你这伢儿,平白无故的抖什么威风!大清早的,谁犯着你啦,是你找着我说的话嘛!你是不是也想我们像对待赵长子那样,将你的威风杀得片甲不留!

我挑起水桶走了几步,回头说,休想!

又走几步,我又回头说,休想!

再走几步,我再回头说,一辈子也休想!

挑了三担水,水缸正好满了。我用扁担钩子去钩水桶时,在灶后烧火煮粥的爷爷咳了一声。

爷爷说,水满了,别挑了。

我说,再挑一担搁在水桶里。

爷爷说,我一人在家,一天用不了一担水,挑多了放在缸里会臭的。

我说,快臭时,你就用它将门口的街面冲一冲,洗一洗。

到了河边,舀好水,我将扁担横在水桶上,人坐上去,呆呆地看着还在烧纸钱的习文。这时太阳已出山了,四处都是光灿灿的,反衬得那处山凹更显阴沉。

纸钱烧完了,坟丘旁不再冒烟,习文跪在那里一动也不动,远远地看,如同一尊观音像。

蓉儿的爸走过来对我讪讪地说,听说你和苏队长的女儿是很好的同学?

我没理他。

蓉儿的爸继续说,你昨天看了他们审王国汉,能判几年徒刑?

我忍了忍没忍住,还是开口说,这是秘密不能外传。你是党员吗?

第六章

蓉儿的爸说，我是，入了十几年。

我说，是党员更应守纪律，乱打听会犯错误的。

蓉儿的爸走了几步后嘟哝了一句，小狗日的，夹着个卵子当枪使。

我大声说，你放心，蓉儿吃不了亏的。

这时，爷爷的喊声忽然起来了，你那个野种，死到哪里去了哟！

喊声一起，习文骤然转身站起来，我看得见她那目光像闪电一样射向我。我从两只水桶中间站起来，阳光把我的身影在沙滩上投射得很长很长。我们遥遥相对而立。

后来，爷爷又用温和的调子喊我，学文，回来吃饭哟！

我应了一声，弯腰挑起水桶往回走。

山坳里，习文也在往回走。

吃完早饭，我朝爷爷要五角钱去理发。爷爷要我去剃头佬那儿划正字，记上账，钱以后一齐付。我不肯，非要他给我现钱。

爷爷像是忽然明白过来，咧着嘴笑起道，你也懂得在女人面前显威风了！

每年秋天，是我家最富裕的季节，各种收成拿去卖了，总能变出一些钱。

爷爷从箱子里拿出五角钱交给我时说，你想不想吃一节甘蔗，要想，我就多给三角你。

我说，我不想。

爷爷叹口气，合上箱子说，你托生到我们家算是前世没修好，别人家的孩子手里拿着一节甘蔗，在街上边走边啃边吐渣儿，多威风啊，有时还故意往女孩子脚下吐，女孩子若说不该这样，他就举着甘蔗吓唬人家——哎！

我说，吃甘蔗威风个屁，嘴上脸上手上都是水。我在县里经常吃口香糖，那才是又高级又威风呢！

爷爷说，西河镇只认甘蔗。口香糖既不能吃又不能喝，一天到晚嚼来嚼去，像个没吃饱的要饭的饿鬼。甘蔗好，要吃吃了，要喝喝了。

我不和爷爷争，拿上钱出门去了。

48

习文正在理发店里扫地。见我进门，她抬起头扫了一眼，软软地问，理发吗？

我点点头。

习文说，稍等一会，水还没烧热。

习文将地扫完，又去抹桌椅台儿。

后来，炉子上咕哝一响，壶里的水开了。我站着无事，就过去将壶提起来，往桌上的一溜开水瓶里灌。习文收拾完，在一边看着。我将壶里重新灌上冷水，搁到炉子上。

习文说，城里有那么多理发店，你怎么不去城里理发？

第六章

我说，我答应过上你这儿来，上学之前，先是没借到钱不知什么时候走，后来晚上借到钱，第二天一早又得赶车，就没来得及来。

习文说，那天你来也没用，我爸一晚上没归家，我从四点钟起床找起，一直找到下午一点，都没见到人影，直到天黑时师傅才慌张地告诉我，说他刚才听说我爸在河里出事了。

我说，我也是天黑时听说的。可我一点也不相信。

习文说，直到现在我也不信。我每天到他坟上去烧纸钱，总觉得他还活着。

我说，你爸跟你透露什么没有？不然别人怎么会下这样的毒手！

习文说，我爸只说过，其实我家一点不穷，如果想要钱，只需打听一下，往台湾那边的亲戚那儿写个信，一夜之间就可以盖过金福儿。可我爸不愿靠别人的恩赐过日子，他说那样就违背了爷爷让他来西河镇报恩的愿望。

我说，你爷爷到底让你爸来报什么恩？

习文摇了摇头。

忽然门口有人叫，学文，我就晓得你在这儿。

我扭头一看，是苏米。

苏米穿着一套红色的牛仔服，倚在门口，冲着我们笑。我看出她那笑里面有些勉强。

苏米说，我就晓得习文在哪儿你一定也在，所以我一下车就问习文。

我对习文说,这就是苏米。

习文没说什么,只是轻轻一笑。

我问苏米,你怎么来了?看你爸?

苏米说,我来看习文。我和胡校长请的假,胡校长让我代问习文好!

苏米将一只信封递给习文,里面装着一封信和二十元钱,胡校长要习文自己买点吃的,补补身子。

苏米往转椅上一坐,说,习文,帮我做个你最拿手的发型吧。

习文说,我做不了,刚学的,只能随便吹一吹,烫一烫。

苏米说,随便最好,我就喜欢随便。

见习文不愿动手,我说,苏米,你得排队,我比你先来,得让我先理发,才能轮到你。

苏米说,你太不文明,连沉船时男人都得让女人先上救生艇呢!

这时,习文的师傅进了铺子,说,闹什么闹,这晚了还不开张做生意,准备喝西北风呀!你们先让一下,让习文将镇长的发型重新做一做。

我们回头一看,镇长果然也站在门口。

镇长走近转椅对习文说,昨天你给我吹的这个样子当时还觉得可以,晚上一照镜子发现顶上太高了,人显得俗气,你再给我吹低一点。

苏米坐在转椅上不动身。

第六章

习文说，你先让一下吧！

苏米说，我先来，不让！

镇长看了一眼后问，这孩子怎么没见过？

习文说，她叫苏米，从城里来的。

我说，我的同学。

镇长忙说，那次我去找大桥时，曾在食堂里碰过面，是不是！你先做吧，我先去布置一项工作，回头再来。

习文的师傅忙说，镇长，要不我来帮你吹一吹，压一压？

镇长没理他，只顾对苏米说，大桥和你同学一场，你能帮他的时候就尽量帮帮他。

说完这话，镇长径直走了。

习文的师傅在身后小声嘟哝，不想让我摸你的头，我的手未必比捡破烂的手脏？！

镇长刚走，苏米就从转椅上跳起来，正要说什么，外面的人先吆喝起来。

和苏米坐同一辆客车上镇里来买瘦肉的一个城里人，受不了五驼子的折磨，低声骂了一句婊子养的。被五驼子听见，吵起来后，五驼子拿起刀要砍他。

那城里人在前面跑，五驼子在后面追。

追到理发店外面，正好碰上镇长。

镇长说，驼子，你发什么疯，快把刀放下，别丢西河镇的人。

五驼子红了眼，说，你懂得丢人，你的人丢在哪儿了你自己都不晓得!

镇长火了,说,当心我将你的执照没收了。

五驼子说,我早晓得金福儿串通你来整我,先是占我的地盘,现在又想封我的刀,别把我惹急了,放一把火烧了那男盗女娼的栖凤楼。

镇长气得脸发白。

金福儿这时从看热闹的人群中走出来,说,说我就说我,别把领导扯进来。我就站在这儿,你想砍就拢来,我若是后退一步,就不是娘生的,就是从牛屁眼里屙出来的。

五驼子怔了怔,说,你的账总有一天我会算的,我今天先和婊子养的城里人算账。

五驼子要追时,金福儿打了一声口哨,那条大狼狗立即蹿上来,挡在了五驼子前面,也不哼不叫,只是死盯着五驼子,让一条通红的长舌头在前面吊着摆来摆去。

五驼子有些怕,后退了一步,大狼狗立即逼上来一步。慢慢地五驼子被逼到墙边,没有退路了。

他叫了一声,妈的,老子不想活了!

说着,举刀就向自己头上砍去。没等落下,大狼狗跳起来,张开嘴将他的手腕叼住。

金福儿问,你还想不想死?

五驼子说,大仇未报,狗日的才想死呢!

金福儿吃喝一声,领着大狼狗正要走开,苏米从我们后面钻出来,冲着他俩说,你们一个比一个恶,说不定赵老师

第六章

就是你们杀的。

金福儿用一种古怪的眼神盯着苏米。

苏米说,我不怕你的狼狗,我连警犬都不怕。

金福儿没说什么,扭头走了。

五驼子没了对手,也无精打采地回肉铺去了。

人都散了以后,苏米对习文说,你今天休息一天,我陪你散散心。

习文说,不行,师傅不答应,要扣工钱的。

苏米掏了五元钱放在台几上,说,这算是你给我做了发型。

苏米回头对我说,你理发的钱呢?

我掏出那五角钱,放在五元钱的旁边。

习文的师傅笑起来说,习文,今天你就歇歇吧!

出门上街,刚走到栖凤酒楼前面,一辆警车迎面而来,并在我们身边来了个急刹车。随后,车内跳出苏米的爸。

不等他爸开口,苏米抢先说,你不要强迫我,我今天不回去,明早我们会赶到学校上第一节课的。

苏米的爸说,学文,都一起走吧,这车里是空的。

我探头一看,王国汉待在被铁栅栏隔起来的车子尾部。

苏米也发现了王国汉,她问,这是什么犯人?

苏米的爸说,是个强奸犯。

苏米说,让我和这种人坐一辆车,你不恶心吗?爸爸,你这一段发什么头晕,一天到晚总是捉强奸犯,那么多杀人犯不去捉，连我都不好意思说我爸是刑侦队长了。

车上的侦察员都从车内探出头来，学着苏米说，苏队长，我好恶心啊！

苏米不笑，嘟着嘴说，我爸是糊涂官，你们是糊涂兵，我要是当局长，就将你们统统关一个月的禁闭，不准抽烟喝酒，然后看能不能开几个聪明孔。

一个侦察员说，我是太蠢了，上小学二年级时，考了个88分，回来后自己跪在地板上，撩起花裙子，要爸爸打十二下屁股，说这样下回就能考100分。

苏米脸红了，说，爸，别让他说了，男同学在这儿呢！

苏米的爸挥手止住了侦察员们的话，叮嘱几句，便上车走了。

我们在镇上到处逛，中午时分，正准备去习文家做饭吃，大桥从一辆卡车上跳下来，直埋怨我们不该没有邀他，害得他听到消息后，连假也顾不上请。

大桥邀我们上栖凤楼去吃一顿。苏米不愿，非要上习文那里自己做着吃。大桥便跑回家拿了钱，买些好菜拿到习文家。

苏米一进习文的屋，见到赵老师的画像就哭起来。

这像是习文根据记忆画的。

习文说，我的画画不好，其实我爸长得比这画像好。

我和大桥知道，赵老师活着的模样，远不如这画像。

吃罢饭，我们一起去河滩上玩。我和大桥不停地往苏米

第六章

身上撒沙子,苏米也用沙子向我们还击。我们不怕,扭扭腰,抖抖衣服,提提裤带,身上的沙子就没了。可是苏米则要不断地躲到柳林里去处理身上的沙子,这时,她总叫习文监视我们,让我们面向河中央。有习文监视,我们都不愿犯规,哪怕苏米三番五次地趁机从背后袭击我们,我也老老实实地待着。

黄昏时,我们回到镇里。习文和苏米在前,我和大桥在后,并肩顺着小街往前走。夕阳弥漫在整个镇子里,小街两旁白的棉花,红的辣椒,黑的瓦脊,一条条,一道道,明明白白地朝着朦朦胧胧的暮色里铺陈而去。在这白昼与黑夜交接之际,金福儿等人家的大彩电还没有歌唱,贫寒之户饲养的牛羊尚在牧归的路上,于是镇子就陷入一种深沉的静谧之中。我在西河镇生长了十几年,也是头一回发现这近乎神秘的寂静,家家户户门前都有人影在晃动,可他们的晃动一如瓦脊上的炊烟。我想不通,这时候人们为什么突然都不做动静了。

苏米被这景色迷住了,忽然间大声说,习文,你太自私了,每天都拥有这么美的黄昏,怎么就不装一点放在信封里寄给我呢!

街边的人被苏米的声音惊动了,纷纷抬起头来,看过后,一个个都怔住了。

五驼子拎着一篮子屠刀站在巷口看我们的眼光有些发直。在他的对面,栖凤酒楼的落地窗前,金福儿叼着一支烟,一手举着打火机,一手挡着风,却不知点火。

我说,谁晓得他们现在在想什么?

大桥说,不是想牛郎织女,就是想贾宝玉和林黛玉。

我说,西河镇的人有这份雅心思?我说他们是在想赵老师当年到镇里的情形。不信你可去问金福儿。

大桥真的走到金福儿面前,"喂"了声,说,你在想什么,这种呆样子。

金福儿说,看到你们两对,我就像又见到赵长子和他先前的漂亮媳妇。

大桥回来说,学文你快成神仙了。

苏米正要问习文什么,大桥又说,到底是哪个王八蛋杀了赵老师,他杀赵老师这样的人有什么意义呢?

苏米马上呸了他一口,说,大桥,等到天下有比你更蠢、更笨、更痴、更傻、更苕、更呆的人出世后,你再开口讲话,好不好!

习文嘴上说没事,脸上的那一点笑意已经全没了。

第七章

49

　　赵老师是南京人,他那下江口音虽经四十几年的销蚀,到临死前还能让人轻而易举地听出来。赵老师不肯学说西河镇的话,但也不说南京话,而是说普通话,每句话的尾音总是咻咻的。

　　过去,我常想,一九四五年冬天,赵老师在西河镇初次露面时该是何等模样?

　　最初,我设想,他骑着一匹黑得像缎子一样的高头大马,蹬着比镜子还亮的黑色高统皮靴,再披着一件黑色的大氅,大氅里面是黑色的西装,领口打着一只红色的蝴蝶结。他身边的那个女人,骑着一匹白色的小马,戴着一顶白色的纱帽,罩着一件白色的连衣裙,在与赵老师领口红蝴蝶结平齐的位置,是女人一张粉红色的秀面。马蹄嘚嘚地敲着清脆的石路,西河镇飘洒着一股醉心醉意的芬芳，人都呆呆地看着这一对人儿，不知是何方人物。望着他们走过眼前，有人猜测，这一定是蒋委员长的儿子。

爷爷听到我的这种猜想后，毫不犹豫地说，长子那时比你想的还威风。

我又设想，那个冬天里，天上正下着鹅毛大雪，漫山遍野地不见人踪兽迹。忽然间，一阵冲锋号震得西河镇家家户户的火塘里，火苗不敢再窜了，火星不敢再迸了。人们扒开门缝看见外面的路上，正踏踏地开进着一小队正规军，一色的德国造冲锋枪横挂在胸前，黄呢子军服挺括得裤线能当刀杀人。一辆美式吉普车驶在队伍中间，赵老师身佩中山剑，站在吉普车上，用戴着白手套的手傲慢地向两边招着。那些当兵的都是真正的山东大汉，一个个神威孔武，凛凛逼人，一字队形排开，犹如白马寨上那堵千年不走形的古老城堡。然而，当赵老师一身戎装站到茫茫雪地中时，那些山东大汉，在人们的眼里，立刻变得像一群等待发配的可怜罪犯。

此种设想，依然让爷爷摇头，说，这样子只是长子当时百股威风中的一股。

我随即也明白，老师若是那种军官的样子，他一定活不过五几年和六几年。

当我开始明白女人的诱惑后，准确地说是当我发现自己迷上习文以后，又有一个念头时时在心里泛起。

某个普通的冬日，西河镇无雨无雪，无雾无风，没有特

第七章

别欢庆的事,也没有特别伤心的事,男人肩挑一担脏兮兮的粪桶懒洋洋地往过冬的麦田里送肥,女人在阳光下用一只糙手捧着肥硕的乳房给小孩喂奶。有狗时而尖吠,有牛偶尔低哞,鸡不飞麻雀飞,猪不跳山羊跳。西河牵着薄薄的白气,瓦脊上竖着瘦瘦的炊烟。就这么一个普普通通的山里人的日子,赵老师领着新婚的妻子出现在镇里,白净净的脸上尽是微笑,亮晶晶的眼睛闪着聪慧的光泽,文绉绉的话说得像唱歌一样。见到我爷爷,他连忙鞠了一躬,碰上抱着陀子和佛儿的化缘和尚,赶紧施舍了两块大洋。而且,他还轻而易举地认出了大佛寺前那块石碑上的碑文,这之前西河镇没人能够认全,就连老七他叔的参谋长也只能认出八九成。随后,他又认出西河镇的石头里,哪一块里面有铁,哪一块里面有铜。他和妻子合起来唱的歌,比镇公所那个破留声机里面唱的还好听。最让人惊讶的是,他还会画画,画谁像谁,一时间西河镇里,鸟不啼唱,人无高声,山水花草亦大大褪色了。

关于这个念头,爷爷一直没有评说,只是默默地沉湎于往事之中。

爷爷说,从前镇里所有的女人都想跟他好,就只有教私塾的王先生的媳妇从不用正眼瞧他。王先生的媳妇是镇上最漂亮的女人,他想她都想得发了疯,做梦时总喊她的名字,有时他抱着奶奶当王先生的媳妇亲热。奶奶为这气得患病死了。赵老师和他妻子来西河镇的第三天晚上,王先生的媳妇就自己跑到爷爷的屋里,问爷爷现在还要不要她。

西河镇老一辈人爱说,别看赵长子如今像是一泡臭狗屎,让谁踩谁都不愿下脚,当年他可是威风极了。爷爷他们说"威风极了"四个字时,总是充满百感交集的滋味。

我至少问过一百次,赵老师来西河镇时到底是什么模样。小时候,爷爷总是说邪话打岔,说还不是像现在长着个卵子样,不过现在是蔫的,过去是硬的。待我上初中后,逢到问,爷爷总是一声不吭,偶尔开口,也只有几个字,说你是不是无聊得心烦。实际上,我听出是爷爷自己在心烦。

在我进城读初三的头天晚上,爷爷忽然对我说,学文,你这样子进城去,刚好和赵长子当年来镇里时相反。

当时,我穿着父亲留下的大衬衣,下身的裤子却是上初一时母亲为我做的。

我说,那你说清楚,赵老师来镇里时到底是个什么模样。

爷爷想必是为了平衡一下我的心,终于开口说了几句,你还是不晓得好,说了,我拿不准你会怎么想。连我现在都不明白,将赵长子弄到如今这种地步,究竟是西河镇的荣耀还是西河镇的耻辱。

一九四五年的冬天,在接连经历了洪灾、战乱和狼祸之后的西河镇,遍地疮痍,其凄惨荒凉程度令人望而生畏。这种时机,赵老师无论是文装还是武扮,都会是威风无比的。

第七章

50

赵老师初到西河镇时，逢人就说，我是来报恩的。

他同爷爷说这话时，爷爷问，你来报什么恩？

赵老师说，替我父亲报恩。

父亲在一旁马上接口说，你是个大孝子，我们西河镇没有孝子，正缺呢！

爷爷说，别在生人面前瞎说。

父亲说，是你说西河镇几十年无孝子，要我一定当个孝子的。

爷爷踢了父亲一脚。正好踢在父亲的脚趾上。那几只在搬石块垒墙抵御驴子狼时砸伤的脚趾，一直没有全好，当即流出一股脓血。

赵老师说，虎毒不食子，你怎么能对孩子这样下死力踢。

赵老师的妻子蹲在地上用一条小手绢将父亲的脚趾包起来。

后来，在我能听懂大人们的话时，我至少有三次在半夜被父亲、母亲的动作弄醒，听到父亲对母亲说，赵老师妻子的手在他脚上触摸时的感觉，比他现在摸着母亲乳房的感觉还要奇妙。

爷爷当时几次想开口撵开那个替父亲包裹伤口的女人，又总是无法开口。

我是来替父报恩的这句话,赵老师一生中说过三遍。

第二遍是在国民政府军全面溃败后,土改将要开始之际,赵老师的妻子要他随她一起离开西河镇。赵老师说他要替父报恩不能走,任凭妻子哭得像个泪人儿,他也不动心。

第三次则是女儿习文无力进县城读书时,习文要他找胡校长疏通一下,挪个窝,换个环境。赵老师说,父令在身,不敢有违,人死后,魂也得守在这个地方。

赵老师的父亲要赵老师来报什么恩,赵老师至死也没有说出来。赵老师说,是他父亲没有来得及说。他父亲准备在学校建起来后再告诉他原因。按原先的打算第二年就可以让学校开学,到时候搞一个庆典,他父亲要从南京赶来参加。由于局势混乱,学校到一九四九年初才建起来。这时,赵老师的父亲在解放军攻陷南京之际,不知被哪一方的炮弹炸死了。

爷爷在他真正过八十岁生日那天,由于没有酒肉,话便特别多。他说,自己这一生还从未见过像赵长子这样的人,为了一句话,甚至是没有弄明白的话,而终生死守,这样信守诺言的人只有两种,一种是真君子,一种是真傻瓜。我问赵老师是哪一种,爷爷说他想了一生也没想透,他若是真君子,那西河镇不就全是小人?他若是真傻瓜,那西河镇不就满街都是诸葛亮,那还用得他教书识字吗?

这一切都可以不管,因为,除了爷爷以外,我从未听见别人提起过赵老师来西河镇报恩这件事。总而言之,西河镇

第七章

的人,只记得那次赵老师带来数不清的银钱。

赵老师是坐火轮到兰溪起岸,再沿浠水河、白莲河和西河来到西河镇的。这一点有一九六六年,五驼子和金福儿造反时,从赵老师屋里抄出来的船票作证。

赵老师的钱是从南京寄来的,这一点不要任何物证,爷爷就是活证明。那时,爷爷常背着那杆土铳,到县里帮赵老师取钱。每次都要请两个挑夫,轮流挑大洋,一口气不歇地往回赶。那几年,路上的抢匪很多。头一回取钱赵老师就相中了爷爷,他把请挑夫的事都托付给爷爷。赵老师的妻子对爷爷说,他们一眼就看出爷爷是西河镇最能干、最聪明的男人。

那女人说,她在西河镇挨家挨户转了几圈,也觉得信得过的只有爷爷。

在后来的四十几年中,爷爷许多次对父亲和我说,他那时被这女人的几句话说得连脚后跟上的血都涌到头上,拼命想做个男人样子给她看,不然在差不多十几次的取钱过程中,他只要做一次手脚,装作被抢匪抢了,藏下那担大洋,过一阵子再拿出来花销,不是富翁也是富翁。

爷爷每次告别赵老师和他妻子后,揣上银票,就去找两个老实巴交的人做挑夫,上面的货是抢匪看不上眼的瓷器或陶器,大洋就放在那些货物的底下。抢匪也都是极精的人物,只要有主人跟着,挑的货越贱,他们就越抢,因为贱货里面往往都是贵重东西。爷爷跟着挑夫一点也不像货主,抢匪也就真的以为他们是做小生意的,便懒得打起呼哨冲出来劫路。

所以,爷爷总是对父亲和我说,如果你们认为赵长子是个书呆子那就大错而特错了。

爷爷辛辛苦苦跑一个来回,就只想换得赵老师的妻子对他一笑,并用吴越软语说,谢谢你,你吃苦了。然后从旗袍里面抠出一个小包,打开来,取出两枚带体温体香的大洋赏给爷爷。爷爷对这两块大洋爱不释手,闻了又闻,看了又看。越是这样越保存不住,渴望时,他只好去找别的女人,而这两块大洋,十有八九当时就落在女人的床上。偶尔有一两回例外,但在爷爷手上绝对搁不到第三天。

用这许多的大洋,赵老师终于在西河镇盖起一座漂亮的洋学堂,还买了许多田地,请了三十几个长工来种粮,再用卖粮的钱雇教书先生。在土改开始之前的两年里,西河镇的孩子上学,只需要在报名时到学校礼堂的赵家祖宗牌前,磕三个头,烧几根香,再歌颂几句就可以,其余一应开销全由学校包了。

七岁那年,我启蒙上小学时,在报到处碰见赵老师。

父亲拉着我的手对赵老师说,那年我在你手上启蒙时和学文一般大,你给我发了一块大洋做贺礼,还发了一套校服。

赵老师说,校服是现在的叫法,那时叫学生服。

父亲说,可现在什么都得自己掏钱,还是你那时好!

赵老师说,不不,我那是精神压迫,是杀西河镇的威风。

第七章

父亲说,你的地主帽子早摘了,还怕什么呀!

关于父亲对赵老师向来抱有好感一事,我始终认为与父亲童年的经历有关。赵老师的学校开学时,县长都来了。因为是洋学堂,镇内镇外不少有头有脸的人家,都想让自己的子弟成为此地的第一个洋学生。然而,赵老师却将这份荣耀给了父亲。父亲是这所学校登记在册的第一个学生。那一届学生的名字至今还刻在学校礼堂内的花岗石板上,父亲的名字排在第一位。按赵老师最初的设想,往后每一届学生的名字都要刻在用花岗石镶嵌而成的墙壁上。实际上,只刻了两届。赵老师土改时被划成地主,学校被新成立的镇政治科没收后,他的一切设想都变得连臭屁都不值。到后来五驼子和金福儿造反时,大家都怕挨批判受牵连,一些人用锤子将石板上自己的名字砸掉了。只有父亲和少数在五十年代末和六十年代初的大饥荒中被饿死的人名保留了下来。

父亲启蒙那天,赵老师的妻子亲自给他洗脸梳头,然后换上学生服。使站在一旁的爷爷对他生出妒忌来,借口父亲不懂礼貌,上去在父亲的脸上揪了一把。

县长亲自给父亲发了文具和课本,又和父亲一道将一朵大红花献给赵老师,并在随后的讲演中,代表全镇人感谢赵老师为西河镇子孙万代做了一件功德无量的事。

父亲童年的讲演,两年以后就开始成为西河镇人心中的刺痛。

51

五十年代初的土改,对于西河镇人是个常说常新的话题。

夏天时,土改工作队进镇子了。他们没有料到西河镇人的觉悟那么高,原以为开完动员大会以后,至少还得逐家逐户地做一段时间的细致工作,那时候秋收秋播搞完了,刚好可以分田地分浮财。

谁知刚做完动员报告,台下就有人喊出打倒恶霸地主赵老师的口号,跟着许多人就响应起来,说赵老师让他们给赵家祖宗磕头,把大家的威风都杀尽了,工作组的人马上告诉大家,说这叫精神压迫、精神剥削。

后来就有人往会场外边跑,边跑边喊,我们的威风被他杀够了,再也不能等了,现在就去分他的浮财。

只要有人带头,大家就发了疯一样往学校里冲。

那晚,赵老师的妻子正单独给父亲上音乐课,她一边弹着古筝一边教父亲唱一支很忧伤的古曲。父亲唱不好也学不了,她就干脆自己唱起来,边唱边落泪。赵老师在一张椅子上仰面坐着,紧闭双眼,脸色白得像张纸。

父亲死的那一年春天,有天晚上他正在和母亲说笑,说到后来春心荡漾的母亲就起身往房里走,父亲跟到房门口时,忽然站住。母亲在房里娇媚地叫唤,父亲也不理,静静地听着镇上的广播喇叭在播一支曲子,嘴里不停地说,是它,就是它，那天晚上赵老师的妻子唱的就是这支歌。第二天，父亲还到广播站查了那支歌，果然是支古曲，歌词是：渭城朝雨浥轻尘，客舍青青柳色新，劝君更尽一杯酒，西出阳关无故人。这是一首唐诗。

那天晚上，镇上所有的人都拥到学校里，到处寻找金银财宝，那些人显然是上次搜寻老七他叔家金银财宝的受益者，个个都显得很有经验，用不着工作组的人教。而那些在那次行动中吃了亏的人，只是有勇无谋地到处乱窜。找了半夜，仍一无所获。大家就涌到赵老师那间卧室门外。

父亲挡在门口不让他们进去。父亲手拿一把裁纸刀，威胁说，谁敢进来他就杀死谁。

在短暂的相持之际，赵老师走到门口说，你们要什么，请进来找吧！

小屋一下子就涌进了二十几个男人。

赵老师的妻子旁若无人地继续弹她的古筝，唱她的古曲，流她的眼泪。

离古筝几尺远的地方都空着，屋外的人还在往里挤，里面的人却说，挤什么，没地方站人了。

赵老师又问，你们要找什么？

有人说，我们找你那十几担大洋！

赵老师说，大洋就在你们眼前，满学校的砖瓦里全是的。

有人又问，别的财宝藏在哪儿？

赵老师指指自己的头说，藏在这儿。

不知怎的，大家一下子泄了气，纷纷说，走吧，走吧，到别家去吧！

西河镇的人走后，赵老师的妻子忽然一下子弄断琴弦，跪在赵老师面前，求他和她一起走，说过了明天恐怕再也走不了了。

赵老师咬紧牙关不说话。

鸡鸣之后，赵老师的妻子决定独自离开西河镇。

爷爷自始至终一直混杂在人群中，后来他又独自留下来。他在门外听清了屋里的每一句话。所以他可以恰到好处地举手敲门。

爷爷敲门进屋，说是找父亲。

赵老师要爷爷代他送一送妻子，爷爷满怀喜悦地应允下来。这一年父亲整十岁，他从爷爷身后钻出来，说他不放心爷爷送赵老师的妻子，他也要一起去。爷爷没同意，但赵老师的妻子牵着父亲的手先出门了。

为此，爷爷整整一个月时间老是寻茬，动不动就揍父亲一顿，并不让他吃饱。父亲不怕爷爷，常常远远地说一句，你想做坏事，我就是不让你做。

这件事我是听父亲说的。爷爷从未和我提起过，赵老师的妻子是如何逃离西河镇的。父亲说，当时爷爷心中肯定有邪念，有坏心思，爷爷在女人问题上，向来不讲天理良心道德。父亲又说，当时那种情况，假如不是爷爷色胆包天，谁又敢送赵老师的妻子呢！

第七章

我后来想,假如爷爷完成了他的企图,那现在我该怎么对付他呢?

父亲一路上感到赵老师的妻子的手冰凉冰凉。他们走到西河镇外的山口时,赵老师的妻子突然回头,大声叫道,西河镇,你于赵家到底有什么恩啦?!

赵老师的妻子之走,工作组和西河镇的人都有些意外。意外之后工作组便开始恼火,而西河镇人则有几许高兴,他们不再怕自己在那美丽的光彩里不知所措了。

第二天夜里,镇上就开了斗争会。几个人拥上台去,扒光赵老师的衣服,将一桶大粪淋在他的身上。

爷爷在给我描述当时的情况后说,人真是一个怪物,就譬如说赵长子,头一天还是全镇最美的美男子,可将他的浮财一分,成分一划,再斗争一回,人便立即变了模样,走到哪里臭到哪里,连狗也专门追着他咬,眼看着腰一寸一寸地弯了下去,见人一点一哈的。

赵老师被划成恶霸地主,在我看来实在有点活该,谁叫他不随妻子一道逃走呢。甚至我都相信这样一种说法,赵家是看上了西河镇的风水,然后用一种来报恩的假象,掩盖企图独霸西河镇的诡计。爷爷救了五驼子,救了金福儿,这恩情说有多重就有多重,说有多大就有多大,可他们连一点学费也不肯借给爷爷。赵老师要报的即算是救命之恩,那也只是自己父亲的,犯不上那样执迷不悟,穷了自己,苦了自己不说,连带着女儿也受苦受罪。

这一年，西河镇最威风的两个人都垮了。

先是赵老师。

赵老师威风杀尽之后，便轮到爷爷。

爷爷的威风是自己杀下去的。

爷爷救了老七和大毛家的两条命根，他们一直养在大佛寺里。直到土改划成分时，人们才发觉爷爷犯了一个让人终生笑话的错误。作为双方交换人质肉票时的中人，爷爷的确公道无比。可这种公道的结果是，在他俩的亲人死后，无人能够分辨出谁个是金家的，谁个是伍家的。

土改时，金家被划为地主，伍家被划为贫农。

陀子和佛儿俩谁是地主成分，谁是贫农成分，让西河镇人犯了愁。这一红一黑两顶帽子不知戴到谁头上合适。

这事最后是由工作组组长拍板敲定的，他将陀子和佛儿并排放在院子里晒太阳。晒了一阵，佛儿浑身大汗淋漓，陀子却像无事一样。其实，工作组组长一见到他俩心里就有谱了，陀子长得虎头虎脑，他认为这是革命者的威风。同样理由，他觉得佛儿贼眉鼠眼不是正人君子胚，天生是个汉奸特务模样。这道理真是简单明了。佛儿一出汗，工作组组长就更有把握了，他说，只有剥削阶级的子弟才会这么娇生惯养。

于是佛儿就姓金，家庭成分为地主。陀子就姓伍，家庭成分为贫农。工作组组长还不让他们叫那个封建迷信的名字，就做那音，将他们改名为伍驼子和金福儿。

往后，伍驼子红运当头，先是被镇长认做了亲兄弟，十几岁时,就被安排到供销社当杀猪佬。而金福儿无依无靠地,只能靠在街上捡破烂为生。伍驼子的红运让镇上人好难过,却又拿他没办法,认为他是沾了姓伍的光,便不把他叫伍驼子,而叫五驼子。

爷爷在这件事上大丢面子,他总说自己聪明一世,糊涂一时,放臭屁砸了后脚跟。镇上的人老拿这件事来笑话他,老说,你可要当心,别搞得自己不认识自己,不晓得自己姓什么哟!说得爷爷灰溜溜的,抬不起眼皮看人。

如果不是土改,赵老师和爷爷吐泡痰都可以淹掉西河镇,这是西河镇人很爱说的一句话。他们说,什么叫翻身,人变成狗,狗变成人,赵老师变成赵长子,这就叫翻身。

爷爷说,这事想穿了也没什么,不就是别人有事不找我,非得出面时少说两句话罢了,在西河镇哪个人都别想威风一辈子。

52

爷爷在他心情很好时,便相信赵老师是一个愿意以身家性命来报父恩的大孝子。他说西河镇的人将赵老师的威风杀尽了也无益,在这一点上,西河镇的人连他脚趾缝里的臭泥都不如。这后一句话,爷爷特别爱说。

说完这句话,爷爷肯定还会叹上一口气,这是他的老习惯了,我很清楚这一点。叹完气,爷爷又会开口说,赵长子就像长在路上的系马桩草,千人踩万人踏,可它总死不了,一有机会就长出新芽来。那样子,你真杀他又下不了手,可又没办法彻底打垮他。

被扫地出门的恶霸地主赵老师,独自住在一间草棚里。他不会烧火做饭,进草棚的第二天,就失火将草棚烧了个精光。

工作组说他是有意烧的,想回到那已分给穷人的屋子里去住,不让人理他。

赵老师在大佛寺里住了两个月,等到寺里的和尚四处化缘,弄了些砖瓦木料,给他盖了一间小屋后,他才离开。

半年后,大佛寺被没收做了镇供销合作社,和尚们都不愿还俗种田,一夜之间不知云游去了何方。

赵老师的学校关了两年后,又重新开学了,不过它已改名叫西河镇小学,不再叫先前的恩泽小学了。

镇里见赵老师实在种不了田,就又让他回学校教书。

赵老师开始教一年级,父亲又在他手下读书,还有五驼子等。

父亲曾告诉我,有一天放学时,他和赵老师走在一起,见到金福儿正在街头骑着一头猪,嘴里一声声叫着冲啊杀的。那猪不愿被人骑,一颠一颠地想将金福儿摔下来。可金福儿一手抓着前面的鬃毛,一手揪住后面的尾巴,坐在猪背上像钉子一样稳。后来,那猪朝街边冲去,并贴着墙壁一擦而过,

第七章

金福儿哎哟叫了一声，人从猪背上滚下来。

父亲和赵老师走过去拉起金福儿时，见他的一只脚被擦破了一大块。

金福儿咧着嘴从墙壁上抠了一把陈砖土，撒在伤口上。

赵老师问金福儿，你怎么不去上学？

金福儿说，他们不准我去。

赵老师说，谁不准你去？

金福儿说，五驼子他们，还有他哥镇长。

赵老师说，我去帮你说说。

赵老师走到镇政府门外，站着等五驼子的哥哥出来。天上下着小雪，赵老师穿着一件旧棉袍，围着一条旧围巾，头上还有一顶旧帽子。进出镇政府的人都比赵老师穿戴得好。但父亲觉得赵老师身上有一股无形的东西因而显得比那些人更加突出。

父亲说，蹲下，蹲下暖和些。

赵老师在风雪中踱着步，不肯蹲下。

父亲说，那时的镇长背着手枪，还有一个也背着枪的通讯员，不比如今的镇政府，谁都可以进。像赵老师这种成分的人，除非是捆着被人押进去，否则是绝对进不得镇政府的。

天黑时，五驼子的哥哥才从大门里出来。

赵老师叫了声镇长，然后说，应该也让金福儿上学。

五驼子的哥哥不高兴地说，你自己都没改造好，倒过问起镇上的事来了！

赵老师说，我是觉得他一个孤儿，太可怜了。

五驼子的哥哥说，你还想要旧社会的威风，要可怜你可怜自己去吧！

赵老师说，我还是觉得应该让金福儿去上学。他的学费可以让他自己想办法解决，他可以在课余时间上街捡捡破烂，送到供销社收购部去卖些钱，完全不用政府负担。

五驼子的哥哥恼火地说，你不想教书，你去捡破烂好了。

五驼子的哥哥发了一通脾气后就走了。

回来的路上，父亲对赵老师说，我也觉得不让金福儿读书才好。

赵老师问是什么原因。

父亲说，金福儿的确不是善人相，你让他读书，日后他若恩将仇报，那就惨了。

赵老师说，他要恩将仇报，那是他的事，我只管自己做得对不对。

黑夜里，风雪更大了，父亲身上很冷，缩得像只小猴。

赵老师望着父亲的模样说，别想着冷，越想就越冷。这和痛苦是一样的，越想就越痛苦。你不去想它反而会好受一些。

父亲在我长到他当年总是跟着赵老师身后的那个年纪时，曾经不断地重复对我说这些话。他还感慨万千地说，赵老师这个人同我们不是一样的活法。

赵老师在风雪中找到金福儿。金福儿正一个人蹲在屋角

第七章

里,将嘴巴噘得老长,去吹那烧得半明半暗的一只松树蔸子。

在路上,赵老师就和父亲说了,他不能对金福儿说实话,得变个法儿来鼓励他。

赵老师对金福儿说,你上学的事已很有希望了,但你自己必须拿出点实际行动来。

金福儿眨着眼,不知怎么回答。

赵老师说,外面正好下着大雪,你明天起早点,拿上扫帚去将镇政府门口的雪都扫了。扫完雪后就去捡垃圾。

金福儿尖叫起来,说,那么多的雪我一个人怎么扫得了?

赵老师说,你别急,我会来帮你的。

出门后,父亲对赵老师说,我觉得你不能帮他。

赵老师摸摸父亲的头,没有作声。

第二天一大早,赵老师就将金福儿喊醒,来到镇政府门口,悄悄地扫起雪来。金福儿人小,扫不动,绝大部分是赵老师帮他扫的。雪扫得差不多时,天亮了,赵老师便躲在一旁,让金福儿一个人在那里干。不一会儿,五驼子的哥哥起床了。他见到金福儿后愣了愣,什么也没说便进屋去了。

那场雪下了好几天,赵老师天天早上领着金福儿去扫雪。扫完雪后,金福儿便去满街寻找垃圾,再拿到收购部去卖。三天下来,金福儿攒了五角二分钱。

金福儿将钱拿给赵老师看时,赵老师说,现在我们一齐去见见镇长。

出了门，金福儿在雪地里踏踏地朝供销社跑去，一会儿又拿着一包香烟跑回来。

赵老师问，你买烟干什么？

金福儿说，送给镇长抽。

赵老师脸上掠过一朵乌云，他一定是回想起父亲提醒过他的话。他没说什么，依然领着金福儿去见五驼子的哥哥。

五驼子的哥哥正在看报纸，金福儿很老练地上前去，一边递烟一边说，这是我的一点劳动成果，请镇长鉴定一下。

五驼子的哥哥看了看那包烟，和他说笑几句，然后挥手叫他们走了。

在这个过程中，赵老师一直感到无话可说。

第二天，五驼子哥哥的通讯员将金福儿送到学校交给赵老师。

赵老师将金福儿和五驼子安排坐一张课桌。他转身在黑板上写字时，五驼子在金福儿的背上揍了几拳，金福儿忍着痛不敢声张。

下课后，赵老师去上厕所。

五驼子捡起一块石头，逼着金福儿往粪坑里扔。石头掉在粪坑里，溅起许多黑乎乎的粪水落在赵老师的身上。

父亲上去和五驼子他们讲理。五驼子就叫人揍父亲。父亲虽然比五驼子大几岁，但五驼子他们人多，一会儿就将父亲摔倒在地，然后他们就一个压一个地在父亲身上叠罗汉，压得父亲在地上哇哇哭叫。

第七章

赵老师从厕所里出来,大声叫道,不准打架!

别的学生都爬起来跑了,只有五驼子没有跑,站在那儿说,你别凶,我不怕你!

赵老师不理他,扶起父亲说,不要紧,一点粪水!没有粪臭,哪来的花香!古往今来都是这个理儿。

在以后的日子里,父亲每活一天,经历一件变故,就愈发体会到赵老师早先这话的意味深长之处。

那天中午,五驼子拖着金福儿抢在赵老师回屋之前,用小刀拨开后门门闩,进屋将饭桌上的一碗剩饭倒掉,再放进一坨牛屎,然后用另一只碗反扣着,重新放在饭桌上。

五驼子和金福儿没有走远,他们躲在屋旁的树丛里,看着赵老师将饭碗里的牛屎端出来,倒在菜地里,还说着笑话。

赵老师说,牛屎吃是可以吃,但得有个步骤,先变成肥,再变成庄稼,然后才能吃,任何事都不能急,急了就可能适得其反。

父亲将这些事反映到校长那里,校长将五驼子唤去谈话。五驼子回教室后,将手上的一颗水果糖给了金福儿。

五驼子说,校长的几句批评算个屁,他后来还给了我两颗糖呢!

五驼子张开嘴,一颗糖的残骸正搁在舌头上面。

父亲说,五驼子的威风其实从那时候就开始了!

53

我读初三时,赵老师曾搭镇上的拖拉机来县一中看我。

那天中午,胡校长请赵老师去家里吃饭。他走时,我正在球场上打篮球。赵老师喊了我三声,我才听见。

我扔下篮球走拢去,听到胡校长正对赵老师说,你恐怕是全国资格最老的民办教师了!

赵老师说,这也说不准,也许还有比我更老的呢,如今的事很难预料。

胡校长说,要是有人来考证一下,说不定能搞出条大新闻,现在的记者也不知在忙些什么,真事不写,偏去编些假东西骗人。

我和胡校长打过招呼,赵老师说他马上回西河镇去,问我有话捎回去没有。我心里想要爷爷给点钱,可我知道爷爷没有钱,就摇头说没什么可捎的,只有一只装腌菜的罐头瓶要带回去。

胡校长又对赵老师说,趁我在当校长,趁你还能干事,还是来一中吧,我负责将你的转正问题解决了,这样最少对习文有好处。

赵老师说,西河镇那种小地方,我都抬不起头来,到你这儿说不定我连爬都爬不起来。

胡校长说,我连监狱都蹲过,你至少没蹲过监狱吧,可

第七章

我不也混出来了!

赵老师说,你和我不一样,你学会了适应形势需要,我没学会。我今年六十出头了,咬牙再顶几年,到时候眼一闭,脚一伸,这一生的心愿也就全了了。

赵老师过六十岁生日时,我正在读初二。这时,到处都兴过教师节。大桥的妈刚当上镇长,她想出个主意,要亲自给镇上年龄最大的教师做一回寿。教育组一查档案,发现赵老师正好在教师节前一天满六十岁。

那天,赵老师正在讲台上给我们讲课,镇长忽然走进教室,后面跟着校长、教育组长和一名扛着摄像机的记者。

赵老师以为自己出了什么事,脸色刷的一下白了,手上的教鞭也颤抖着掉在地上。

镇长走到讲台上问我们晓不晓得今天是什么日子。我们都说不晓得。

镇长说,今天是赵老师六十岁生日,赵老师在这个讲台上已耕耘了整整四十年了,我代表全西河镇人来向他表示祝贺,祝贺他的六十岁大寿,祝贺他桃李满天下。

赵老师明白过来后,脸上又恢复了往日的平静。

镇长将一瓶酒,一条鱼和两斤猪肉亲手交给赵老师,然后从校长手上接过两只茶杯,将一只交给赵老师,说是以茶代酒,以教室做寿堂,祝他健康长寿。

喝完茶,镇长又宣布,从本月起,赵老师再也不用记工分了,而是直接到学校会计那里去领工资。

赵老师的教师生涯里一直在记工分。前几年，田地重新分到户以后，没办法记工分了，但工资如何发一直在扯皮，因为赵老师教初中，有十多个村的学生在初中上课，不能让哪一个村单独负担，学校便把每个村的学生数加起来，算出一个平均值，再分头乘以各村的学生数，得出各村应负担的数字，交给镇上。大家都习惯仍叫这为记工分。大桥的妈来给赵老师祝寿时，发了教育组长的脾气，说赵长子一个月几十元钱，你们兜过去算了，也算是为民办教师办了一件实事。教中学的民办教师全县只有赵老师一个，县里没专门政策，教育组长原想拖几年，赵老师老得不能动时，这事就可以不了了之，见镇长说了狠话，他只好答应。

镇长问校长，你统计过没有，老赵这四十年教了多少学生。

校长说，以前没注意这事，没统计。

镇长问赵老师，你自己记得吗？

赵老师说，好像从学文的父亲起，往下的人我差不多都教过。

镇长有点不相信，回头问班上的学生说，赵老师教过你们爸妈的书吗？

学生们齐声说，教过。

镇长说，教过的举起手来。

学生们都举了手。

镇长见大桥也举了手，就说，你别瞎闹。

大桥说，赵老师也教过你和爸爸，我上六年级时，你不是老说我不勤奋，说你刚生我的那阵子，天天黑上和爸爸一道抱着我去夜校听赵老师的课吗？

镇长吃了一惊，说，真了不起，老赵，赵老师，你可是为西河镇的精神文明建设做出了很大贡献啦！

镇长将一朵大红花别在赵老师的胸前，然后领着一帮人走了。

到了门口，镇长回头说，老赵，晚上八点来镇政府看电视新闻，看看你自己的光辉形象。

放学后，赵老师在学校门口盯着胸前的红花犯了一阵愁。我们不知道赵老师那份想戴又不愿戴，想扔又不敢扔的心思，在身后一个劲地将他往街上推。

赵老师在街上走着，头一刻也没抬起来，那样子比平日还狼狈。

半路上，五驼子将赵老师拦住，大声问，既不是春季，又不是秋季，谁让搞耕牛评比呀？

赵老师说，没搞耕牛评比嘛！

五驼子说，没搞耕牛评比，那你哪来的大红花？

街上的人都笑起来。

赵老师喃喃地说，我真的是一头牛。

五驼子说，你是一头只知吃和拉的瘌子牛。

我冲到前面去说，你别欺负赵老师，赵老师今天要上电视了，你有本事也上一回电视给别人看看。

五驼子说，赵长子上电视？鬼才相信。

大桥在后面说，是我妈让赵老师上的电视，我妈说了，今天晚上播。

赵老师要上电视这件事震动了西河镇。大家都觉得这事是不可能的，西河镇谁不可以上电视，怎么一下子就轮到他了呢！除了经常开会已上了电视的干部以外，按说先到电视里面显威风的应该是五驼子和金福儿他们。

爷爷吃饭时对我说，若是赵长子真的可以上电视，西河镇的狠人又要换代了。

我说，赵老师这是沾教师节的光。

爷爷说，凡事都有个定数，沾光肯定有沾光的定数，为什么不让我去沾光。

我说，你若是再和翠水睡觉，哪天电视里播公捕公判大会时，一定可以沾光上去。

爷爷说，这个光我沾不了了，她们都是自觉自愿的，还怕我不理呢。再说，我现在也不再需要她们了。我只想留把力气挣着把你带大，给自己传条根脉下去，死之后，在阎王面前见到你爸你妈也好有个交代。

那晚，我和爷爷先去了镇政府。一路上，凡是有电视机的人家门口都挤满了人。镇政府的院子里摆了二十几条长凳，七点刚过就全坐满了。

镇长见了爷爷，笑着说，说不定今晚电视里也有学文的一个镜头呢！

第七章

刚开始,电视机的图像很清晰,快到八点时,图像一下子就变了,好好的人被一下子扯得乱七八糟的,头和身子都快分家了。

镇长吆喝着电工调了一阵子还是不见好,这时本县新闻开始了。电视机里接着就传出了声音,西河镇镇政府以实际行动庆祝教师节。

镇长叫着,不用调了,就这样吧!

这一喊电视机里的图像反而清晰了。大家张大嘴巴看着镇长带着一帮人在电视里出现了,先是学校大门,接着是教室的门,然后是赵老师的背影和满教室的学生,再接着是一个学生的面部特写。

大桥在人群中猛地叫起来,妈,快看,我!我!

学生的特写的确是大桥。

镜头又开始对准赵老师时,电视机的图像又变了形,屏幕上的人头分了两部分,来回交错扯动,后来动的幅度小了,却是头和身子在一边,脖子却跑到另一边去了。只有眼睛没变,可以分辨出是赵老师,但鼻子是横着的,嘴巴是竖的。

赵老师的嘴巴竖着说,教了四十年书,人虽苦了点,可我一点也不后悔。

满院子的人一下子哄笑起来。

新闻播完了以后,镇长说,拍得不错,大家还看不看,不看就关了,我们还要开会研究工作呢!

往外走时,许多人都说,这是天意,天不助赵长子,上了电视也只有这个样子。大家都放心回家了,在以后很长一段时间,五驼子都在说一句很丑的话,意思是,赵长子电视上的那种嘴,像女人的那个东西。

我和爷爷到西河里去洗澡时,远远地看见河滩上有个人影,走近了些才认出是赵老师。

赵老师一个人坐在河滩上,反复哼着:劝君更尽一杯酒,西出阳关无故人。

河风中有一股酒气。

爷爷说,奇怪,长子哪里有钱买酒喝?

我说,镇长送的,他今天六十大寿呢!

爷爷说,狗日的,明年我八十大寿,不知能不能喝上一口酒。

哇——

赵老师那边忽然传来一声叫,接着又传来几声,很像是五驼子杀猪时,猪的叫声。

爷爷说,真没有用,有福享却受不住。

赵老师醉了,将喝进去的酒全吐了出来。

河风中的酒气更浓了。

爷爷闻出来,这酒的牌子叫黄鹤楼。

爷爷走上前去说,赵长子,你有酒怎么不邀我一起喝,一个人喝醉了,吐了,多可惜!

赵老师结结巴巴地说,我有一壶上好的臊酒,喝不喝?

爷爷一扬嗓门说,长子,你别借酒装疯!

第七章

赵老师说，我没疯，你和五驼子、金福儿才是疯子，西河镇就坏在你们这一帮疯子手里。

爷爷眉头一皱计上心来，他说，那你有没有什么法子来对付他们呢？

赵老师说，君子不同牛斗力，我就是要教出几个像学文一样的好学生出来，一带十，十带百，等他们成了风气，现在的这帮人便会化作轻烟直上重霄九。

爷爷听了这话，一时竟不得再开口了。

我说，赵老师，我不会辜负你的期望。

爷爷忽然又说话了，他说，你是我的期望，与长子不相干！

赵老师似乎清醒了些，他说，对对，学文，你和我不相干，你是西河镇未来的期望！

这时，习文从黑暗深处跑过来，拉起赵老师就往回走。赵老师边走边唱：我并没有醉，我只是心儿醉。正唱着，习文忽然抽泣起来。听到哭声，赵老师停住不再唱了。

田野里静得出奇。

爷爷莫名其妙地长叹了一声。

第八章

54

除了长子以外,赵老师另有一个浑名,叫甫志高,这是五驼子和金福儿做学生时编出来的。甫志高是小说《红岩》中的"叛徒",人长得又高又瘦,也戴着一副眼镜,穿着一件长袍褂。一九六六年以前,赵老师冬季总穿那件旧棉长袍,连父亲都说,赵老师的确像甫志高。那件长袍我没见过,它在"破四旧"时,被五驼子和金福儿搜出来烧了。

轮到我们给赵老师当学生,上美术课教画人像时,赵老师总是先画一顶帽子或一堆头发在黑板上,然后再开始教如何画人。

有一回,做美术作业,我画了一个大光头。赵老师顿时面色如土,连说话都来不及,慌忙用笔在那光头上添了一顶八角帽。画完后,半天才喘过气来吩咐,要我以后切莫画人

第八章

时画光头。

一九六七年,是赵老师人生中最辉煌的日子。对于这一点,西河镇没有任何人会否认,他们说不管谁,哪怕是最倒霉的时候,也要行一回狗屎运。

一九六七年的西河镇,除了厕所门以外,包括牛栏在内的所有门上方的墙上必须画一幅"三忠于""四无限"的图案。

图案中的葵花和红太阳好画,关键是葵花和红太阳中间的那个毛主席像,不是随便找个人就可以画的。

五驼子的哥哥首先想到赵老师,但他不敢做主,就让五驼子将镇上所有造反派的头头串联到一起开个会。

还在头一年,五驼子就带头在镇里造反了。他的造反组织的名字还是赵老师帮忙取的。五驼子自己将毛主席诗词从头到尾翻了十几遍,也没找出自己满意的名字。后来他亲自跑去找赵老师。

赵老师不看毛主席诗词,他随口背了一句,说,黑手高悬霸主鞭,这霸主鞭三个字做名字很符合你。

五驼子说,这是毛主席诗词里面的吗?

赵老师说,当然是的。

五驼子又翻了一遍,果然找到了这句诗。他很高兴找到一个中意的名字,将自己的组织叫作霸主鞭造反总部。开始时,五驼子手下人不少,但后来人家嫌他有一个当权派的哥哥,就投奔了别的组织。五驼子见造来造去,结果只能造哥哥的反，也没了劲。最后，他手下就只剩下一个金福儿。先前他并没有吸收金福儿，搞到只剩下自己一人时，他才要金福儿进来，免得自己成了光杆司令。

此时，五驼子早已不读书了，哥哥将他安排到供销社做屠夫营生。操了几天屠刀，五驼子人在无赖中又添了更多的蛮横。

五驼子哥哥提议让赵老师画毛主席像，虽然不是个好主意，造反派的头头们实在想不出别的办法，便只有如此，不然，让别人去画，将伟大领袖画成丑八怪，那样的后果谁也负担不起。

这年上半年，学校还能上上课。但五驼子的哥哥不让赵老师上课，要他专心画毛主席像。平时，村里只给他记六个工分，画毛主席像期间，村里每天给他记十个半工分，比整劳力还多半个。

于是，赵老师便成天搭着一架梯子，趴在别人家的门顶上。人要进出，必须从他的胯下经过，连镇长和造反派的头头也不例外。

55

夏天，赵老师画到供销社肉店的门顶上了。

肉店门口没有一点树荫。两棵小树被五驼子日复一日地拴猪,弄得只剩下几片勉强表示这树还活着的叶子。

赵老师趴在梯子上,太阳晒得他的那把瘦骨头吱吱地往外渗油水。

一个不知从哪儿跑来的女疯子,不时转到梯子下面,噘着嘴向上吹着风,并不断地嘟哝什么。

金福儿脏不拉几地坐在肉店对面的一块荫凉地上,背靠着比自己更脏的一只装满破纸破布和破玻璃的篓子。

镇上的人怕被造反派批判为修正主义,都不怎么敢吃肉,肉店的生意很冷清。五驼子一个人坐在里面很无聊,看到镇政府的女电话员在街上走过,便连忙钻出来和她打招呼。

金福儿见五驼子从门口出来,就说,五驼子,当心卵子打了你的头。

五驼子一抬头,看见赵老师还趴在自己上方,自己的头正好在赵老师的胯裆里,不由得大骂起来,狗日的牛鬼蛇神翻了天,敢将卵子搁在老子头上,看老子不用刀阉了你。

赵老师说,我还在做事呢,又不是故意的,是你哥哥叫我来的,不然的话我敢来?再说我又不是才来,我来了半天,你又不是没看见。

赵老师说话时,手一抖,几滴墨水滴在五驼子的脸上。五驼子伸手一抹,脸上就成了一片黑。

五驼子火了,说,你还敢朝革命造反派脸上抹黑!

说着,他一脚踹倒了梯子。

赵老师在同梯子一起摔下来时,手上的笔在那幅图案上划了一道杠。

金福儿在对面见了，忙高喊，快来人啦，出反革命了，有人往毛主席像上打叉叉呢！

五驼子扯起赵老师就要让他去游行。此时女电话员还没走，她走过来说了五驼子一顿。

女电话员说，这事怪不得老赵，是你的错，老赵担负着这么重要的政治任务，你不应该打扰他。

女电话员比五驼子小几岁，这一年刚好十八。五驼子的哥哥将先前的老婆甩了，正起劲地追求她。她后来成了大桥的妈。

五驼子心里知道这层关系，嘴里却不服。

他说，女人懂什么，等你结了婚再上街来同男人说话。

女电话员瞪了他一眼，飞快地走了。

赵老师腿摔痛了，走不动。五驼子对他又是骂又是吼，又是拉又是扯。正在这时，五驼子的哥哥赶来了。

他哥哥说，你要是再闹，肉店的毛主席像就留着你自己来画。

只一句话，就将五驼子镇住了。

旁边的女疯子忽然唱起歌来。

五驼子心烦地说，唱你妈的臊肉，滚到一边去。

金福儿说，五驼子，你说反动话了。

五驼子说，我说什么了？

金福儿说，疯子唱的是语录歌，你怎么说是唱她妈的臊肉！我要告你，你就会坐牢的。

五驼子说，你敢陷害我，我先一刀劈了你。你问问，还有谁听见了！赵长子，你听见了吗？

赵老师说，你不是故意的。

金福儿说，怎么样，他听见了吧！

五驼子说，赵长子，你再瞎说，我先割了你的舌头。

五驼子的哥哥说，别闹了，给金福儿半斤肉，这事谁也没听见！你说呢，老赵？

赵老师嗯了一声说，他不是故意的。

五驼子回肉店剁了一坨骨头，扔给金福儿。金福儿捧在手里，背起篓子心满意足地走了。

赵老师在肉店门上方的墙上刷了一层石灰，又重新开始画起来。

五驼子蹲在门外，像老虎一样盯着赵老师的一举一动。

那天中午，父亲和爷爷一同来找五驼子，想赊点肉，为初次上我家过门相亲的母亲做一道荤菜。

父亲亲眼看到蹲在地上的五驼子像饿狼一样扑上去，抓着赵老师的双腿，从梯子上一下子扯下来，几只颜料瓶子蹦蹦跳跳地在街面上滚动着，把一截街面染得五彩缤纷。

五驼子将赵老师按在地上，用一条捆猪的绳子将他捆成一团，吊在肉店的门上，然后才扯起嗓门满镇叫喊。

五驼子说，革命的同志们，快来看啦，赵长子在肉店门上画了一个蒋光头，他想翻天，要我们无限忠于蒋光头哟！

爷爷在国民政府时期见过很多蒋介石的像，他当时很吃惊，肉店门上那没有画完的像，的确有点像红卫兵们成天叫嚷的"人民公敌"蒋介石。

赵老师看着像，自己也傻了，他喃喃自辩，说，我还没有画完呢，画了头发就不像了。

不一会儿镇上就闹翻天了，差不多所有的人都来了，只有五驼子的哥哥、女电话员和金福儿没有来。几个造反派的头头，在分头忙着找人做高帽子和黑牌子，准备将赵老师拖去游街，然后送县公安局。

赵老师吊在那里像一个纸人。

这时，父亲上去说，他不是说还没画完吗，就让他画完。要是画完了仍像蒋介石，再抓他的反革命。

爷爷也说，就让长子画完，这么多人，他逃不了。

五驼子想了想后同意了。

山区的夏日正午，太阳特别毒，天空不见一线云，也没有一丝风，愣愣地烤得人直冒黑油油的汗珠。赵老师没有汗流，还冷得打哆嗦，怎么也爬不到梯子上面去。

赵老师说，我想喝点水。

五驼子说，尿也不给你喝。

赵老师好不容易爬到梯子中间。五驼子不耐烦了，他从肉店门后拿出一根铁顶针，往赵老师屁股上一顶。赵老师惨叫一声，忽地蹿上梯子的顶端，长长的铁顶针吊在他的屁股上，活脱脱一根尾巴。

第八章

爷爷叫道，驼子，要出人命的。

原来，那铁顶针顶进赵老师的肛门里。

父亲上前拔下铁顶针。

女疯子在梯子下面掬着一双手，说，要喝水吗，我这儿有。

赵老师低头看见女疯子很脏的手里，空空的什么也没有。

赵老师转身用笔蘸了一些颜料，然后在那光头人像上这儿添几笔，那儿添几笔，待他从梯子上下来后，一颗金灿灿的红太阳出现在大家的眼前。

这神奇的几笔，使父亲叹为观止。在他临死的前一年，镇上来了一个画人像的人，给人画一幅像，大的收十元钱，小的收五元钱。价钱虽然很贵，但生意依然不错。父亲记起赵老师画毛主席像的事，就劝他不要教书，当了一生的民办教师，结果是越搞人越卑贱，不如也上街摆摊画像去。赵老师不同意，说放着书不教而去做小生意，他良心不安，还说如果他真的去摆画摊，也不会有人来找他画像的。父亲不大相信，他到那画像的地方，对等着画像的人说，赵老师也给人画像，并且价钱便宜质量又好，百分之百地不走形。父亲劝了好几个人，得到的回答几乎是一模一样，他们都怕赵老师将自己身上的晦气画到他们的像上去了。

尽管赵老师将毛主席像画得同书店里卖的画像一样好，五驼子还是不肯罢休。他找到半边脸有些发肿的金福儿，也顾不上问他脸肿的原因，就让他扛起霸主鞭造反总部的大旗，押着赵老师进了县城。

接管县公安局的红卫兵态度很傲慢，也不叫他俩坐，让他俩和赵老师一起站着。

五驼子口干舌渴地将事情的原因说过后，那个人称胡司令的人忽然问他，你认识蒋介石吗？

五驼子说，他是反革命的祖宗，我干吗要认识他！

胡司令说，那你怎么分得清他先画的人像是蒋介石呢？

五驼子说，好多大字报上都有蒋介石的像，那光头就像电灯泡子，我怎么分不清呢！

胡司令当时从一只柜子里找出两张画，要五驼子认出哪一个是蒋介石。

五驼子一见两个光头人像，一时分不清，就咬牙指了一幅，说，是他，烧成灰我也认得他是蒋介石。

胡司令冷笑说，你们恐怕真是痞子造反，还是老老实实回去杀你的猪，卖你的肉去吧。革命得靠我们来完成。这张像是孙中山的。

几年之后，这位胡司令从知青点上抽上来，安排到西河镇教书。此时，西河镇小学已升格为中学了。他来的第一天就被五驼子认了出来，但他没有认出五驼子，直到后来栽在五驼子手里后，胡司令也是经过提醒后才勉强记起这件事来。

胡司令当场将赵老师放开，还顺手将半杯茶水递给赵老师喝下，并对五驼子和金福儿说，要他们不要再如此对待赵老师了，不然，出了问题，他们会追究责任的。

第八章

五驼子心里有气,但在县城里他不敢把赵老师怎么样。一回西河镇,他就将赵老师放进肉店圈猪的小屋关起来。

五驼子关好赵老师,回家后才知道哥哥出了事。

五驼子的哥哥和女电话员正在房里幽会时,忽然听到窗外有动静,他怕是红卫兵来捉奸,开了门就跑,不料被门口的一根电线绊倒,滚下台阶,将一条腿摔断了。

五驼子料理哥哥治伤,将赵老师忘在了一边。

赵老师在猪圈里一待就是七天,父亲几次劝他回去,说五驼子一定是有事将他忘了,不然也会早点放他回去的。赵老师不肯走,没有五驼子的话,他就不越雷池半步。

第七天,胡司令和别的红卫兵从县里下来检查西河镇向毛主席献忠心的工作做得如何,他发现大半个镇子还未画上"三忠于""四无限"的图案,就发了火,说若不是看在西河镇已画的毛主席像比别的区镇画得都好,他就要带人来将西河镇现在的造反组织都荡平了。

胡司令走时,将霸主鞭造反总部的大旗用火烧了,大印被他用系着红缨的大刀砍成了碎木片。胡司令还要揪斗五驼子,会场都布置好了,正要去捉人时,有人报信说县里发生了武斗,胡司令匆忙领着人马撤走了。

五驼子闻讯赶到肉店,将赵老师揪到街上,说,你是屙屎不揩屁股,偷偷害人。

赵老师淡淡一笑说,机关算尽太聪明,反算了卿卿性命。

五驼子不懂这话,瞪着眼像个傻子。

赵老师后来依然天天趴在别人家门上画毛主席像。别处的红卫兵想请他去，和镇上的红卫兵商量过几次，镇上的红卫兵不同意。有天夜里，别的红卫兵偷偷开了一辆汽车来抢，可惜情报没搞准，错将夜里从别的女人屋里出来的爷爷抢去了，好酒好肉款待了两天后，又无奈地放了回来。

为此，镇上的红卫兵奖了一套草绿军装和一双解放鞋给赵老师。

56

赵老师穿着那套军装出现在街头时，西河镇的人都不敢相信自己的眼睛，连爷爷也说，初一看，还以为是老七他叔回来了。大家都说，这股邪气要是不刹车，说不定赵长子的威风又会死灰复燃的。

赵老师在前面走，女疯子在他后面一声声地喊着，一、一、一二一！一二三——四！把胸挺起来点，腿抬高点，目视正前方，这才像个当兵的！

大家都想笑，又有点笑不起来。

还是春天时，油菜花开得遍地铺金。那一段有人开始帮父亲说媒，所以，父亲没事时总喜欢一个人走到街口向远处眺望，希望能有一个陌生女人来到面前。

那天黄昏，父亲老远就看见一个女人在缓缓地向镇子

第八章

走来。父亲心里有些激动,渴望这女人就是他所盼望的那个女人。

女人在父亲的紧张不安中走近了,那模样却让父亲多少有点失望。女人蓬头散发,浑身泥土,看他时眼神直直的,一点不转弯,也不躲闪。

父亲硬着头皮问,你找谁?

女人不理他。

父亲又说,走亲戚吗?

女人还是不理他。

女人往街里走去。黄昏时,街上人很多,见她这副模样,大家都停下手中的活好奇地望着。

父亲跟在她后面走,没留神突然有人大声问,喂,这是你媳妇吗?

没等父亲回答,那女人已回过头来,朝父亲看了一眼后,突然张开双手扑过来。她一边跑一边用极清脆的声音大笑着,但不说一个字。父亲吓得回头就跑,边跑边叫,疯子,疯子,女疯子!

女人追了几步,便一个踉跄倒下去了,头部正好磕在一架木梯脚上。

正在墙上画像的赵老师,从梯子上走下来,放下颜料,用手在女子的鼻子底下试了试,然后说,不要紧,她是饿昏了。

赵老师说,谁给她一碗水喝。

四周没有动静。有人小声说，一个疯子，别脏了我的碗。

父亲正要走，爷爷在一旁将他扯住，说，谁叫她没带碗，再穷，讨饭也得带个碗嘛。

赵老师起身往屋里走，不一会儿，就端了一碗水回来。

女人喝了赵老师喂给她的水，叹了一口气，睁开眼睛站起来，说，我饿了，我要吃饭。

赵老师拿上碗以及先前的颜料瓶子，将梯子放在屋檐下，独自往回走。

女人跟着他说，我要吃饭。

赵老师说，我没有饭，我只有粥。

女人说，我不吃粥。

这时，五驼子从一边钻出来，说，疯子，他骗你的，他有饭，你跟着他。

女人看了五驼子一眼说，你长得胖，你家才有饭，我上你家去。

五驼子说，我有饭喂狗也不给疯子吃。

街边上的人一齐说，五驼子还没娶媳妇，你给他做媳妇去。

五驼子转身走了。边走边说，我有媳妇。跟着街上的人也都重新忙起自己的事情来。

女人独自在街上喊了半夜，仍没有一个人给她饭吃。渐渐地，她不喊了。早上，西河镇起早上河里挑水的人，见她蜷缩在五驼子的肉店门口，两只眼睛还在无力地转动着。

赵老师又来街上画像时，见女人那种样子就问，我没有饭，有粥，你吃吗？

女人眼睛眨了眨。

赵老师回屋去端了一碗粥来，女人接过去几口就喝光了。喝完后，女人仍盯着赵老师。赵老师又回去添了一碗来。

五驼子来上班时，女人还在喝第二碗粥。

五驼子叫了一声，说，赵长子，你想丑化西河镇啦！

他上去一脚将那碗粥踢飞了，并继续说，你自己都靠我们的施舍过日子，还想在疯子面前充善人，杀西河镇的威风，好像西河镇的人都是恶棍。

赵老师说，人都快饿死了，实在是可怜。

五驼子说，你晓得她是什么人，现在坏人这么多，说不定她是美蒋苏修特务呢？

爷爷后来对我说，赵老师这一招的确损，硬是想将西河镇的人比下去，好像西河镇的人都是狼心狗肺，没有良心了。

自赵老师带头之后，这女疯子每天总能在西河镇讨到几碗吃的。

女人吃了几天饱饭以后，模样就出来了。原来她长得一点不丑，甚至还有几处很好看。女人有一个毛病，只要一见到标致点的男人，她就跟上去，不说话，只是笑。爷爷说，这叫花疯，是想男人想疯的。

那时，镇上的红卫兵很厉害，一天到晚广播毛主席语录，写别人的大字报和大标语，连妻子和丈夫亲嘴的事也公开批判。镇上的男人都不敢朝女疯子多看几眼，生怕被人揭发了，被红卫兵的广播点名。

赵老师得了奖，穿上那套草绿军装以后，女人总是跟在他的身后。五驼子和金福儿见了，就起了邪心思。

57

那天，五驼子破例给了女人一碗饭吃。

女人吃得正香时，五驼子说，我给你找个漂亮男人做丈夫怎么样？

女人点点头，扒了一口饭，又说，我不要你，也不要你。

女人指了一下五驼子和金福儿，回头又指着赵老师说，我要那个画毛主席像的解放军。

五驼子和金福儿说，我就是要你嫁给那个解放军。

那一年，赵老师的妻子被父亲和爷爷送走以后，就一直没有消息。但西河镇的人都一致认为，赵老师的妻子跑到台湾去了。

五驼子和金福儿站在梯子下面，冲着赵老师捂着嘴笑。

那天，赵老师正在我家大门顶上画毛主席像。爷爷被他们古怪的笑声搞蒙了。

爷爷说，有什么好笑？

五驼子说，赵长子要做新郎了。

爷爷见那女疯子也在一边痴痴地笑，心里顿时明白了。

爷爷说，驼子，福儿，这事你们可得和镇长说说，乱来不得。

五驼子说，你这么担心，是不是想留着给你做儿媳妇？

金福儿说，你别梦想，她谁都看不中，只看得中解放军呢！

赵老师在梯上早将这事听明白了，他心里着急，便装作什么也不知道，一个心思地画毛主席像。

后来，五驼子叫开了，说，长子，你停一会儿，下来同你说件事。

赵老师无奈地走下来，问什么事。

五驼子说，你这长时间不结婚，是不是在等那个台湾婆娘回来反攻倒算？

赵老师说，不是的，我这个样子没有人肯跟我一起过日子的。

五驼子说，那好，这个女人愿意给你做媳妇，你现在就领着她回去结婚吧。

五驼子万万没想到自己一手制造的这场恶作剧，最终会完全违背自己的意愿。他和金福儿一路逼着赵老师将女人往家里领，一路高声叫嚷，要大家都出来看这西河镇最好的一对新郎新娘。一大群人跟在后面起哄看热闹，一直闹到赵老师的屋前。

赵老师开了门，那女人却不进去。

女人突然明明白白地说,我身上这么脏怎么能做新娘呢?我要洗澡换衣服。

女人转身朝西河跑去,她在河水里泡了许久,直到晾在沙滩上的衣服全干了,才从西河中爬起来。

女人干干净净地回到赵老师的屋场上时,那模样让五驼子和金福儿大吃一惊。

爷爷在第二天见到这女人时也吃了一惊,他说,西河镇除了赵老师的第一个妻子以外,没有第二个女人能比得上她。

女人推开拦在门口的五驼子和金福儿,羞答答地进了赵老师的屋子,并随手将门闩上。

女人在屋里倒了两杯茶,一杯递给赵老师,一杯留给自己。她把自己的茶给赵老师喝,自己喝了赵老师杯里的茶。放下茶杯,她朝没有点着的煤油灯吹了一口气,然后将自己身上的衣服轻轻地一件件脱得干干净净,把一段玉一样的光洁身子都暴露给赵老师。

赵老师坐在椅子上,女人走过来,坐在他的怀里,一只手挽着他的脖,一只手解着他衬衣上的纽扣。接着又将他拉起来,把他脱得和自己一样干净。

女人用手轻轻托着赵老师的下巴,抬起他一直不敢抬起的头。赵老师忍不住看了她一眼,女人顿时像一团水,溶解在他的怀里。

赵老师猛地抱起女人,到了床上。

五驼子和金福儿趴在门缝里,将这一切看得纤悉无遗。

第八章

赵老师在喘息中一声声唤着,紫薇!紫薇!

女人一边呻吟一边说,我不叫紫薇,我叫白荷!

金福儿在门外看了不停地笑,说,这比那天你哥和电话员亲嘴好看多了。

五驼子铁青着脸,擂了金福儿一拳头说,原来那天害得我哥摔断了腿的是你!

五驼子将金福儿按在地上,不停地扇他的耳光,说,这都是你的主意,现在倒成全了他们的好事。

金福儿说,是你自己想的主意,你怎么反赖我。

五驼子说,不管是谁的主意,你现在进去将那女疯子拖出来。

金福儿说,不行,这时进去会不吉利的。

五驼子说,你一个捡破烂的,莫非还想发大财。你不进去,今天我就掐死你。

金福儿没办法,爬起来,双手去推那门,边推边喊,女疯子,你给我滚出来!

五驼子也喊,赵长子,你连疯子也搞,不怕犯法遭雷打吗?

那门不牢固,撞了两下就开了。他们刚进屋,已披好衣服的女人就拿起桌上的一把菜刀扑上来。

金福儿见势不妙,抢先跑了。五驼子慢了一步,肩上早被砍了一刀。

女人不罢休,举着菜刀,撵得满身是血的五驼子绕着西河镇跑了两圈。女人毕竟体力不如男人，又是刚刚有过一场欢娱，待再跑到赵老师门前时，女人终于停下来。

以后不管在什么地方，女人一见到五驼子便不要命地扑上去，又是撕又是咬，惹得五驼子一见到她就躲得远远的。

为此事，爷爷常常叹息，天下还从没有见过疯子能给人幸福，西河镇也真古怪，居然能使女疯子做出令上苍叹息的善事。

赵老师亦没有料到，疯女人白荷居然保护着自己，过上两年在自己的四十几年生涯中最好的时光。

女人真的和赵老师做了夫妻。

女人似乎知道西河镇的人待赵老师不好，赵老师出门时，她就提了一把菜刀跟着他。赵老师上课时，她远远地坐在操场边上守着。赵老师送学生路队时，她就走在前面开路。西河镇的人都见过她追五驼子的情景，知道她那疯劲不掺一点假，只要她和赵老师在一起，镇上的人就会对赵老师客客气气地说话，客客气气地笑。

除此以外，女人一点也看不出是个疯子。

58

镇上突然兴起办政治夜校。

上面要下面的人除了学习"老三篇"以外，还要学习毛

第八章

主席的五篇哲学著作。镇上好多人都不懂哲学,有几十个懂哲学的人,为了躲避造反派的揪斗,不知藏到哪儿去了。所以,刚刚画完毛主席像的赵老师又挑起政治夜校教员的重任。

赵老师第一次到政治夜校上课时,叫白荷的疯女人又提着菜刀在身后跟着。赵老师同她说了半天,让她不要拿刀,说这时候没人敢捣乱,敢捣乱的人绝没有好下场。

白荷不听,非要将刀提在手上,只是后来见赵老师生气了,她才将刀揣进怀里。

赵老师在空荡荡的政治夜校待到快九点时,才零零落落地来了几个人。

赵老师不满意,对后来生下了大桥的女电话员说,这么几个人,上什么课!

女电话员说,边上边等吧!

白荷忽然说,我去叫他们。

说着白荷就上了街。她开始一声也不吭,径直走到五驼子家门口。五驼子正在乘凉,一把大蒲扇摇得起劲得很,猛地看见白荷,不由得有些发愣。

白荷走上去,一把揪住他的耳朵,说,赵老师受累等你们半天,你倒在这儿快活!

说着,她用另一只手将怀里的菜刀取了出来。

五驼子连忙说,你别动手,我这就去上课。

五驼子从竹床上爬起来,也顾不上穿件背心,光着膀子就走。

五驼子在前面走,白荷在后面吆喝:夜校上课了,都到夜校上课去。

一会儿,在她身后便跟上了一大串人。

五驼子一进政治夜校,便冲着赵老师叫,我懂哲学,哲学不就是走马观花和下马看花的关系吗?

赵老师回答说,如果是这样,这政治教员你来当好了。

五驼子想翻脸,一回头见白荷就站在身后,便努力忍着,钻到一处墙角里坐下。

赵老师正要开始讲课,白荷抢先说,从今天起,这政治夜校上课时,由我来点名,谁没到我就去请。

白荷还想将菜刀拿出来亮亮相,她看了赵老师一眼,又改了主意。

赵老师被这一搅,也不由得改了主意,他说,什么叫哲学?哲学是使人变得聪明智慧的学问。毛主席说,在困难的时候要看到成绩,要看到光明,这样可以使人增加信心,渡过难关。所以这是一种聪明的做法。还有一种做法,有的人活得比较顺利,因此,做事不留后路,到处树敌,结果一旦风向变了,他便连爬都爬不起来。所以这是一种不懂哲学的愚蠢的做法。

赵老师扫了一眼教室,又说,有的人仗着年轻力壮一身蛮劲,今天欺负这个,明天欺负那个,好像天下就没有个对手,他一点也不明白,一个人最大的对手就是他自己。只有能够战胜自己的人,才是真正的英雄。一个人再力大无穷,可到了八十岁,他还能作威作福吗?别看有的人现在讨米要饭捡破烂,可将来他也许是一个叱咤风云的人物。

赵老师这一说,教室里纷纷闹起来。

爷爷说,长子,你别指桑骂槐,以为自己当上政治教员就了不起了。

五驼子也说,你想让我们自己用左手去和右手打,用心何其毒也!

有几个人将金福儿推到前面来,说,大家趁早看看这个捡破烂的英雄!

这时,白荷拿出菜刀往讲台上拍了两下,眨眼间,教室里又安静下来。

赵老师说,我讲的是哲学,是毛主席的哲学咧,你们怎么可以用这样的态度呢!

父亲对我说,他当时以为赵老师会将五驼子上纲上线的,赵老师却没有这样做,他要是这样做了,当时五驼子可就没有好日子过了。

实际上,赵老师很快就明白了,自己哪怕是将哲学解释得像镇上人骂娘那样通俗易懂,也无济于事,因为西河镇自有西河镇自己的哲学。而他要做的,依然是最基本的事,那就是让他们先多认点字,多读点书。

十点钟时,赵老师宣布一些人背诵一段毛主席语录就可以走,一些人读一段毛主席语录也可以走,剩下的那些人,则必须背诵一篇毛主席著作才可以走。

五驼子、金福儿和父亲就是这后一类人中的几个。

屋里很快便只剩下后一类人了。

父亲来到赵老师面前,要求背诵《为人民服务》。赵老师不同意,要他背诵《愚公移山》。父亲知道《愚公移山》比《为人民服务》难背多了,但他不敢争辩,退到一旁温习去了。

五驼子背的是《为人民服务》。

金福儿背的是《纪念白求恩》。

五驼子读了十几遍,然后开始背。背着背着,他开始结巴起来。赵老师将书一合,让他读熟了再来背。

五驼子背了三次都没过关,额头上便开始大冒汗了。

父亲趁机上去,将书一合,一口气就将《愚公移山》背诵下来。

赵老师点点头,示意父亲可以走。

父亲走到门口凉快处停下来,回头看热闹。

五驼子又开始背,可这一次更差,只念出几句就哽住了。

赵老师不轻不重地说,都是一个学校里出来的学生,怎么你就差到如此地步!

五驼子将书一丢。

赵老师说,这可是毛主席著作。

五驼子慌忙将书捡起来。

半夜时分,金福儿才头一回开始背。虽然错别字连篇,但他还是将《纪念白求恩》背诵下来。

第八章

赵老师将金福儿表扬了几句，金福儿脸上出现一种受宠若惊的神采。赵老师让金福儿回去将《纪念白求恩》读十遍，把错别字认准了，他明晚要检查。

这时，五驼子已整个成了一只可怜虫，眼睛望着赵老师，直放哀求光泽。

赵老师让他再背诵一次，五驼子却只能背出第一句来。

赵老师盯着五驼子不作声，直到他低下头后才说，你也回去吧。不过，我有个条件，明晚来上课之前，必须将《为人民服务》抄十遍。

五驼子连忙将头点得像鸡啄米。

从这一天起，在差不多一年的时间里，包括五驼子和金福儿在内的许多人，一有空便在那儿或读或抄毛主席著作，因而也就很少看到五驼子他们在那儿极凶狠地整人了。

父亲曾说，那个政治夜校，老师是赵长子，校长却是那女疯子，没有她，夜校就会垮台，大家就不会去那儿。

父亲又说，赵老师用心真是良苦，只有那么一点机会，他也不忘记用来改造西河镇。

赵老师后来也曾亲口对我说过，知识这东西，掌握多一点和掌握少一点，其区别便是几何级数。

59

白荷会种菜喂鸡,又会打猪草,镇里人会干的活,她看了一遍就会。

秋天,白荷的肚子大起来时,她又到村养猪场抱了只小猪回来。等到习文出世时,那头猪已长得很肥很壮了。赵老师想将猪卖了,给她和习文买些衣物,可白荷不肯。她要将这猪再养一年,然后再卖,到时就能盖两间新房子。

白荷生习文时,父亲刚刚将母亲娶进门。

不知为什么,白荷和母亲挺谈得来,母亲也挺喜欢这个疯女人。习文一出世模样就很漂亮,母亲说,她一定要赶快生个儿子,早点娶习文做媳妇,免得被别人抢去了。白荷安慰母亲说她的女儿谁也不给,只给镇上待赵老师好的人家。她对我家的事很了解,知道父亲和母亲对赵老师好,爷爷对赵老师说不上好也说不上坏。

白荷会织毛衣,母亲织毛衣的技术都是这疯女人教的。此前,镇上只有女电话员会织毛衣,但她不爱教人。她和镇长结婚以后,就更不爱教人了。因为白荷比她织得好,她才开始教别人,同时也从别人那里学会了白荷教的一些花样。

那一段日子,赵老师的背依然是又驼又弯,脸上却长了一些肉,也有两团红润色,面颊上常见的两只大坑不见了。人前人后走着,也还有几分模样。

第八章

偶尔有镇上的干部来找他,要他和妻子说说,帮忙织一件毛衣,赵老师回家一说,白荷就同意了。

白荷在西河镇替人织了二十多件毛衣后,就开始用那多余下来的、各种各样的线替赵老师织一件毛衣。

白荷替赵老师织毛衣时特别用心,速度比给别人织时慢许多。

习文满一岁后的那个秋天,赵老师的毛衣只剩下一只袖子没有织起来。

那天傍晚,白荷正坐在门口继续织那最后一只袖子,五驼子突然领着四个男人来了。

五驼子一指白荷,说,是不是她?

白荷这一次见了五驼子忘了拿菜刀,她瞅着那四个男人一脸的死灰。

男人走近来,在暮色中打量一番,然后点头说,就是她。

白荷见到男人们走近了,身上就发起抖来,两手自觉地伸出来,并在一起,做出一个让人捆的样子。

四个男人风尘仆仆地,见人就做自我介绍,说他们是女疯子娘家的,说她早就许了人家,正要完婚时,却让她跑了,并跑了这么远,要不是这边去信查问,他们怎么也找不到的。

关于这封信是谁写的,镇上说法不一,但最可信的说法是五驼子写的,因为只有他可以通过他哥哥向河南各地发公函,请各级组织帮忙查询。对于这个说法,五驼子总是说,是我写的又怎么样,赵长子未必有那个狠气来咬我的卵子。

白荷的河南口音在镇上早就人皆知之。

那四个男人又说，白荷娘家的成分不好，母亲是地主，父亲是反革命，都在牢里关着，所以这女人才起逃跑之心的，其实她并不疯，是装出样子来骗人。

镇里的人明知这里面有许多疑点，这几个人说话的口气也一点不像是女人娘家的，但见白荷显然和这些人认识，也懒得深究。

那些人不要习文，只要女疯子，也没有为难赵老师。

白荷临走时，将那件尚有半截袖子没织完的毛衣交给赵老师，并说，我不吃你的粥，我天天有饭吃了。

赵老师眼泪汪汪地拿出红卫兵奖给他的那套军装，说，你我夫妻一场，我没给你买一寸纱，这两件衣服你拿去做嫁妆吧！

白荷是上午走的。

下午，赵老师正在教室里上课，五驼子提着一根系猪的绳子径直闯进来。

五驼子说，长子，你的猪合作社调走了，差两斤不够一百二十斤的级儿。我照顾你，还是收下了。五十元钱在这儿，你数一数。

赵老师说，习文她妈喂了一年多，那猪上个月还称过一次，当时就有一百六十斤。

五驼子说，谁称的？

赵老师说，习文她妈。

第八章

五驼子说，疯子的话谁会信，就你信！

五驼子说着扬长而去。班上的学生让赵老师去告状，赵老师嘴上答应了，却没有去。

赵老师穿着那件只有一只袖子的毛衣，领着习文过日子，人显得更瘦，背显得更驼。

那时，母亲已怀上了我，她去看望习文时，每次都要赵老师将毛衣脱下来，她帮忙将袖子织完。然而赵老师总是不答应。天气稍暖和时，他就那么穿着毛衣，外面也不罩外衣，从学校转到西河镇街上，又从西河镇街上转到学校，或是抱着习文，或是牵着习文。

爷爷说，赵长子这是在控诉西河镇呢。

父亲不同意，说，都这样了，难道连残缺不全的毛衣都不许穿，连没有母亲的孩子都不许带吗？

这件毛衣赵老师穿了整八年。到习文九岁时，她来我家跟母亲学会了毛衣的基本织法。母亲又送给她一团旧毛线。她拿回去后，用了半个暑假，将那件毛衣的袖子织全了。但此时，那一只完整的袖子已经破了几个洞，习文用了另外半个暑假，才将这几个洞补好。

60

自称叫白荷的疯女人一走，赵老师做人的模样，一下子又差了很多。

习文长大后,曾向许多人打听过她母亲的下落。大部分人都只记得是河南那儿的,五驼子说得具体一点,说他记得来接疯女人的那四个男人是信阳的。而大桥的妈,也就是当初的女电话员,则说她看过那些人的介绍信,是从汝阳来的。习文在大桥的爸临死之前,赶着在病床上问他记不记得那件事。其时,五驼子也在旁边守着等哥哥咽气。五驼子还提醒过他,说是信阳,但他哥哥仍固执地嘟哝着说出安阳两个字来。

赵老师模样虽差,人却特别耐得住折磨。再冷的冬天,他只穿一件毛衣外加一件棉絮背心,因此在衣着臃肿的西河镇人面前更显得瘦弱。

从来西河镇的那一天起,赵老师每天早上都要起来跑步,如果西河镇要评体育锻炼标兵,赵老师肯定是第一,还有他早先的妻子紫薇,那女人若没走就与赵老师并列第一。一九四几年时,每天早上,他们夫妇都要起来跑步,从不像镇里别的年轻夫妻那样贪恋枕被之欢。镇上其他富户人家的少爷小姐新媳妇姨太太,一年到头只用不凉不烫的温水洗脸,少数出外见过世面的,还不时从县里买一瓶牛奶回来,每次洒几滴在洗脸水里。赵老师和妻子跑完后,就双双蹲到西河边掬清悠悠的流水相互擦脸。

那女人走后,赵老师一个人跑步时,开始很像是一只孤雁,后来又变得像一只被狼撵过的山羊,慢慢地又变得像一只被废置一旁、等待被屠宰的老牛。

一九六六年，五驼子开始造反以后，他从华子良装疯跑步受到启发，认为赵老师跑步也是在等待时机，准备有朝一日能变天，便在街上贴出了《勒令》，要赵老师停止跑步，否则，绝没有好下场。

赵老师不敢跑步后，便改洗冷水澡。十冬腊月，到处滴水成冰，赵老师穿着一条短裤站在门外，拎桶冷水从头往脚下淋，然后用干毛巾在身上猛搓猛擦，直到皮肤通红才穿上衣服。

父亲和爷爷他们初次见此情景时，都看呆了。许多人都不明白，以为是赵老师又穷又懒，既买不起柴火又不愿上山去砍，没有热水才用冷水的。在那些年头里，只有父亲知道这叫冷水浴，是一种锻炼身体的良方。这是赵老师亲口告诉他的。

别人都搞不清楚，也就没有像对待他跑步那样进行深究。

习文五岁的那年，一个冬日的早晨，赵老师淋过冷水后，正在猛搓身子，忽然有人对他说，老赵，在洗冷水浴哇。

赵老师回头见是学校新来的胡老师，悬着的心才放了下来。

胡老师说，别看你瘦，身体质量不错。

胡老师穿着一套玫瑰红球衣，显得比他当红卫兵司令时成熟多了。

胡老师说，别洗冷水浴，我们几个人一起跑步吧！

赵老师说，不，我不跑步。

胡老师说，我听人说你以前不是很爱跑步吗？

赵老师说，现在我不爱了，洗冷水浴更能锻炼人的意志。

胡老师想了想说，那我也每天来和你一起洗冷水浴。

胡老师说到做到，当即就脱了衣服，将一桶冷水猛地从头浇到脚。

也许是刺骨的冰凉深深地触动了神经，胡老师忍不住尖叫一声，哎哟，冷死我了！

冬日的早晨静得很，那一声叫传遍了半个镇子，父亲和母亲当时正相互搂着蜷在被窝里，悄声说着话，而幼小的我一定是在呼呼大睡。

胡老师一连洗了三个早上的冷水浴，终于受不了比刀扎还难受、带着冰碴的洗礼，而打了退堂鼓，依然跑步去了。

学校的两个青年教师在胡老师的带动下，也开始跑步了。他们每天早上五点钟起床，经过赵老师的家门，朝白马寨方向跑去。开始，他们只能跑到白马寨山脚下。慢慢地，就能跑到半山腰了。一年以后，胡老师常常极骄傲地在西河镇的人面前说，他们可以一口气跑到白马寨顶上去。

胡老师他们的确可以一口气跑上白马寨。用他们的速度，来回一趟只需四个多小时。平常早上跑步他们得赶回来上课。每逢星期天，他们就爬白马寨。他们早上七点钟出发，回来可以赶上学校十二点钟开饭。

镇里的人开始一点也不相信，连爷爷也认为他们是在吹牛，他们就和西河镇的人打赌，后来，爷爷出了个主意，他让五驼子、金福儿和父亲一道在头一天偷偷爬上山顶，放了一件东西在最高处的那块石头上。父亲他们来回花了一整天时间。

第二天，爷爷和父亲他们看着胡老师等三个人出发，到中午十一点半时，他们就回来了。一个个都是空着手。

爷爷说，东西拿回来了？

胡老师说，你们真不是个东西，将一泡屎放在上面，想叫我们拿，别想！

五驼子说，不对，我放的是一只肉骨头。

赵老师说，你不该放只肉骨头，它肯定被野兽拖去吃了。

爷爷说，谁在上面拉的屎？

金福儿说，是我。

爷爷说，那屎是什么样子？

胡老师说，糊糊的，臭死了。

金福儿说，我这几天一直在拉肚子。

爷爷说，你们能干，是到了白马寨顶上。

胡老师早起跑步时，口袋里总装着一只小收音机，并有一根线牵着一只耳塞。

胡老师他们高兴地往学校里走，金福儿指着那耳塞对五驼子说，这会不会是在收听敌台哟！

父亲曾告诉过我，胡老师在学校时，成立了一个"毛泽东思想研究小组"，胡老师是组长，那两个和他一起跑的年轻教师是组员,他们想写一本中国的《资本论》,解决一些毛泽东思想不能解决的问题。

一九七六年春天,胡老师他们依然照常跑步爬山,赵老师依然洗冷水浴。

那天早上,镇上的广播喇叭忽然通知,让全镇人吃过早饭后都到河滩上去开会。

父亲和爷爷走上街时,五驼子凑过来悄悄地说,今天有好戏看。

父亲和爷爷在河滩上找了一块空地蹲下来,离他们不远的地方,赵老师和胡老师也挤成团蹲在地上。爷爷看到一直在人群外围转悠的一些被称为"积极分子"的人,有意无意地,一个接一个地走到赵老师和胡老师他们身旁,里外三道地将其围了一个圈。

五驼子的哥哥走到台上,咳嗽几声,又将麦克风敲了几下,然后猛地大喊一声,公捕大会开始,现将反革命分子胡国庆等人揪上台来!

没容赵老师、胡老师他们做出反应,周围的那些"积极分子"就一拥而上,三个人对付一个人迅速地将他们四人架着手臂押上台去。

五驼子的哥哥接着就宣布胡老师的那个"毛泽东思想研究小组"是反革命组织。

公捕大会之后,镇里又组织了几百名民兵,顺着他们每天的跑步路线搜查了一整天,结果找到了两根据说是电台天

第八章

线的电线。

五驼子那天是准备上台批判发言的，不知何故没有点名叫他上去。他将发言稿给父亲看，其中有这么两句话，别以为自己跑得过西河镇人民就比西河镇人民高明，别以为研究毛泽东思想就比毛泽东思想高明，别人眼睛亮不亮我不管，可我五驼子的眼睛是雪亮的，从你当红卫兵司令时我就看出你不是个好东西。

赵老师在镇上关了一天就放了，没有像胡老师他们那样被押到县里去。他们抓赵老师是因为听说他早上也起来跑步，后来才弄清，他已经好几年不跑步了，就将他放了。

赵老师出来时，他们说，抓你是对的，放你也是对的。

隔了不久，又开了一次公捕大会。赵老师看见身边的三个"积极分子"，腿就软了，说，我先回去将习文安顿一下。那些"积极分子"都不理他。等到他们动手后，他才知道是抓另一个老师，他们说这个老师奸污了女学生。

那两年，赵老师一见到"积极分子"，心里就发慌。

胡老师在监狱里待了很长时间，他上诉了几次都被驳了回来。最后一次，他碰上了苏米的爸，算是遇上了救星。

平反放出来后，胡老师开始在乡下一所小学里教语文。没事做时，他就预测当年高考的政治试题，第一回猜中了百分之六十，第二回又猜中了百分之八十。后来他就到了县一中，先干副校长，随后就当上了校长。

有一回，他来西河镇检查工作，在街上碰见了五驼子。

他立即上去和五驼子握手，又递上去一支烟，还请五驼子有机会到他家去做客。其时，翠水已读到初三上学期了，她不想再读下去，又想要个毕业证。五驼子和胡校长一说，胡校长满口答应帮忙，果然，翠水下午就拿到了毕业证。

胡校长对赵老师说，监狱真是个大学校，里面关的都是能干的人。他说赵老师若是真的进去蹲几年，出来后不用说校长，就是局长、厅长也有可能当上。

第九章

61

晚上苏米是和习文睡的。

第二天早上,我去喊她起来搭车回校上课。半路上碰见了大桥。大桥说他是被闹钟闹醒的,不然的话他起不了这早。

我们敲门时,苏米和习文已醒了,正在床上小声说话。

等她们洗脸梳头后,我们又陪习文到赵老师坟上去烧了一沓纸钱。

和习文分手时,苏米是一直退着走的。习文不能送我们上车,她得将店门打开,收拾好了等师傅来。

三个人默默地走了一阵,苏米忽然说,我忘了一件事,我想问你爷爷,当年那么多的驴子狼都哪里去了,怎么现在一只也看不见。

我说,来不及了,以后再问吧,车马上就要开了呢!

苏米说，不怕，我叫司机等一会儿。

苏米真的跑到车站，和正在擦车窗户的司机说了几句什么，然后又跑回来，说，他答应了，晚十分钟发车。

我只好陪苏米重新回到家里。

爷爷已开始搓紫苏了，见了我，有些愣。

他说，怎么没走？

我说，苏米想问你那么多的驴子狼以后都到哪里去了。

爷爷说，一九四六年春上，这儿的班狗突然兴旺起来。那东西比猫大不了多少，总是几十只一群。它从不伤人，夜里如果碰见一个人单独行走，它还跟着护送。但你不能回头望，你一回头，它以为你到了家，就转身走了。班狗专吃驴子狼。它总是趁驴子狼不注意时，跳到它的背上去屙泡尿。那尿一沾身就痒，班狗便用爪子为它抓痒。驴子狼感到舒服站着不动让它抓。一会儿班狗就在驴子狼背上掏出一个洞，然后伸出爪子将肚子里面的肠子抠出来，叼在嘴里跳下地就跑，一下子就将一丈多长的狼肠子掏光了。一群班狗，每天都要掏十几只驴子狼，驴子狼再多也经不住几回掏哇。

苏米听入了迷，又问，那这么多的班狗后来又哪里去了呢？

爷爷说，你只问驴子狼，没说要问班狗呀，一句话，世上东西总是一物降一物，清朝遇上了民国，民国又遇上了共产党。

大桥说，这又何必问呢，想也可以想到。先是大炼钢铁，后又修水库,开大寨田,山上的树都砍光了,连人都藏不住,那么多的班狗就更没地方躲了。

我说,现在也有一种兽很兴旺。

苏说,什么兽?

我说,人。

车站那边,客车的喇叭高声叫起来了。

我们匆匆向客车跑去,刚到车门边,正好看见金福儿悠闲轻松地从街口跑进来。金福儿也穿了一身玫瑰红球衣,手上还拿着两只大理石的健身球,不停地转动着。他从我们身边擦过去时,眼睛在苏米身上停了两次。

车上有人从窗户里看了金福儿一眼,并没有和他打招呼。

金福儿立即说,最近我好像要发福了,所以也跑跑步,锻炼锻炼。

那人依然不说话,金福儿绕过客车,继续向镇内跑去。

我觉得自己要屙尿了,连忙扭头找厕所去。就在我转身时,大桥小声嘟哝了一句,你学赵老师跑步,要是你像赵老师被人砍作六块就好了。

厕所在客车的那一边,我绕了过去,看见五驼子正在车尾后方站着,两眼恨恨地盯着远去的金福儿,一字一顿地咒骂着。

五驼子和大桥说的话几乎一模一样,他们都盼着金福儿也像赵老师那样被人砍了。

62

苏米坐在靠窗的座位上,我坐在过道旁,大桥紧挨着苏米,坐在我和苏米中间。大桥很快活,抢着将苏米和我的票都买了。

客车开动以后,苏米让大桥和我换一下座位,她有话要跟我说。

大桥犹豫了一下,没办法还是和我换了。

我坐下去后,苏米却没有跟我说话,只是望了我几次,但又马上将脸转向车外。

从镇外看西河镇确实很美,特别是这种早晨,几头牛晃着脖子上的铃铛,当当地响着,西河镇仿佛刚刚被吵醒,似一个女人撩开了被窝,却还想躺一会儿那样,懒洋洋地躺在那里。河滩是床,秋山是帐,朦胧的晨雾正映着女人房中薄薄的光亮。

我说,还想来西河镇吗?

苏米说,我只想来看习文。

我说,昨晚你们都说些什么?

苏米说,没说什么,睡大头觉。

我说,女人们睡在一张床上,不说点悄悄话鬼都不信。

苏米说,女人的事,你们别问。

客车忽然一个急转弯,将苏米甩过来,紧紧依偎着我。

第九章

尽管很紧,我依然感到苏米身上的感觉不似前两天在她家沙发上那样温柔。苏米在我身上靠了一会儿,便又坐正了。

我想到一个问题:苏米是不是已决定不和我好,和我拉开距离了?

大桥这时小声问我,说,你们刚才说什么?

我说,苏米说你不该坐的时候挨得她那么紧。

大桥委屈地说,我又不是故意的,都怪这破车一颠一颠的。

我说,我已帮你解释了,她说她不计较你。

大桥高兴地在我手上拍了一下。

客车过了甲铺,往前又开了二十多里时,前胎忽然嘭地一下爆了。

司机把车刹住,跳下去看了看,说,妈的,昨天上来时爆了一只胎,怎么今天又爆了一只,现在再怎么换呢!

一车人都下到公路上,都用眼睛看着司机。司机在路中间拦了几次车,但别人都不肯借轮胎给他。

我看了看地形,见这里离兔儿寨不远,就说,前面有个补匠。

司机说,你认识吗,快去叫他来!

我说,他来不了,他是个瘫子。

司机说,那有屁用,我这车也不能开过去。

我说,你可以将轮胎滚到那里去嘛!

司机开始不愿麻烦,但坐车的人都七嘴八舌地要他去。

他只好将轮胎下下来，一把一把地推着，顺着公路往前滚。

司机要我也去。

我一动步，苏米和大桥都跟了上来。

滚了两里路，就见到一个人坐在公路边，身边摆着一副补匠用的工具。

我告诉苏米和大桥，那就是蓉儿的丈夫太忠。

太忠见了我们，远远地就打起招呼说，补胎吗？到这儿来！

司机说，又没别人和你争，你这样着急干什么！

太忠的模样太显眼了，我坐车见过一次就记得，但他并不认识我。

太忠扳倒轮胎就要下家伙，司机拦住他，说，先把价说定。

太忠说，我这里收的便宜，三十元钱一个疤。

司机说，有发票吗？

太忠说，有。

司机说，发票你开六十块，我给你三十五。

太忠点头应了。便开始拆开轮胎。

我装作不认识的样子说，你这身子不方便，怎么不叫媳妇来帮帮忙？

太忠低头说，她怀了孕，还在床上睡着呢！

我说，她一定很贤惠。

太忠说，我这样子，能有个女人愿意陪着睡觉就心满意足了。

我说，你脸上的伤疤是怎么回事？

太忠下意识地摸了一下后，嘿嘿笑了几声。

我说，是你媳妇抓的吗？

太忠不说话，还是笑。

司机在旁边接上话说，媳妇抓的怕什么丑，就怕是被别的女人抓了。

太忠说，我这媳妇真怪，她拉我上床时像只小猫，我拉她上床时，就变成了母老虎。

我正要再说，苏米一跺脚走到一旁去了。

这时，路上边的村里传来一个女人的高声叫骂，你这两个老不死的，和老娘抬杠，比着赛睡觉，老娘是要为你们生孙子呢。你们这不要脸，七八十岁了，还睡一个枕头，是不是想自己生个孙子！你们要是想生，我就不生，把准生证让给你们。

我听出来是蓉儿的声音。

苏米问，是不是蓉儿？

我点了点头。

蓉儿歇了一会儿，又骂起来，你这老脸皱得像裤裆里的臊皮，洗那么干净，是不是也想去当窑姐儿。这肥皂是你那半截儿子用血汗钱买的，你那么狠命地往脸上搓，以后再这样，这一生就别想沾肥皂的边。

大桥说，蓉儿怎么变成这样了，简直比泼妇还泼？

苏米忽然抢白他几句，假如你妈明天给你找个瘫子、聋子、瞎子、瘸子媳妇，看你会不会还有现在这好的脾气。

我们说着话，蓉儿又在村里骂了起来，说的是少吃几口死不了人，少穿一件死不了人，等等。

太忠自始至终默不作声，像是没有听见一样，只顾埋头抄家伙补轮胎。

轮胎补好后，我们随司机滚着它往回走。大约走了两百米，听见身后蓉儿又骂起来。

蓉儿从村里走到公路上，太忠交给她三十五元钱，她见发票上写的是六十元钱，便以为太忠留了私房。搜了一遍没搜着，她便揪着太忠的耳朵骂起来。

我觉得自己必须替太忠说句公道话，就转身往回走。苏米和大桥随后也转回来。

蓉儿见了我一点也不尴尬。

我说，太忠的确只收了三十五元钱。

蓉儿放了太忠说，看我同学的面子上，饶你这一回。

蓉儿拉我们到她新房里去看了看，屋里的摆设比西河镇大部分人家都强，还有一部十四寸彩色电视机。蓉儿说，只可惜信号太弱，彩色也只能当黑白用。蓉儿说，结婚时太忠一分钱债也没有背，她现在准备等孩子生下来以后，就开始盖一座小楼房。

见蓉儿脸上一点阴影没有，我就大胆地问，你好像一点也不后悔嫁给太忠了。

蓉儿说，狗屁！我现在越来越觉得我妈那话有道理，人活得如果没有一点威风，那还真不如早点死了痛快。

这时客车来了，司机在一个劲地按喇叭。

我们朝车子跑去时，蓉儿在背后一再喊，要我们有空再上她家来玩。

上车后，苏米一句话也没有说，直到车进了县城，才说了句，其实，蓉儿非常非常可怜，虽然活着，还不如死去的赵老师。

63

中午放学时，班主任叫住我，我以为他是要批评我，谁知他竟对我说，胡校长要我一回校就去他那儿。

我上食堂打好饭，便上胡校长家里去了。

胡校长正在灶上炒菜，他爱人则领着孩子在客厅里看电视，我听见有个古怪的声音在说什么格格巫、阿兹猫。

胡校长将锅里的青椒炒肉铲了一些放在我碗里，然后说，苏米她爸昨天晚上来找过我，他说你和苏米的关系好像不大一般。

我没想到胡校长会说出这样的话来，还以为他或是批评我，或是问赵老师与习文的事。

我找不到回答的话，只好矢口否认，说，绝对没有，我不会违背学校规定的。

胡校长说,你先别紧张,苏队长看过苏米的日记,所有的事他都晓得。说实话,苏队长很喜欢你,他只是希望你和苏米的关系能健康正常地发展下去。

我说,苏米是怎么想的,我不晓得,但我绝没有和她谈恋爱。

胡校长说,你们也都十六岁了,学校的规定也不是铁板一块,我觉得你与苏米很般配,当然,有些事在学校里还是不要太公开为好。不过,听说你和习文的关系也很不一般,是吗?

我低头不语。

胡校长说,习文这孩子真是让人觉得可怜,不过,说实话,打个不恰当的比喻,像《红楼梦》里,贾宝玉与林黛玉、薛宝钗,要按照现在的大多数人来挑选,恐怕都会挑薛宝钗。因为谁娶了林黛玉,谁就会受一辈子拖累。而娶薛宝钗则是如虎添翼。我是过来人,多少悟出了一些人生真谛,你们赵老师是到死也没悟出点道理来。

胡校长又说,习文这孩子人见人爱,可她生就一个林黛玉的命,而苏米,她像薛宝钗,似乎比薛宝钗还要强点。

我说,胡校长,你大概是选的薛宝钗吧,那你的林黛玉呢?她现在好吗?

胡校长被我的话说噎住了,他瞅着锅里的青椒炒肉,拿着锅铲不知道动。煤气烧得很旺,不一会儿就有了焦味。

胡校长的爱人在客厅里叫起来,说,老胡,什么炒煳了?

胡校长回过神来,将锅里的菜赶忙盛进碗里,边盛边叹了一口气。

我说,你不后悔吗?

胡校长不看我说,你以为"后悔"两个字,可以随便说吗,就像考试时做错了选择题?

我说,胡校长,我有些瞧不起你!

说完,我扭头就走。

下午上第一节课之前,胡校长在教学楼前拦住我。

胡校长说,她后来结了三次婚,生了三个孩子,可现在,她独身一人住在一所乡村小学里。

我说,你还是不愿说后悔。

胡校长点点头说,我不能说,只要一说,我就会垮掉,就会崩溃。

我说,所以你能从反革命一跃当上校长。

胡校长说,我们的事已无可挽救了。不过,我还是要对你说,苏米的确是个十分难得的好女孩。

我说,我晓得。

苏米的确在疏远我。下午一放学她收拾好书本文具,抢先出了教室,头也不回地走了。在过去,她总是要看上我一眼,和我的目光碰一下再走。

我追上去,在学校门口撵上苏米。

我说,苏米,你是不是有什么事在瞒我?

苏米说,既然能看出我在瞒你什么,那就索性将我瞒你的事也看出来。

我说,苏米,说句实话,我喜欢你。

苏米说,我也喜欢你。

我说,那你为什么不看我就走。

苏米说,我告诉你吧,我要帮习文找到她的妈妈。

虽然这样,我还是觉得苏米心里有话没对我说。

64

我一个人在操场边徘徊时,忽听到大桥喊我。我想躲已来不及了。

大桥走近后说,我什么时候得罪你们了,你和苏米都不理我。

我说,我正在背英语单词呢。

大桥说,你是心里不快活。我陪你去散散心吧。到文化馆看镭射电影,怎么样?我请客。

我略微想一下就答应了。

我们去时,镭射电影已开始了,没看到片头,却刚好赶上一对男女光着上身在被窝里翻滚。大桥一下子就被迷住了,两眼一动不动地盯在银幕上。我头一回看这种片子,心里烧得慌,便偷偷看着四周,怕遇见熟人。我扫了一圈,果真看见了几个同年级的学生。

在收回目光的过程中,我感到后边一个角落里有道闪烁的光芒在射向我。我下意识地重新转过目光去看时,发现苏米的爸穿着一身便衣坐在后边的人群中。

我不安起来,坐在那里不停地动。

大桥问,你怎么啦,这么精彩,还不想看。

我说,苏米她爸在那儿呢。

大桥看了一眼,说,哪儿,我怎么没见着?

我回头看了看,苏米的爸真的不见了。

我说,明明在这儿,怎么不见了呢?

大桥说,他还不是怕被熟人发现了。

想一想,觉得大桥说得也有道理。可我还是决定不看了,我觉得自己偷偷看这种影片,实在对不起习文和苏米。

我告诉大桥,自己去楼上看看董先生在不在家,便离开了放映厅。

二楼舞厅正在演奏《友谊地久天长》。我忽然想到,苏米会跳舞吗?赵老师的先前那个叫紫薇的妻子会跳舞吗?赵老师本人会跳舞吗?习文是肯定不会跳舞的,但我有机会一定要问问她,看她知不知道。苏米会不会跳舞当然用不着问习文,我明天就可以问她自己。

刚走到三楼,就听到有一个很熟识的声音。我猛地一怔,金福儿怎么会来这里呢?我悄然走近那间挂着"文学创作股"牌子的门。贴着门缝一看,果然是金福儿和小曾在面对面坐着。

金福儿说，钱的事好说，我现在就是不缺这个东西，但我还是那一个老要求，文章必须上《人民日报》。

小曾说，我已找朋友打听过，《人民日报》管得很死，所有文章都得总编点头才行，你想想，哪一届总编不是中央委员，不是大红人，他会在乎一点钱?!

金福儿说，正因为这样，我才要上《人民日报》，只要一上去，情况就大不一样了。上一届县委书记不就是因为在《人民日报》上被表扬了一下，就一下子从一个工厂厂长直接提起来的吗？

小曾说，这事真有难处。

金福儿说，不难我找你干吗！

小曾说，别的报纸我还有些门路，只是《人民日报》实在不行。

金福儿说，我想参加年底的县人大代表竞选，总怕知名度不够。

小曾说，现在南方的企业家都这样，回过头来参政。你的思想的确一点也不落后，是应该这样，不然，钱再多还是受人摆布。

金福儿说，《人民日报》这条路子不行，那你说还有哪条路子好？

小曾说，其实，你还没到上《人民日报》的份，即便上了也是白上。你竞选人大代表，关键是西河镇那一带的人，

第九章

这些人中有几个看《人民日报》呢。我听说，有人议论你为富不仁，你不如雇两个人，将西河镇的清洁卫生包了，他们天天上街扫垃圾，别人一见到他们就想到你，这比上报纸影响大多了。

金福儿说，这主意好，实在。不如这样，曾股长，我干脆聘你为广告宣传顾问怎么样？

小曾说，这事以后再说吧。若是真看得起，上回那篇报告文学，你多给点辛苦费就行。

金福儿当即掏出一沓钱扔给小曾，说，五百，够不够？不够过两天再送些来。

小曾忙说，够了，够了。你也别把我看作是很贪心的人。

见他们正准备走，我就敲门进去。

金福儿见我，正要说话。我先开口说，曾老师，我找董先生，他住哪儿？

小曾问，你找他做什么？是创作上的事吗？是创作上的事找我就行。

我说，我想问问谚语的事，不知我那条"四只眼睛的人善，八个指头的人恶"的谚语选进书中没有。

小曾说，谚语的事不归老董管了，他和领导的分歧太大，领导就换了人，他现在光领工资不做事。

正在说话，一楼镭射放映厅猛地闹将起来。小曾连忙往下跑，我和金福儿也跟着下去看热闹。

我们去时，看见苏米的爸和另外一个穿便衣的侦察员，正将一个已戴上手铐的人从放映厅里推出来。

苏米的爸从怀里掏出一只对讲机,叫公安局派一部警车来。在放映厅外面的过道上,苏米的爸说他们得到消息这个家伙今天要在这儿露面,就一直守候着,他说这家伙强奸了六七个女人。

听说苏米的爸又抓了一个强奸犯,我想起苏米昨天的话,不由得笑了起来。

苏米的爸狠狠盯了我一眼。

我知道那意思,忙问小曾,董先生住哪间屋子。小曾说他住在五楼最里边的一间屋。

我爬上五楼,在昏黄的走廊灯光下,董先生的门上贴了一张字条:本人写作时间上午九点至下午五点,晚上七点至十二点,有事者请于下午六点左右前来,其余时间概不见客,老朽余下时日不多了,请各位多包涵。

65

昨天一天没理我的苏米,早上一见面就劈头盖脸地说,昨天晚自习你去哪儿了?

我强作镇定说,有事,请假了。

苏米说,我没想到你会这么卑鄙无耻,去看那种电影。

因生气,苏米的双颊涨得绯红。

我说,你没看怎么晓得那种电影不能看,再说文化馆门顶上还挂着"精神文明建设先进单位"的牌子呢!

苏米说,你再狡辩,我就告诉班主任。

我有些慌,说,谁叫你不理我。你今天再不理我,晚上我就去杀人放火抢银行!

苏米轻轻地叹了一声,说,我不是不理你,我实在是——算了,不说这些,我们还像以前一样做朋友就是。

苏米的话让我再次领悟到,她有什么话不肯对我说。

吃过晚饭,我匆匆往学校外面走,半路上碰见了苏米。

苏米说,你去哪儿?

我说,文化馆。

苏米生气了,说,还想看那电影啦!

我说,我去看董先生。

苏米折回来,要陪我一起去。

一进文化馆大门,就听到一个男人在大声叫骂着,说,我当了二十几年的炊事员,从没见到过这么好吃的人,还是知识分子呢,还想申报高级职称呢,狗屁!

董先生呆呆地站在院子里,一个长得极像五驼子的人,正指着他的鼻子,骂得唾沫横飞。

文化馆的人都在各自门前站着观看,没有一个人上去劝阻。

我问小曾是怎么回事。

小曾只是不屑地说了句,为了一块肉去和没文化的人争吵,还一天到晚摆着一副怀才不遇的架子,活得有什么意思!

这时,有个女孩站在一处门口叫苏米。苏米过去了一会儿,回来时对我说,吃晚饭时,董先生上食堂里去打饭,他要了一份白菜秆炒肉,并交了两元钱。那炊事员勺子一舀,舀给他的几乎全是白菜秆。董先生开玩笑说炊事员的勺子上长了眼睛。炊事员说他不该说,便骂起来。

我上去拉了一下董先生,说,董先生,我找你有点事。

董先生看了我一眼,转身领我和苏米上楼去了。

炊事员还在楼下叫,想吃肉就再去坐几年牢,我胯里有坨肉总碍事,可我舍不得给你吃。

董先生装作没听见,开了门后,又随手将门掩上。

开始,董先生没认出我,后来我说自己是西河镇赵老师的学生,他才记起来。

坐下后,董先生才发现开水瓶在食堂里没拿上来。我连忙开口说去帮他拿。

我下楼进了食堂,炊事员正就着菜盆里的白菜秆炒肉,一边和小曾说话,一边喝酒。小曾面前也有只酒杯,他劝炊事员别和董先生计较,说董先生是天下最迂腐的书呆子,和他计较没味,丢自己的人。

我找到董先生的开水瓶,拿上刚要走,炊事员伸手夺下来说,要你管什么闲事,叫他自己来拿。我说了几句,又看了看小曾。小曾竟不理我,没办法,我只好空手回去。

苏米见了,笑话我没用,她说她去拿来给我看看。

苏米去了十几分钟,最后也是空手回来。还恨恨地说,总有一天她要让她爸将这家伙抓到牢里去。

过了很久,苏米才对我说她那次去拿开水瓶时,炊事员也不让拿,她和他吵了一阵,然后就上去抢,不料那炊事员趁机在她身上乱摸了几把,她不敢再抢,连忙跑出食堂。

最后,还是董先生亲自去食堂才将开水瓶拿回来。他去了也有十几分钟,回屋时脸色很难看,手直发抖,给我们倒水时,连开水瓶塞子都捏不住。炊事员如何待他,他没有说。

董先生告诉我,为了那条关于赵老师和五驼子的谚语,他和馆里的领导闹翻了。馆里的领导不同意选这一条,他却执意要选,当然还有其他的很有意义的谚语。最后,馆领导就把他给撤换下来。

我问,赵老师被人杀了,你晓得吗?

董先生说,我晓得。

我说,他的那部书你还写吗?

董先生说,我现在闭门谢客就是写这部书,可我不晓得将来有没有出版社肯出这样的书。

我看了看桌上的手稿,已写了二百多页,字迹又工整又漂亮,比赵老师写得还好。

苏米问,你准备写多长?

董先生说,二十万字不知能不能打住。

苏米说,那得多长时间?

董先生说，两三个月吧，我这一生也许只能做这一件事了。

董先生接着又问了我一些关于赵老师的情况。

我想起一个关于赵老师的故事。

父亲、母亲暴死的那年春节，家里没有一两过年的肉，爷爷领我到五驼子那儿转了两趟，想找他赊点肉过年。五驼子一定是看到我们了，却不用正眼来瞧。他用力地挥着屠刀，嘴里不停地咋呼。春节时，肉铺的生意极好，里三层外三层地挤满了人。五驼子不停地说，挤什么呀，你有钱吗？没有钱就给老子滚远点，别来这里凑热闹。尽管这样，爷爷还是开了口。五驼子眯着眼说，人家拿着钱都买不到肉呢，哪有赊的。

后来，爷爷去偷了镇长家的鸡。

开年以后，学校上第一堂课，赵老师出了一个"津津有味"的词让我们造句，我当即就写了这么一句：肉吃起来津津有味。

那天傍晚，天上下起大雪，我和爷爷正在火塘边烤火，忽然听见有人敲门。打开一看，赵老师满身雪花地站在门口。

赵老师说，他刚才在屋里改作业，见了我造的句，他觉得非常好非常好。

说完这句话，赵老师就转身回去了。

爷爷说，赵老师一定也是过年没有肉，才同我一道享受这同病相怜的津津有味。

董先生听了这个故事后好久没有作声，然后突然说，你们认为赵老师和我,是那种可以被一餐好酒、几块好肉所左右的人吗?

我们摇了摇头。

夜里窗外起大风,寝室外面的梧桐叶子被吹得像放鞭炮一样响。

第二天,早饭后苏米来上学时,见到我,老远就慌张地叫起来。

苏米告诉我,董先生昨晚被炊事员气死了。她说昨晚大风初起时,董先生怕风将窗台上的几盆菊花吹落下去砸着了别人的什么,就起床将它们搬到走廊上放着。夜里,那炊事员起床小便,炊事员夜里小便从来不肯多走几步路上厕所去,总是踮着脚从走廊的窗口往街上屙。炊事员往窗口走时,被花盆绊倒了。他当即用脚猛踢董先生的门,逼着董先生起来赔礼道歉,但他还不甘休,又闯进董先生的屋子,将桌上那二百多页手稿撕了个粉碎。董先生当即跌倒在地,一口气没接上来,被活活气死了。

我实在不敢相信。中午一放学,我就跑到文化馆去看,文化馆一点动静也没有,炊事员依然在食堂里和来买饭菜的人说笑。

我问小曾,董先生呢?

小曾说,死了。

语气极平静。

66

苏米见我这副样子，有些担心，让我晚上上她家去吃饭，之后就在她家玩。

我肚子里憋着许多气，见到大桥就朝他发火，弄得大桥总是躲着我。我也知道，这些全与大桥无关，可是除了大桥，我又能对别人怎么样呢！

我说，也行，我正要见一见你爸。

苏米说，我晓得你要说什么，我已替你说了。

我说，你说了什么？

苏米说，我说，他这次若不将那个炊事员抓起来，我就去将那炊事员杀了。

我愣了愣说，你怎么也学起西河镇的人来了！

苏米说，这样见效才快。

苏米先走了，她要我随后来，那样子是不愿和我一起在街上走。昨天傍晚我们一起走时，同年级的几个同学看见了，今天再一起走，那影响就大了。

我想告诉她，其实胡校长已知道这事了，不知怎的又总也说不出口。

大桥见我往学校外面走，忙从远处跑过来问我去哪儿。我告诉他，苏米请我上她家去吃饭，但说好不让他去。大桥听了非常失望，我趁机说大桥不该躲着我，躲着我是没有好

第九章

下场的。

大桥答应以后无论怎样都和我在一起。

我推开苏米的家门,苏米不在屋,只有苏米的爸一个人坐在小方桌前独自喝着酒。

苏米的爸一边示意我坐下,一边说苏米上餐馆买菜去了。

我说,害死董先生的家伙抓起来了吗?

苏米的爸说,哪能那么容易就抓人,现在有法律呢!

我说,难怪现在大家都对你们有意见,杀赵老师的凶手是暗藏的,你们怎么也找不到!这害死董先生的人是明摆着的,可你们又不敢去抓!

苏米的爸说,现在的人是将电视录像看多了,以为天下的警察个个都是福尔摩斯。

我说,可那些坏蛋也不都是职业杀手哇!

苏米的爸笑起来,说,难怪苏米这样服你,你这口才比她还强!我们说点别的好吗?我问你一件事,苏米这两天为什么不高兴,你们吵嘴了?

我说,我也不晓得,也一直在奇怪呢!

苏米的爸说,苏米这孩子和许多城里姑娘不一样,她好像什么都懂,而且总是能够做出最好的选择。你懂我的意思吗?

苏米的爸眼睛直盯着我。

我躲开他的目光说,既然这样,你就不该偷看她的日记,若被她发觉,她会恨你一辈子的。

停了一会儿,苏米的爸才说,胡校长找过你?

我点点头。

苏米的爸接着说,你们都是好孩子,我其实用不着不放心。

他说着将杯子里的啤酒一口喝完,然后取过墙上的警帽,信手戴在头上,说自己该去开会了,让我帮忙看着门,等苏米回来。

临出门时,苏米的爸自语了一句,说自己真笨,如果连最心爱的女儿都信不过,那么这个世上还有谁值得信赖呢。

屋里无人时,我忍不住蹑到苏米的卧室里,匆匆地看了几眼那张墙上的照片,又赶忙逃出来。

我在沙发上坐了一阵,刚刚平静了些,听到楼梯上有脚步声,心里又咚咚地跳起来,脸上一阵阵发烧。

苏米推门进来,见了我,浅浅一笑,说,快来帮忙拿一下。

苏米手上拿着三碟菜,我伸手取中间那一碟时,她发觉我神情异样。

她说,你脸上怎么这样红?

我说,我刚和你爸干了一杯酒!

苏米说,你不会喝就别喝嘛。我爸也真是的,爸!爸!

听到她叫,我忙说,你爸开会去了。

苏米说,他答应我要陪你吃饭嘛!

苏米说完似乎明白什么,顿时脸上也红了起来。

第九章

苏米脸上的红褪得很快,她去厨房拿碗筷汤勺,回来时,一切就平静下来了。

不知为什么,我们突然变得无话可说。二人默默地吃完饭,又将饭桌收拾好,该抹的抹,该洗的洗,做完之后,我坐在长沙发的这一头,苏米坐在另一头。

坐了一会儿,我鼓起勇气站起来说,苏米,我有话对你说。

苏米也站了起来,光洁的额头正好在我的眼底。

我说,你能给我一把钥匙吗,我想到你房里去!

苏米飞快地看了我一眼,然后低声说,不能,我的钥匙丢了。

我有些不能自控,一把捉住她的双手说,你别骗我,你到底有什么心事,你为什么不对我说?

有一阵,苏米已倒在我怀里,我正在寻找她的双唇时,她挣脱了,稍稍后退了半步。

苏米说,学文,你真的忘了习文吗?

苏米的话让我一下子冷静下来。

重新坐到沙发上后,苏米给我端来一杯水。她的手微微发抖,透明的水在杯子里不停地起着小小的波澜。

喝过水,苏米从里屋里给我拿来一份材料,标题是:9·14凶杀案侦查情况汇报会记录。

67

我说，你怎么弄到手的？不是锁在抽屉里？

苏米说，我爸当刑侦队长，做女儿的不学几招，那不是太冤枉了。

苏米让我快看，她到阳台上去望风，别让她爸发觉了。

我坐在沙发上匆匆看起来。

《9·14凶杀案侦查情况汇报会记录》（机密）

时间：10月14日。

地点：县委小会议室。

主持人：县公安局徐涛局长。

参加人员：黄山（县委书记）、王伯乐（县委分管政法口副书记）、熊和平（副县长）、陈义才（人大常委会副主任）、关建设（法院院长）、汪焕良（检察长）、卢成（教委主任）、胡国庆（县一中校长，特邀）、苏为（县公安局刑侦队队长）。

记录：金山。

徐局长：9月14日，我县西河镇中学代课教师赵长恩被人故意杀害之后，迄今已有一整月了，现请苏为同志将侦察情况向各位领导和有关同志做个汇报，然后请领导同志指示。

苏队长：刑侦队是中午十二点四十八分接到甲铺乡的报案电话，说是有人在西河镇发现一只断手。我和队里的两位

第九章

同志带着警犬大山和大海于下午一点五十九分赶到现场，随即展开搜索，两点十分，警犬大山发现了另一只手。两点四十一分，警犬大山发现了一条腿。两点四十七分，警犬大山发现了第二条腿。三点零七分，警犬大山找到了一截完整的人身。三点二十分，警犬大山找到了一颗人头。经复合后确认，死者为西河镇中学代课教师赵长恩。

赵长恩为江苏南京人，一九四五年底来我县西河镇开办学校，土改时被划为恶霸地主，此后一直在西河镇小学担任民办教师。该小学升为中学以后，他便改为代课教师。任教四十年，未受过任何处分，也未受过任何奖励。在历次政治运动中，均无异常表现。平时性格懦弱，受人欺侮时从不反抗，对一切事情都逆来顺受，与世无争，在周围人当中，无明显的仇人，也无明显的朋友。他性格内向，过去只是同同镇农民杨益明较能谈得来，但此人已于前年遭雷击而死。

在一个月的侦查中，我们破获了几起陈年旧案，但此案无重大进展，主要有以下几个问题没有解决：

一、无法找到第一现场。残肢是被水冲到被发现地点的，同时大水又将所有痕迹冲毁。

二、无法确定嫌疑对象。赵长恩平日作为不可能对任何人构成危害，他也不与任何人争强斗胜，同时家贫如洗，所以，报复杀人、激愤杀人和图财杀人几点都应排除，唯一一点是可能有人对其女儿起淫心，经调查除另案已收押的王国汉以外，并无人有此企图。

三、无法找到知情人。赵长恩周围的人都嫌弃他,从不主动与其接触,镇内无人详尽地了解他的生活习惯,只是据他女儿说,最近一段她夜里醒来,常发现赵长恩不在屋里,但他做什么去了,无人知晓。

四、9月14日晚,西河镇所有的人都有证人证明自己当时在做什么,那么又很难设想一个外地人,会专程来杀害这么一个不对任何人构成威胁的人。

对于赵长恩的死,实际上所有的人都感到困惑不解。西河镇一带的人甚至普遍认为赵长恩不可能被人谋杀,有可能被谋杀的倒是他们自己。因为赵长恩是西河镇唯一不会做坏事的人。

近一段,有些人曾建议我们从社会心理学角度来审视一下这个案子,我们没有这方面经验,不好定夺。

下一步,我们计划着重查赵长恩夜里出去干什么。希望能找出线索。

黄书记:老苏他们这一段苦是吃了,这一点要肯定。这个案子对我们压力很大。特别是在教育界和知识界,现在有一股不正常的情绪。甚至有人说,赵长恩是被整个西河镇谋杀的。这话固然有值得我们反思的东西,但更应值得我们警惕,无论怎样,坏人总是少数,好人总是多数。

王书记:黄书记的指示很重要,这个案子一定要尽快破了,不能拖,拖久了说不定会出政治问题。在案子未破之前,教委老卢要多做些思想工作。还有胡国庆,你也要做工作。

第九章

你是黄书记定的,破例参加这样的会。目的就是要你回去做工作。县一中很关键,只要县一中能够保持稳定,别的学校出点小问题也好应付。你过去受过委屈,又和赵长恩共过事,现在又是教育界的顶梁柱,你的话是非常有分量的。情况你已晓得,不是老苏他们没尽力,实在是太特殊了。

熊县长:黄书记、王书记的指示我很赞同。赵长恩的问题侨办曾向我反映过,我同西河镇负责人还打过招呼,准备解决。不料悲剧先发生了,我很遗憾也很悲痛。据说,西河镇的人认识的字几乎都是他教的,这么一个好人、有贡献的人,我们公安部门一定要尽快为他申冤洗雪。

陈主任:最近,教育文化界的几位人大代表联名写信,反映有关部门在处理赵长恩被害一案上有些不力,对这样一个特殊案子却没有用特殊的方法来处理,说这从客观上又一次证实了赵长恩被害的社会文化背景。这话是不大好听,但自古忠言逆耳嘛。代表还反映说,赵长恩留下一个孤女无依无靠,希望有关部门能解决她的生活问题。这件事人大只能建议,请书记、县长们考虑。

黄书记:这个女孩现在在哪儿?

苏队长:在镇上学理发。

黄书记:这样好,有职业,生活就没问题。

关院长:法院只管依法判决,不过作这个案的凶手,应是必死无疑。

汪检察长:案子一破,我们保证积极配合。

卢主任：我代表教育界全体人员，感谢苏队长他们所吃之苦之劳，破案的事我们是外行，只能在一旁配合看热闹，至于其他一些问题，我们将马上着手准备。我初步设想，思想工作最好莫过于拿出实际行动来，所以，我觉得首先要想办法将全县拖欠老师的工资和奖金发下去。

黄书记：你又想提钱的事，现在不说钱，老胡，胡校长，你说说吧！

胡校长：几位领导分析得很透彻，我想说的只有八个字，缉拿真凶，以平民愤。

黄书记：我再补充一点，怎么警犬大海这次一点作用也没起，是不是生病了？要对它加强营养。

…………

我刚要看徐局长发言的记录，门锁一响，苏米的爸进来了。

我措手不及，拿着那份记录不知往哪儿搁。

苏米的爸一见我手中的材料，立即夺过去，并大声说，苏米，这是怎么回事，谁拿出来的？

苏米从阳台上跑进来，弄明白怎么回事后，说，对不起是我拿的。

苏米的爸铁青着脸说，说声对不起就行了。

我壮着胆说，可有的人连对不起都不敢说呢！

苏米的爸愣了一会儿后将火气平息下来，说，我们现在平了，一比一，以后谁再犯可就不客气了。

苏米趁她爸将材料送到屋里去时，说，你和我爸说什么黑话？

我说，男人的话，只有男人懂。你刚在阳台上干什么，一个大活人上了楼也没发现。

苏米说，我也不晓得为什么，站在那里，人却走了神。你也要我说对不起吗？

68

苏米的爸放好材料，回到客厅时，脸上还有些不快。

我说，今天幸亏苏米将材料偷出来给我看了，要不然这个案子你永远也破不了。

苏米的爸说，你晓得什么情况？

我说，你不是要查赵老师夜里干什么去了吗？我可以告诉你，但你不能让习文晓得，她要晓得了会伤心的。

苏米的爸做了保证后，我告诉他赵老师经常夜里出来在镇上偷偷捡垃圾，拿到甲铺去卖。

苏米的爸问我是怎么晓得的，我就对他讲了自己和大桥那夜守着金福儿楼下碰到的事。

苏米的爸听了后点了一支烟，像电影里的侦察员那样，开始在屋里来回踱步，眉头皱了又舒，舒了又皱。

这时，外面有人敲门。

苏米开了门后,进来的却是胡校长。

胡校长对苏米的爸说,他有要紧的事找他。二人便进里屋去了,还随手将门反锁上。

不一会儿,苏米的爸又将门打开,和胡校长一起走出来,笑着对我说,你们的线索都牵到一起来了。

胡校长也笑起来,给我们讲了大桥和他妈在学校里吵嘴的事。

镇长是天黑以后来学校的,这次她给了大桥二十元钱零花,大桥很高兴。镇长便趁机对他说,她准备春节前后同金福儿举行婚礼,她说,其实,他们早就领了结婚证,因为怕大桥伤心而没有对他说。

大桥一听就哭了起来,边哭边骂金福儿,骂的尽是极难听的话。镇长劝不住,隔壁女生寝室的女同学马上反映到胡校长那儿。

胡校长去后,大桥停下不骂了,却一遍遍地说,他妈若是和捡破烂的金福儿结婚,他就像赵老师一样也捡破烂去。

大桥说,赵老师怕丢习文的面子,不愿白天捡,总是夜里出来。他说他就是要丢他妈的面子,专门找白天最热闹的地方去,到他妈办公开会的地方去捡破烂。

胡校长听到这些话就留了个心,将大桥叫到办公室问了详情,就马上来找苏米的爸。

苏米的爸当即就打电话约了几个侦察员,又叫上一部警车,连夜去了西河镇。

第九章

我随胡校长往学校走,半路上,我告诉他自己看了他在赵老师被害案件情况汇报会上的发言记录。

我说,胡校长,你不该只说八个字。

胡校长说,学文,你不懂,你真的不懂。

我说,但我不用你教。

胡校长说,这个我晓得,每个人该怎么活,是谁也教不了的。

胡校长又说,我祝你、习文和苏米走运!

我说,大桥呢?

胡校长说,他不用我担心,别看他有些怕你,遇事让着你,其实他比你的社会经验丰富多了。

此后一连两天,我总盼着苏米能给我带来他爸爸已捉到凶手的好消息,每次见面,苏米总是摇头说她爸没有回来。

第二天下午,苏米的爸从西河镇回来了。

他们这一次又是空手而归。他们只查清赵老师常常夜里送垃圾到甲铺废品回收站卖,他卖的都是极常见的垃圾,街上随处都有,不用查找来源。而赵老师用不着和谁打交道。

我不好再当着苏米的面说她爸真没用。

苏米自己对我说,她爸在屋里直捶自己的脑袋,骂自己怎么就找不出一点真正有价值的线索。

对于我多少有一点安慰的是,苏米她爸让苏米给我捎信说,局里决定正式逮捕文化馆的那个炊事员。

第十章

69

在西河镇,金福儿是捡破烂的始祖。

当年赵老师为了金福儿能上学而出主意让他捡破烂,是因为他在城里待过,城里一些人就是靠捡破烂为生。他见到西河镇上风吹垃圾满街跑,就想到它们养活一个人是没问题的。

五驼子的哥哥让金福儿去上学时,曾对他说,西河镇的破烂都归你捡,养得活自己你就去读书,养不活自己你就别读,你这样的人,集体是不能照顾的。

尽管当时金福儿很小,可他想也没想一下就答应了。

那时的破烂没有今天的值钱。那时废纸五厘钱一斤,破纸箱子三分钱一斤。现在却可以卖到一角多和三角几了。捡破烂成了勤劳致富的一条捷径,也为外出躲避计划生育的那些超生人家提供了基本的生活保障。

金福儿出身不好,又靠捡破烂为生,他在镇里的地位仅比赵老师高一点点。所以,他一天到晚巴结五驼子,给五驼子当闻屁虫。五驼子则乐意一天到晚将他当奴才耍,他叫金福儿时就像唤狗一样。

父亲对我说过这样一件事。

他说,从前,金福儿的威风被五驼子杀得片甲不留。

上小学四年级时,有一回父亲去上厕所。赵老师先来占了一个坑,父亲占了一个,还剩两个,刚好五驼子和金福儿进来了。

五驼子一进厕所就要赵老师让位给金福儿,他要金福儿与自己挨在一起。

赵老师略一迟疑,五驼子就叫起来,恶霸地主,你让不让,不让我就叫我哥开你的斗争会。

赵老师只好提着裤子让到另一个坑上去。

五驼子没带东西揩屁股,他见金福儿手上有几根篾片,就朝他要。

金福儿没有给,自己用了。

五驼子生气了,他堵在门口,非要金福儿将他的屁股舔干净,才放他出去。还说金福儿的狗父亲将他爸爸毒死了,他要报仇雪恨一百次。

金福儿哭丧着脸说,你让我出去,我保证找最好的纸来给你揩屁股。

五驼子说，不行，等你回来，我屁股上就长蛆了，你的舌头就是最好的纸。

僵持了半个小时，金福儿没办法，只好按五驼子的吩咐做了。

金福儿趴在五驼子的屁股上舔时，五驼子还不停地骂，说，你的舌头比瓦片还糙，舔得疼死了。

父亲和赵老师也一直被堵在厕所里。父亲是想看看热闹，赵老师则不敢作声。父亲说赵老师怕惹火烧身。

事后，赵老师对父亲说，这个金福儿你可不要小看，将来西河镇的天下可能是他的。

父亲问是什么原因。

赵老师说，一个可以忍受如此奇耻大辱的人，心里肯定有一个坚定不移的信念在支撑着。

这话通过爷爷传出去后，西河镇的人都不以为然。

多年以后，他们才恍然醒悟，都说金福儿他妈的真有韬略，并有许多的后悔来不及悔了，也无法悔了。

70

金福儿捡破烂与众不同，他最喜欢捡废纸片，连最脏的解手纸也捡，还洗得干干净净的。那时，公家的人上厕所，常从笔记本上撕几页纸，应急揩揩干净。金福儿对这种纸最

第十章

上瘾，捡回来后，洗净了，摊平了，还要细读上面的文字。还有一种纸条、书信，收到的人不便当众看，便借上厕所之机躲着看，看完后，在屁股上揩几下，往厕所里一扔，便觉得万事大吉，以为神鬼不知，却不知金福儿的爱好正在于此。

天长日久，金福儿居然知道了西河镇一切事情的来龙去脉。

这个秘密，是在那年摘了所有地富和右派成分的人的帽子之后，才被人觉察的。

那次，他找到五驼子的哥哥，说自己也要响应中央的号召先富起来。五驼子的哥哥要他像五驼子那样走勤劳致富的道路。金福儿非要五驼子的哥哥批两吨平价钢材给他。五驼子的哥哥先是不依，待金福儿从口袋里掏出一张破纸片给他看了一眼后，五驼子的哥哥立刻变了脸色，匆匆地写了一张批条给他。

几乎是一夜之间发生的事，西河镇仿佛成了金福儿掌中之物，完全听任他的摆布。他叫谁帮忙做事，谁都会乖溜溜地不敢说不。过去在街上行走时总是昂头三尺的人，见了金福儿不得不绕着走。

但金福儿说，我晓得凡事都要适可而止，不可将人逼上绝路。他找任何人帮忙时，总是声明绝对只来麻烦一次。语气非常客气，非常诚恳，一点也不像敲诈勒索之徒。

连爷爷都对金福儿有些心慌。

只有五驼子不怕他，他说自己从来都是明人不做暗事，他做了的，别人都知道，别人不知道的他就没做。所以他说他还敢叫金福儿来给他舔屁股。

赵老师被害后，苏米的爸多次来找金福儿了解情况，寻找线索，无所不知的金福儿抓破头皮也想不出个头绪，末了，他一脸困惑地说，我实在想不通，西河镇连三岁的孩子都有可能拿刀子杀我，但是谁也不会对赵长子起杀心的。

爷爷从不相信，西河镇怎么会有这许多的秘密瞒过了他。他知道的东西的确比金福儿多。西河镇的人爱听爷爷谈古，却怕金福儿说今。

他们怕过之后，便咒骂赵老师，说这都是狗日的赵长子出的馊主意，让金福儿捡垃圾，害得全镇人过得不安定。

五驼子不以为然，说心正不怕卵子歪，谁叫你们做了见不得人的事。但他决不说赵老师的好话，他说，赵长子也该挨咒，不是他让金福儿捡破烂，金福儿也许早被两亩田困死了，哪有机会像特务一样，一天到晚满街窜。

金福儿自己也不感激赵老师，他说，妈的就是赵长子一句话，让我受了半生侮辱。

所有的人都后悔，不该让金福儿去捡破烂。

五驼子更后悔，当初不该把许多的猪鞭给金福儿白吃了。猪鞭就是公猪的生殖器。那年头，山里人是不吃这东西的，除非是当药引子配药。吃这样药的男人，要么是下不了好种子，要么是降不住自己的媳妇，最被人瞧不起。所以，杀猪时，杀猪佬总是在猪的下腹用尖刀嗞嗞划两下，再用刀尖一

第十章

挑，然后用手指勾住使劲一撕，并顺势将撕下来的那条筋一样的东西扔到树杈上挂着，好让人看见后偷了去。没人偷则由鸟来啄。如果在屋里，就扔到山墙上粘着。而来偷猪鞭的人，会偷偷地将钱塞进杀猪佬家的门缝里，因为，不花钱的药会不灵的。

五驼子杀猪时，只要金福儿在眼前，而金福儿几乎肯定就在眼前，他就要金福儿当场将这东西吃了。

开始时，金福儿很费劲，很痛苦，鲠得直流眼泪。后来吃出经验来了，就不鲠了，像吃粗面条一样，滑溜溜地，一会儿就下去了。然后他摸摸颈和肚子，朝五驼子做一个很舒服的样子。

不管以前鲠还是以后不鲠，五驼子见了都开心地大笑。笑得很像后来的电影电视中，称霸江湖、为非作歹的武林恶棍。

日后，金福儿突然要娶五驼子的镇长嫂子为妻，五驼子方知是自己帮了大忙。这些年来许许多多的猪鞭，大壮阳气，使金福儿白天黑夜都分外来精神。

金福儿当了经理以后，仍然弄猪鞭吃，他已吃上了瘾。他给它定了价，一元钱一条。金福儿很不要脸，买了猪鞭后，用手提着满镇闲逛，一点也不怕丢人。反倒是看的人觉得自己在丢人，认为自己太无能，让这种人成了气候。

71

大桥的爸曾对好几个人说过,他的后妻是个白虎星,自己若是寿不长,一定是她克的。

大桥七岁时曾对我说,他怀疑他爸是被他妈谋杀的,因为他爸死前的一年中,经常在夜里喘着气向他妈讨饶,他实在受不了了。

我们那时都认为饶就是饶命。

大桥他爸死后,镇里的男人谈到大桥的妈时,语气里很有那种谈虎色变的味道。所以大桥的妈一直不能再嫁,后来,又当了镇长,在男人们面前就威风更甚了。此时,她已四十出头,与其年龄相当的男人自知自己已在走下坡路,没有谁敢对她动心思。

金福儿比谁都了解大桥爸妈之间的事,他几次捡到大桥他爸的病历,上面无一例外地总要写上一句:节制房事。

金福儿从成立公司之日起,一天比一天发财。不管楼房盖了多大多高,仍改不了自己的老习惯,没事时,总喜欢到收废纸的柜台上帮帮忙。他给收废纸的人私下立了一个规矩,凡是笔记本、日记本之类的东西,一律按优惠价收购,鼓励那些卖废纸的小孩,多弄些这类本子来。收废纸的人,金福儿特意安排了一个不识字的,金福儿要他一收到笔记本和日记本就立刻送到他那里去。

第十章

那次,收废纸的人送来一只漂亮的本子,打开一看,竟是一本蜜月日记,密密麻麻地将蜜月第一夜的事记得非常详细,金福儿只读了第一页便感到浑身欲火如炽。可惜,日记只记了一篇,不知何故后面都是空白。

但由此,金福儿想到了一个主意。

他当即找了文化站站长老高,打听到县文化馆有个会搞创作的小曾,就专程去了一趟县文化馆。

金福儿给了小曾五百元钱,要他将蜜月日记补全。一天一篇,共三十篇,长短不限,但要真实。小曾踌躇了一阵还是答应了。金福儿在县城住了一宿,第二天上午小曾就将三十篇日记交给了他。小曾会写诗,有几篇还是用诗的形式写的。金福儿不大满意,但其余的都很好,所以他也就不计较。

回到西河镇,夜里十点多钟,金福儿穿得整整齐齐的,生平第一次去敲镇长的门。

镇长刚睡下,起床开门时只穿着一层薄纱,背后的灯光衬映出她身上一处处仍挺好看的地方。

金福儿拿出日记本说,我刚才在废纸堆里发现了一本黄色日记,不敢乱处理,特来向镇长请示。

镇长说,这种事由派出所处理。

金福儿说,可能是镇里哪个青年干部写的,记录着整个蜜月生活。

镇长略一考虑说,既然是镇里干部写的,那就交给我吧!

金福儿连忙将日记递上去，很像电影演员那样转身径直走了。一直走到黑暗处时，他才窃窃地笑了一阵。

这以后好长时间，镇长只字不提那日记如何处理了。金福儿偶尔碰见镇长，也只是很有风度地点点头打个招呼。

有天夜里，镇里的一个干部慌慌张张地来敲金福儿的门，说他妈妈打扫屋子时，将他的一些有用的书刊当废纸卖了，要金福儿帮忙找回来。金福儿叫了声哎呀，说你来迟了一步，下午来了一辆车，将所有废品都拖走了。那干部前脚刚出门，金福儿后脚就跑到营业部找到那捆书，打开一查，发现有两本裸体画册。

金福儿回屋换洗得干干净净，临出门时又有些迟疑，转身让哑巴女人给倒了两杯酒，喝下后，有些横下一条心的意思，揣上那些裸体画册，又上镇长的家去。

春夜的风很香，也很撩拨人，路边的青蛙叫得金福儿心里跳个不停。他举手敲门时，心里比第一次还慌。

这回镇长先在门里问了一声，哪一个？

金福儿颤颤地回答，我。

镇长说，有什么要紧的事，天亮后再说不行吗？

金福儿说，又发现了黄色的东西。这东西特别黄。

好半天屋里没动静，金福儿还以为这门不会再开了，正想走，门轻柔地开了。

镇长说，有什么情况进屋来谈吧。

她把金福儿领到自己的卧房。

第十章

金福儿一进门就发现,那本蜜月日记在镇长的枕边放着。金福儿将裸体画册递过去时,顺势在镇长手背上摸了一下。镇长没作声,只是翻开画册看。

翻了几页,镇长说,这没什么嘛,这是教人画画的嘛。

金福儿连忙走拢去,挨着镇长站着,并打开另一本让镇长看。镇长一看到那些图形,就不说话了。

过了一会儿,镇长说,把门关上,夜风好大。

金福儿去关门时,镇长说,镇里的干部都到下面搞春耕去了。

金福儿赶紧接上说一句,春宵一刻值千金,赵长子教这诗,只让人背诵,也不说说是什么意思。

镇长这时老是将那画册翻来翻去,不肯开口,也不用眼睛看金福儿。

金福儿好像知道镇长的心思,又拿不定主意,不知自己猜得准不准,心都快跳到嗓门上来了。

后来,镇长挺生气地将画册一摔,对金福儿说,我是上级,你是下级,再说你也不是十几岁的少年郎,怎么连哪个主动也不晓得呢!

一听到这话,金福儿胆子突然大了,威风也抖了起来。他一下子抱住镇长,流着眼泪说,镇长,我想你想了一二十年!

镇长日后多次柔情蜜意地对金福儿说,她遇上的所有男人中,就数他的本事让她中意。金福儿说,这还得谢谢五驼子，五驼子给他吃了那么多的阳物，底子打得扎实。

镇长说，真想不到你这臭猪肠竟能扶起来，能出人头地耍威风了。

金福儿说，我是卧薪尝胆，我不是臭猪肠。西河镇只有赵长子是臭猪肠。二十年前我就发过誓，非和你睡不可。

镇长说，那时，你是一个捡破烂的小瘪三，你有这大的狠气？

金福儿说，你当电话员时，有一次在房里和镇长幽会，被我在窗外看见，你撵出来一巴掌将我的脸打肿了，我就发誓有朝一日非要把你搞肿。

镇长轻轻打了金福儿一个嘴巴。她清楚记得那时金福儿全身上下没有一处不露着可怜相，哪曾料到他内心竟有这股子狠劲。不过她不计较了，她现在非常喜欢他的这股狠劲。

镇长叹了一口气，说，人世的事真难预料，说不定再过几年，赵长子也能威风起来。

金福儿说，不会的，我看死了他，这辈子他休想。

镇长说，也是，他这个人，再可怜时，大家也在防着他，让他没有歇一歇、回过气来的机会。

金福儿要镇长帮忙，将五驼子肉铺的那块地皮弄到手，他要在那里盖座酒楼，名字就叫栖凤酒楼，纪念自己和镇长的这段情分。

镇长答应供销社方面她可以做工作，但五驼子的肉铺怎么让他搬走，得金福儿自己想办法。

第十章

72

金福儿先在自己的屋场上盖了一座三层楼。新楼耸立在西河镇一片瓦脊之上,比他爷爷当年占据的炮楼还要气派。

我在赵老师班里读初二时,坐在教室里都能听到五驼子的叫骂声。

五驼子有事没事都将屠刀剁得肉案咚咚响,他实在不甘心全镇的威风都叫金福儿一个人占尽了。

那天他心焦,剁肉时少了份心思,短了人家的斤两。

偏偏来买肉的是王国汉,他是金福儿从乡下聘来筹划栖凤酒楼的。王国汉像金福儿一样贼精,当时并不说话,转身就进了工商所。赶上县里的一个检查组下来抓典型,一行人当即就来肉铺里落实。

五驼子从来不吃这一套,坚决不认错。

放了学的赵老师路过这儿,见闹得都下不了台,就在圈外说了句,五师傅卖肉从来都很公平,这一回怕是失手了,不是有意的。

五驼子顿时跳脚大骂,狗都不日的赵长子,老子倒霉也比你走运强一百倍,用不着你来同情!上街卖柴,下街卖米,中间用不着你这瘦狗插嘴。

这时,王国汉说,你这肉铺难道是镇关西开的?

五驼子说,老子就是镇关西,你又能咬着我的卵子甩三甩!

说着,五驼子用一撮猪毛蘸上猪血,在肉铺墙壁上写了"镇关西内(肉)铺"几个字。

赵老师见了,说,肉字写错了,写成内字了,里面还应该有个人字。

五驼子说,老子是卖猪肉,不是卖人肉,要人干吗!

他随手将血淋淋的猪毛甩在赵老师的脸上,并说,活该。

五驼子这架势让检查组有些软了,他们叫他补上短的斤两算了,不罚款也不处分。

五驼子割了一坨肉扔给王国汉。

王国汉不要,说,我买的是瘦肉。

五驼子说,瘦肉卖完了。

王国汉说,我不管,我只要瘦肉。

五驼子说,你是真要还是假要?

王国汉说,真要假要横直是要。

五驼子说,那好,我给你瘦肉!

五驼子说着右手拿起屠刀,将自己的左手搁在肉案上,嘴里一声吼叫,震得人头皮发麻。

五驼子吼道,金福儿,我砍你的头!

话落刀落,一只小手指在肉案上蹦了几下。五驼子捡起来,扔给王国汉。

检查组的人吓得脸发白。

王国汉强作镇静地拎起来放在秤上称了一下,然后说,还差半两。

五驼子说,那我再补给你。

说着,他左手拿起屠刀,将右手放在肉案上,又大喊了一声。

五驼子说,金福儿,我砍你的颈!

随着肉案一震,又有一枚小手指蹦蹦跳跳起来。

五驼子说,还够不够?

王国汉这时也吓成了一只傻猴,连连说,够够够!

五驼子说,你没有称怎么晓得,还是你亲自称一下。

王国汉说,不,不用称了。

五驼子说,你怕了?那我来给你称。

五驼子拿起秤一称,那秤砣还在往秤尾溜。

五驼子放下秤说,不行,还差二钱,我得再补一点瘦肉给你。

见五驼子又要拿刀,王国汉提起肉就往肉铺外面跑,边跑边说,不差,不差,我再不要了。

五驼子吼了一声将他吼回来,拿起掉在肉案上的两只小手指说,自己掏钱买的东西怎么能扔下不要了,拿回去,炒给金福儿下酒。

五驼子又吼了一声,还有事没有,没事都给我滚,别耽误老子的生意。

别人都走了后,五驼子提上一块肥肉,找爷爷换了一颗三八步枪子弹,化成水喝了,又从墙上抠了些陈砖土敷在断指上，回头去裁缝铺里要了两块白布缠着。

五驼子在街上走着，那样子，比从老山前线下来的伤兵还神气。

他边走边喊，我怕的人还没出世呢！

他又喊，能杀我的威风的人都死绝了呢！

这时，晴空很亮，很像五驼子扬眉吐气的脸色。那两刀砍得西河镇的筋骨纵然没断，也伤得差不多了，人人见他都露出些畏怯神色。

五驼子很高兴，逢人就说，树争一层皮，人争一口气。

我们一群放了学的少年，在后面紧随着他看稀奇。

镇上只有三个人的表情不一般。

金福儿是冷笑。

爷爷是漠然。

赵老师则极为平静。

73

去年，我到县里读初三，那时没有苏米，人落寞得很，熬了两个多月后，寻了一个星期六下午搞义务劳动的机会，偷偷地溜回家。走上几十里路，只为能见上爷爷一面，和他说几句心里话。睡了一觉，第二天早上起来，又要往学校赶。星期日下午有课。

第十章

路过车站，我看见金福儿在那里等车。在他身后，五驼子正忙着将一只猪开膛剖肚。

不知为何金福儿见了我突然客气起来，无话找话说。后来才知道他有求于我。

金福儿说，学文侄儿，上学去呀！

我说，是的，金福儿叔。

金福儿说，这么远多难走呀，跟我一道搭车吧！

我说，我没有车票钱。

金福儿说，跟我一路搭车不用买票，上车时，你只要拉着我的衣角就行。我搭这趟车从来就不买票，比自己的车还方便。有些人啦，只有在家门口斗狠、逞威风，出镇子一步，就变得连只死蚂蚁都不如。

金福儿说这话时声调很高。附近只有五驼子一人，他正将一副猪心肺从猪身子里取出来挂在一只铁钩上。我明白，金福儿这话是说给五驼子听的。

我回头看时，见五驼子果然冲着金福儿直瞪眼。

这时，在供销社院子里过夜的客车开到肉铺跟前停下来。

我随着金福儿上车后，金福儿虚张声势地说，我今天带了一个人，不能再白坐车，得买一次票。

那司机说，金老板能坐我这趟破车就是给面子，哪能再让你买票呢。以后生意上的事你关照一下就行。

金福儿不再客气，一屁股坐在最好的座位上。

这些话都是用很响亮的声音说出来的。我看见五驼子听着听着，脸上露出往猪颈上捅一刀时的那种凶相，背后墙上"镇关西内（肉）铺"几个字也似乎在闪着凶光。

在车上，金福儿不停地和我说话，隔一阵就摸十几颗傻子瓜子给我。开始我不敢接，怕他的东西有垃圾味。推说自己不会嗑西瓜子，只会吃南瓜子，后来见他自己也一个劲地嗑，再给时我就接下了。

金福儿老是问大桥的情况，还问大桥对他的印象如何。

我说，他很恨你，一天到晚说要朝你碗里放毒药。

金福儿听了直吸冷气。

我又补上一句自己的话，说，他还说要去少林寺学武功，回来后下你的黑手，将你打得七窍流血。

金福儿听了半天没话说，直到车子快进县城时，才重新开口，说，学文，你不是在瞎编吧？

我说，学校在学雷锋，不许人说假话。

金福儿说，我也学过雷锋，雷锋刚出来，我们就学了。

我说，你学的是"四人帮"，老欺压知识分子，欺压赵老师。

金福儿说，别人都欺压他，我若不欺压就表示我无能无用了！

车子很快就进了县城。县城的街道很旧很幽深，我记起一个刚学会的词儿，就说，你这个人城府太深了。

金福儿一定是没听懂，就说，你小小年纪就会用名词了，我聘请的那个王国汉也是一口一个新名词，说起话来别扭

第十章

死了。

我说,王国汉是什么学校毕业的?

金福儿说,中专没读完,谈恋爱谈出了问题,叫学校开除了。现在想,若是人能倒着活就好了,我会重新好好读书的。

我说,你可以请赵老师当顾问嘛!

金福儿一笑说,请他当顾问?狗都要笑出尿。谁都会瞧不起我的!

说着,金福儿从大旅行包里拿出一罐子榨菜炒肉,要我转交给大桥。还一再嘱咐,让我对大桥说谎,别说是他金福儿捎来的,就说是镇长托我捎给他的。等大桥将菜吃完了,再对他说真话,让他想吐也吐不出来。

金福儿说,我马上要和镇长结婚了,只要你帮我,听我的话,将来考不上大学,我负责给你找个好工作。

我恨人家说我考不上大学。

我说,你和老母猪结婚也与我无关。

金福儿知道自己说漏了嘴,就改口说,要不等你考上大学,送份厚礼给你。

昨晚,爷爷将镇里近来发生的事都跟我说了一遍。我知道镇长虽然口头答应和金福儿结婚,可心里却怕因此失去儿子大桥,而大桥是坚决反对他妈嫁给金福儿的。所以金福儿有些着急,毕竟镇长的地位比他高,他怕夜长梦多。

我心里说,金福儿谁叫你不借钱给我上学,我也要害你一回。嘴上却是应允下来了。

下车回到学校的寝室,放下东西我就去找大桥。

大桥正在自己寝室里看小说。

我说,大桥,恭喜你又找到一个爸爸了!

大桥听了,放下手中的书,扑上来要撕我的嘴。

我一边躲一边说,你不能怪我,要怪只能怪金福儿,是他教我这样说的。

大桥说,金福儿想做我的爸,除非他从此倒着走路。

我说,你怎么这样恨他,他可是大富翁啊!

大桥说,他的钱脏死了。

我说,我可差一点上了他的当。他让我给你捎来一罐榨菜炒肉,他还教我对你说是你妈捎的,等你吃完后再告诉你真相,让你想吐也吐不出来。榨菜在我寝室里,你来拿吧!

大桥说,不要,谁晓得他是从哪个垃圾堆里捡来的!你帮我扔到厕所里去!

我当然不会扔的,留下来美美地吃了一个星期。

74

一个星期后,那罐榨菜还剩下一半。

我想,爷爷这大年纪还要供我上学,太可怜了,剩这一半应该带回去给他尝尝。

第十章

我将罐子包得严严实实的,提着上街去找熟人捎回去。

出学校门没多远,正好碰上蓉儿她爸。他提着一只黑提包,说是来县民政局为村里的几个困难户要救济的。

他接过那只罐子后说,里面装的什么?

我怕他弄破了或在路上偷吃,就说,是火药,爷爷让我买的。

蓉儿她爸有些不愿拿的意思,说车上人多,这东西太危险。

我忙说,你帮个忙,回头爷爷打了野味,一定送一只给你。

蓉儿她爸笑起来,提了罐子正要走,我说,你要的救济里面有赵老师的吗?

蓉儿她爸说,赵长子一人带一个女儿过日子,他能领救济那我也能领救济。

半夜里,寝室的一个同学上厕所解手,回屋后,他喊醒我,说操场上有个老头像是在喊我。

起床后,我看着星空,知道夜深得很。人走在地上,踩得落叶哗哗响。

操场上喊人的老头果然是爷爷。爷爷不知我住在哪间屋子,学校的房子很多,他无从找起,半夜里又没个人可以问,他只好压低嗓门喊。他知道这是县里的学校,不敢像在西河镇里那样放肆地站在门口连喊带骂。

爷爷站在操场中间,手里拿着那只装榨菜炒肉的罐子,见了面也不说什么,伸手将我拖到一个角落里,然后便甩了我两耳光。

爷爷说,你这个不争气的东西,我老了,可我还能动,要偷要抢该我去,还轮不到你!

我说,我没去偷,没去抢呀!

爷爷说,你身上一分钱没有,怎么买得了这么多的榨菜炒肉,这得十好几元钱呢!

我说,这是大桥不要的。

我将实话原原本本地对爷爷说了。

爷爷听着听着,竟哭起来。

爷爷说,好孙子,你父母死得早,跟着我太受委屈了!

爷爷的眼泪剩下不多,很快就哭完了。

哭完后,爷爷说,好孙子,就当没有这回事,我们找个地方吃个痛快。

我回到寝室,拿上一瓶开水和两只碗,同爷爷一道来到校门口的路灯下,用开水当酒,大口大口地吃起来。

我举起碗说,爷爷,你过八十生日时没有喝酒吃肉,现在我补敬你一杯酒,祝你再活八十岁。

爷爷说,我再活八十岁,那你不也九十几岁了,好好,这是我们杨家的福分,我喝,我喝。

爷爷一仰脖子,极像喝酒的样子。

爷爷边喝边说,他说我将来一定能够成大器,所以,做人千万要诚实。不比小人物,如金福儿他们,不诚实也坏不

第十章

了多大事,顶多就是邻居朋友遭殃。成了大器的人不诚实,会祸国殃民、遗臭万年,子孙几代也抬不起头来。他可以偷,可以盗,但我连试都不能试,不然坏了心性,那是无法补救的。

快吃完时,一辆桑塔纳轿车像风一样飘过来,停在校门口。车门一开,胡校长走了出来,他关上车门,回头对车内的人说,你告诉部长,我还不服输,如果不是他们的几个屁和将我的大和搅了,今天非将他打趴下。明天他若有空,再给我打电话。

桑塔纳拐了个弯,掉头回去了。

胡校长看见我们后,走过来问,爷孙俩这晚还在外面打平伙呀!

爷爷说,我们好吃,不比胡老师工作忙。

爷爷认得胡校长。

我说,他现在是我们的校长。

爷爷说,你可比赵长子进步快多了。真是一母生九子,九子九个样。

胡校长叹口气说,谋事在人,成事在天。天不帮你,你再折腾也没有用。

爷爷说,也是的,像学文的父母,谁会料到老天会这样对待他们呢!

我忽然转过话题说,胡校长今夜又陪哪个领导打麻将了?

胡校长张了张口，却没说出话来。

爷爷说，胡校长是大知识分子，怎么会泡在麻将里呢！别瞎说。

胡校长支吾一句什么，赶紧走了。

爷爷责怪我不该这么冒失，我说，这叫点到为止，让他明白我晓得他夜里和领导一起打麻将的事，日后我有什么事，也可以请他照顾一下。

爷爷笑起来，说，你将来的确了不得，我不敢再活八十岁了，我怕你将来整我。

榨菜炒肉吃光了，开水也喝光了。我留爷爷在寝室里睡一觉。爷爷不肯，说天黑之前，他在后山上发现一只野兔，得赶回去趁早将它收了，迟了会被别人收去的。

爷爷抹抹胡须和嘴，连夜走了。

我回到寝室，被夜风吹冷了骨头，一个人在被窝里怎么也睡不热。爷爷说我能成大器，但我对自己一点信心也没有。爷爷若不能健康地活完这几年，他什么时候咽气，我就得什么时候中断学业。况且，都说有出息的人身上火气足，我身上火气很少，还没有真正进入冬天，就煨不热被窝。

第二天早操后，大桥见到我时惊诧地问，你怎么也一夜没睡，有心事吗？

他指了指自己红肿的眼窝说，我也是。

他又说，我恨我妈。

第十章

75

隔了一天,五驼子托人捎信到学校,说爷爷病得要死了。我急忙往回赶,沿途扒拖拉机时,还摔了两跤,把膝盖都跌破了。

一进家门,看到爷爷还好生生活着,正在大口大口地啃着一只生红芋,嚼得两嘴角都是白浆。

爷爷听不得别人说他几时死,听了就恼火,将手上的半截红芋在地上砸了个四面开花,要去找五驼子论理算账,赔他受损的阳寿。

找了一圈没找着,爷爷怒气冲冲返回来,发现五驼子正坐在我家堂屋里,椅背上还挂着一块猪肉。

五驼子说,我不捎个凶信学文怎么肯回,这块肉算是赔这份情的。

一见到红的红得好、白的白得好的一块猪肉,就这么属于自己了,爷爷立刻消了气。

爷爷脸上还阴着,说,驼子,你扯这大白,到底是要做什么?

五驼子说,说小也小,说大也大,我就是要跟他娘的金福儿斗个狠。他坐车不买票,老子坐车也不买票,也请学文侄儿当个证明人。

爷爷想了想说,学文的课程耽误不得。

五驼子说，没事，就明早那趟车，我送他回县里去。

爷爷也不管我同不同意便答应下来。

五驼子走后，我朝爷爷发性子，说今天就得去，这几天搞期中考试，下午还剩一门数学，考完了明天开始放三天假。

爷爷说，期中考试影不影响升学？

我说，不影响。

爷爷听了非常高兴，说，那就不要紧，伢儿，到嘴的肉不吃，那才是苕过了心咧！

那天下午，爷爷跑到镇上一家售货亭里，趁主人不在，找看守铺面的孩子赊了半斤谷酒。他转身没走几步，就听到赶回来的主人开始揍那孩子，还骂赵老师，说赵老师狗卵子用也没有，教的学生尽是睁眼瞎，书都读到屁眼里去了，柜台下面写着不能赊货人的名单，偏偏就看不见。

爷爷装作没听见，回家美美地吃喝了一顿，喝酒时，他一会儿说总算将八十岁的寿酒补回来了，一会儿又说，干脆将九十岁的寿酒提前喝了，那一天说不定又是没酒没肉。

第二天早上，五驼子来喊我去搭车，爷爷还在醉梦里醒不来。

为了显示威风，五驼子不像金福儿那样拉着我上车，而是推着我上车。上车后抢到最前面坐下来。

由于五驼子事先放了风，那天早上有不少人来看热闹。

金福儿也跑着步来了，一边跑一边自己给自己喊一二一！金福儿绕着客车跑了一圈后，面对着"镇关西内（肉）

第十章

铺"停下来，不怀好意地朝铺子打量一番后，蹲了下来，用一根木棍在地上划算起来。我从车窗户探出头去，想看他在算什么，结果发现他的乘除法全算错了。

我禁不住笑了一声。

金福儿见我笑，就不划算了。他在人群中找到王国汉，从他口袋里掏出一只计算器，拿在手里用一个指头点点戳戳，嘴里还说，有这小玩意儿读不读书都无所谓了。

这时，售票员过来叫买票。

五驼子猛地一瞪眼说，我是不会买票的。

他又说，金福儿坐汽车能不买票，我坐飞机火箭都可以不买票。

他还说，我是西河镇大名鼎鼎的杀猪佬五驼子！坐不改名，行不改姓，这八个指头就是证明。

五驼子将一双油腻腻腥味很重的手，竖在售票员的鼻尖上。

售货员有些傻眼，扭头和司机对眼色。

五驼子再将我的头一拍，说，这是我的侄儿，无父无母，我送他上学去！

不知司机是如何表达自己的意思的，反正售票员放过了我们，找别的人去了。

五驼子很得意地转身和车外的人说话。

我趁他不注意时悄悄溜下了客车。

我一下车就看到面色憔悴的赵老师也站在人群后面。后来我才明白,他一定是去甲铺卖了破烂返回时路过这儿。

五驼子坐在车上,一见到赵老师就古里古怪地叫,长子,车上椅子少了,你上来当把椅子,顺便过过坐车的瘾吧!

赵老师说,我坐不得车,一坐就头昏。

五驼子一听便笑起来,说,大家帮忙记一记,长子的意思是说他坐过车——怕是做梦时坐的吧!

赵老师分辩说,我没有说谎!我是坐过汽车,我家里从前自己有汽车。而且小时候我还坐过飞机呢,从天上往下看,地上再丑的地方也觉得非常美!那时,我父亲从飞机上将西河镇指给我看,有一回还特意叫飞机降下来,绕着西河镇转了三圈。

赵老师的话我后来从爷爷那里得到证实。爷爷说,那是在日本人进攻之前的那一年。有一天中午,一架飞机忽然从白马寨山缝里钻出来,绕着西河镇不断地打转,他第一次看见飞机飞得这么低,连里面的人头都能看见,只比现在洒药杀松毛虫的飞机飞得高一点。

赵老师说话时像醉了,没有发觉金福儿已悄悄地走到身后。

金福儿猛地将他的胳膊往背后一拧,说,我晓得你最爱坐这种不买票的飞机。

看热闹的人都开怀大笑起来。听到笑声,早起的太阳,也快快地从山后探出头。

金福儿又说,你坐的怕也是这种赖壳子车吧!

第十章

正在笑的五驼子忽然一变脸,说,赖壳子又怎么样,老子赖得光明正大,是直来直去地赖,不像你金福儿,靠捡来的揩屁股纸和避孕套去敲诈勒索。老子搞的是阳谋,你搞的是阴谋!

金福儿一点不生气,语言仍像软刀子。

他说,当心翻车摔破了你这赖壳子。

五驼子还了一句什么,但客车猛地发动起来,轰隆隆地将那声音冲散了。

西河镇总是在太阳偏西时才烧火做中午饭,所以,还没等中午饭熟,就有凶讯传回来。

五驼子坐的那辆客车,在快到县城的地方碾死了一个人,客车自身也翻到路下边。坐车的人伤了不少,五驼子也伤了。

五驼子伤势不轻,腿断了一条,肋骨也弄坏了好几根,躺在医院里成天骂得白沫横飞,还要来料理的翠水回去将他的杀猪刀拿来,他要扫平汽车站。

别的乘客伤了,汽车队和保险公司都给安排得好好的。五驼子没人理,腿断了又逞不开凶,耍不了威风。别人买了车票,车票里有保险,少数偷漏票的人说自己的票在慌乱中丢失了,公家那方也只好承认。五驼子不知保险这事。公家人来查问时,五驼子忍着痛硬着气说,我坐车从不买票,过去不买,现在不买,将来不买,将来的将来,金福儿买票,我也照旧不买。公家的人让他在一张表上写下这句话后,再对他说,他住院的一切费用公家概不负责。

五驼子住了半年医院，将自己这些年来的积蓄耗了个精光。

待回到镇上，他看见自己那曾经谁也不敢碰的"镇关西内（肉）铺"不见了，取而代之的是金福儿那座盖了半截的栖凤酒楼。

76

五驼子一回到镇上，立刻瘸着一条腿，提上一把杀猪刀去找金福儿算账。

他站在楼下朝上喊，给我舔屁股的东西，你给老子滚出来，老子今天非捅你一个对心穿不可。

喊声未落，那条叫黑旋风的狼狗就不声不响地窜出来。五驼子只觉得一团乌光闪过，来不及举起杀猪刀抵挡，那狼狗就把两只前爪搭到他的双肩上，并伸出长长的舌头，不停地舔着五驼子的脸，把那一脸横肉舔得一搐一搐很苍白。

五驼子无功而返，往回走时，路过曾是自己的宝地，现在建了半截的栖凤酒楼。他走进去用拐棍在刚抹平的水泥地面上，一个接一个地戳了许多窟窿。五驼子越戳越生气，越气越来劲，水泥地面戳烂了，他又去推那刚砌上砖的墙。

忽然，有人在身后说，让你弄坏了这多，我们没作声，你该知足了。

第十章

五驼子回头见是建筑队的人，就说，你别管，我就是要搞垮金福儿的卵子楼房。

建筑队的人说，这楼现在是我们的。等修好了，建成功了，交给金福儿了，我们就不管了。现在可不行。

建筑队是金福儿从县城里请来的，一个个都是惹不起的角色。

五驼子闷头在街上走，忽然觉得天上在下雨。看看又不像，四处都晴得稳稳的，抬头再寻时，发现建筑队的两个砌匠正在半空中撒尿，北风一吹，变成小雨飘得很远。五驼子顿时破口大骂起来。

街上一边晒太阳一边纳鞋底的女人，赶紧闭上眼睛，装作打瞌睡，什么也没听见。

那话太脏了。

五驼子骂了一整天，天黑后，他口渴了，回家用瓢在缸里舀了半瓢水一口气喝了下去。他刚放下瓢，就开始猛烈地咳嗽起来。像爷爷和赵老师一样，咳到最后，喉咙里发出一声声哨音。

其实，金福儿还了一座肉铺给五驼子，是用红砖头做成的，还安了一块玻璃窗子，门右边依然写着"镇关西肉铺"五个字。肉铺就在车站旁边的第一条巷子里，透过玻璃和门可以直接望见车站和栖凤酒楼。

五驼子在家待了半个月，一应开支都是翠水不知从哪些男人那里弄来的钱。他没办法，只好提上放屠刀的篮子去那个新做的肉铺。

五驼子待在这座肉铺里简直抬不起头来,偶尔一抬头,金福儿的栖凤酒楼便很漂亮地矗在面前。他见不得新楼那股威风劲,见了便咳嗽。

不咳嗽时,五驼子便四肢趴在磨刀石上,霍霍地成天磨着各种各样的刀。他的刀都变得异常锋利,四五百斤重的猪,五驼子两三刀就能把猪头砍下来。

有一天,五驼子磨完刀,用指头横着一寸寸地试是否都磨好了。试着试着,又咳嗽起来。

赵老师正好从门前路过,见他那模样,就说,五师傅怎么也咳上了?

五驼子一口痰卡在嗓子上,说不出话。

赵老师又说,怕是肺上有毛病了,中年人最好出这种问题。你应该去找医生打点链霉素,也可以每天吃二两猪肺,这是书上说的单方。

五驼子还是说不出话,但他一瞪眼站起来,操起一把剔骨刀,咚的一下将肉案的一只角砍了下来。那肉案有五寸厚。赵老师见状正准备走开,五驼子抓起一把尖刀掷出去,尖刀颤悠悠地插在门板上,拦住赵老师的去路。五驼子在地上画了一个圆圈,要赵老师站在里面不许动,还要他将腰挺得直直的。旁边的人都不明白,干吗要这样惩罚赵老师。

赵老师自己也不明白,西河镇的人从来只要他低头弯腰,怎么今日五驼子偏偏让他昂首挺胸呢?

第十章

只有五驼子明白，赵老师站在那儿，刚好替他挡住了金福儿的栖凤酒楼。

赵老师刚站好，金福儿牵着狼狗黑旋风进来了。

金福儿说，五驼子，我刚回来。出去做了笔小生意，赚了万把元钱。听说你一出院就上家里去了？我和你嫂子已领了结婚证，我还怕你不认我这个哥哥呢！没想到你主动上了门，行，那我也认下你这个弟弟了，怎么样，我这做哥哥的还讲良心吧，拆你一个破棚子，还你一间砖瓦玻璃屋。你先前的哥哥享受不了你嫂子的福，让她克死了，我不怕她，她常常讨饶要我让她歇口气，还说是你想害她，培养出我这么一个大狠人来做她的丈夫，为你哥哥报仇。

五驼子不吭声，低头猛抽烟，一口半支，两口一支，转眼就抽了十几支。然后就开始咳嗽，咳出来的声音像豹子吼。

金福儿说，怎么不说话，你那天不是在街上嚷了一整天！快叫我一声哥哥，别不好意思，生米都煮成熟饭了，还怕什么呢！快叫呀，我正等着呢。你只要叫我哥哥，等栖凤酒楼盖成了，我在底层放两张肉案，让你当二老板，当副经理。

五驼子的烟抽完了，他扔掉空烟盒，便去拿刀。

黑旋风见了，迅疾上去，一张口，将五驼子的手腕叼住。

金福儿打了个手势，黑旋风便松了口。它不叫不吼，也不去嗅地上的肉屑和骨头，只是不停地绕着五驼子转。

五驼子挥起刀一下一下地将肉案上的一爿猪肉剁得稀烂。

见五驼子死不搭话,金福儿就寻上了赵老师。

他说,长子,还没到教师节,你怎么这样神气,是被雷打直了?

说着,他走拢去朝赵老师的小腿踢了一脚。赵老师一闪,金福儿没防备,脚下没站稳,一下子跪在地上。黑旋风在一边咆哮起来。

五驼子说,长子,你真有福,有人给你叩头。

金福儿站起来铁青着脸说,西河镇就我带回点现代化,你怎么敢拦住光明,不让五驼子见识见识呢?你这样僵化,还能在学校代课!今晚我就和镇长说一声,让你回家休息,等着抱外甥去!

赵老师连忙辩解,是五驼子要我站在这儿的。

赵老师话一出口,五驼子勃然大怒,说,我让你杀人你杀不杀?来呀,这里刀多得很,你随便拿一把,给我将金福儿的头砍下来,拿回去炖汤喝!

赵老师说,真那样,你就做不成西河镇的英雄,会后悔一辈子的!

五驼子说,杀了金福儿你也翻不了天,还有我呢!

赵老师说,我决不伤人。

五驼子没有反应。

这时,金福儿取下扎在门板上的那把尖刀,扔到肉案上,说,我晓得你老想杀我,可你怎么不动手呢?来,你就朝我这儿捅一下,免得你一天到晚净说空话大话,别人还以为你

第十章

真的威风得不得了。现在提倡实事求是,连《红旗》杂志都改名了,你这杀猪佬光说不做的毛病不改可不行。

五驼子又开始咳出那种哨音了。

金福儿继续说,你虽然想杀我,但你没有这个胆子,我现在比你强,你斗不过我。不过你放心,我不会让你给我舔屁眼的。

金福儿用那把刀在自己的脖子上试了试,说,我现在硬气得很,你这把刀太钝了,钢火又不好,还得磨上三百六十遍才差不多。

五驼子仍不搭腔。

赵老师说,没事我可以走了吗?

五驼子突然发一声吼,说,滚,都给我滚!

赵老师走到门边,见金福儿在后面紧跟着,就停下来,让金福儿和狼狗黑旋风先走。

赵老师站久了,两腿软塌塌的。他听到五驼子在肉案旁极端认真地说,金福儿,老子说话是算数的。

赵老师平静地说,五师傅,你要是只想杀金福儿,那你其实在心里已经认输了。

五驼子又暴跳如雷起来,说,你从未说过要杀人,那就是说你从未认过输。你是不是还没有被整够?

赵老师笑一笑说,我做事不讲输赢,只要做了就行。

第十一章

77

我为苏米的爸的无能而感到失望,好不容易找到的一条线索就这样白白让他们给糟蹋了。

一连几天晚上,我都梦见赵老师。他一会儿牵着狼狗黑旋风满西河镇瞎逛;一会儿又拿着一节长长的甘蔗,边走边啃,吐出来的渣子铺在街上像雪一样;一会儿他又站在戏台上,手拿麦克风唱着"劝君更尽一杯酒,西出阳关无故人"。他唱歌时戴着眼镜,极像张明敏在唱《我的中国心》。

没睡好觉,人觉得很疲乏,见了苏米也无精打采。

苏米问我,是不是病了?

我说,老做梦,和赵老师搅了一整夜。

苏米说,梦多可能是身子虚了。

我说,我在家半年才吃一次肉,现在一个星期就上你家

第十一章

改善一次生活，怎么会虚呢？

苏米说，都怪我爸，早点将这案子破了，不就没事了。

苏米先责怪自己的爸爸，我倒不好说什么了，便客气一句，你爸也够辛苦了，经常是没日没夜地干。

苏米说，也不知为什么，我爸这几天极不高兴，夜里总要接好几个电话，好像都是领导打过来的，为什么案子说情。

我说，你再别跟我说了，你爸若发觉又要骂你。

苏米做了一个鬼脸。

我说，今天是星期六，下了晚自习你能请我看一场电影吗？我心里很闷。

苏米默默地点了一下头。

傍晚，苏米给我一张九点钟的电影票。下晚自习后，她先走了。我等她走出两三百米远，再跟上去。

进了电影院，我才发现大桥已先坐在那儿。大桥见了我也一愣，我们都没说话。大桥坐在苏米的右边，我坐在苏米的左边。

苏米主动和我们说话，但我们都没兴趣，她也干脆不说了。

电影快完时，苏米的手在我手上碰了一下，接着她将一张纸条塞进我的手中。然后，像什么事也没有一样，在头里往电影院外面走。大桥随即跟了上去。

我在人群中慢慢走着，等照明灯亮时，打开条子一看，上面写着：

别生气,明天上午我来寝室陪你玩。

夜里我又做了梦,梦见赵老师和金福儿抢一堆废纸。

星期天上午,我一直在寝室里等苏米。一听到走廊里有高跟鞋响,心里就怦怦跳,自从苏米有意躲避我后,我发现自己越来越离不开她,而对习文想得越来越少了。大桥几次来邀我去打球,我都推说不舒服,躺在床上没有动窝。

然而,苏米终于没有来。

我很失望,中午只吃了二两饭。

从食堂里回来时,却发现苏米正独自坐在我的床上,脸上有一种少见的忧伤。我本来想数落几句,一见她那样子,心又软了。

我说,苏米,你怎么啦?

苏米说,我爸出事了,昨晚他出去抓人时让人打伤了,上午我一直在医院里陪他。

苏米告诉我,以县委书记黄山的小儿子为首的一个流氓集团,半年时间强奸了七八个姑娘,苏米的爸一直想下手捉他们,不料想许多领导都出面打招呼让他别动,苏米的爸手上也没有很硬的证据。昨天晚上,苏米的爸得到消息,说那一伙人正在公园里聚合,有作案的可能,他就带了两个人去。苏米的爸赶到时,正碰上那伙人将两个姑娘脱光了按在地上。苏米的爸跑得快,又穿的是便衣,被那伙人毒打了一顿,等两个助手赶到时,才被救起。那伙人中,腿快的跑了,但黄山的小儿子等几个为首的一个也没逃脱。

第十一章

我听了，忙说要去医院看看。

苏米不肯，说他爸现在只想一个人安静一下。

苏米说完，也静静地坐着不语了。那种戚戚的样子，让人觉得这似乎是另外一个女孩子。

我说，苏米，你这样子像林黛玉，真是动人极了。

我伸出手，轻轻搁在她的脸上。

苏米的脸很烫。

她抬起眼皮看了我一下，有几秒钟，我们的目光紧紧地缠了一下。我似乎在等她的信号。

然而，苏米说，学文，别这样，别忘了习文。

她这话不仅使自己发烫的脸冷下来，也让我的心跳缓慢下来。

我垂下手说，苏米，这话你说了两遍了。

苏米不作声，后来她轻轻地说了句，我该走了。

苏米走后，失望的困意一下子涌上来，我钻进被窝，蒙上被子，倒头睡去。

我只睡着了不到一个小时，可偏偏做梦梦见了习文。她正在河里洗澡，我从石头上跳下来，一边脱衣服一边朝她跑去。没待我跑到她面前，腹内就一阵抽搐。醒来时，只觉得内裤上一片黏糊糊的。

我爬起来换衣服时，大桥刚好走进寝室。一见我的样子就笑起来，问我睡午觉时梦见哪个女人了。我生气地说，梦见你妈了。

大桥不怎么生气，反说，我总是这样，我一直想梦见习文或苏米，可不知怎么的，梦见的不是翠水就是蓉儿。

我说，别说这下流事。我问你，最近听你妈说赵老师的消息没有？

大桥说，她偷着和别人领了结婚证，我不想见她。

我说，你真的这么有骨气？

大桥说，你以为我像赵老师一样没骨气？

我说，没骨气他能这样拼了一生来报那个稀里糊涂的恩？他那么瘦却挺了这么多年，还敢在冬天洗冷水澡，一定是钢筋铁骨，比别人的骨气都硬。

大桥说，有个故事你们都不晓得，有一年冬天，县委书记的轿车滑到一座塘里去了。

我说，我晓得，后来你妈下水去给车子系上绳子拖起来的。大家都说你妈身上的火旺，不怕冷，还将你爸身上的水烤干了。

大桥说，狗屁，其实是我爸叫赵老师夜里下水去将绳子都系好了，我妈只是白天里下去装个样子。我妈想升官，总在找机会表现自己。可一当了官，就又俗到了底，和一个捡破烂的泡在一起。

我说，这不是俗不俗的问题，是文明和野蛮的问题。最近我看了一个材料，谈到赵老师被害的社会原因。

大桥说，这事我早晓得，有人写了匿名信，说赵老师是被社会和文化谋害的，单纯追查谁是凶手，并无多大意义和

第十一章

价值，关键是要引起深刻的反省和反思。我妈说，有些话更反动。

我说，查出信是谁写的吗？

大桥说，这是政治上的事，你少管。

我说，问一问，怕什么！

大桥说，我不该对你说，搞不好会害你的。你不是搞政治的材料，你只能像赵老师说的那样，两耳不闻窗外事，一心只读圣贤书。

我说，那你就适合？

大桥说，起码比你行。

听了大桥的口气，我忽然觉得他将来一定可以当官，最少可以当县长。因为他说话的样子很深奥，有点大干部的味道，让我无法不把他和那份材料中表现出来的县委书记形象联系在一起。

大桥忽然叹了口气，说，假如我将来做了领导，一定要好好照顾习文。

我说，你当不当官与习文无关，习文有我负责，我也要报恩。

大桥说，习文跟着你，还会吃亏的，你的个性像赵老师。

我说，当然，你现在有金福儿做爸爸，搞传帮带，将来哪怕是栽到粪坑里，也有办法重新香起来。

大桥怔了怔说，不过，你倔一些。倔好，一倔十人怕！要是赵老师有点倔就好了。不过苏米和习文，你总得让一个给我吧,你不可能占两个。昨晚看电影时,苏米摸你的手,你别以为我不晓得。所以,我才回头想习文的。

我也怔了一会才说,这事我也不晓得怎么办,不过你只叫我让,肯定还不行,还得看她们自己怎么想呢!

大桥见我态度有变,非常高兴。晚饭时,食堂里有粉蒸肉卖,他买了两盘,请我的客。他不吃肥肉,挑了两下见全是肥的,就专心吃我的腌菜。我毫不客气地将两盘粉蒸肉全吃了。他见了说我真狠。我告诉他自己最少还可以吃下去两盘。大桥吐吐舌头,忽然问我知不知道赵老师是喜欢吃肥肉还是喜欢吃瘦肉。我不知道,但我觉得无论肥肉还是瘦肉赵老师都会喜欢的。

说来说去,我们又绕到了老话题上,赵老师死了快半年,案子依然没个头绪。

我说,公安局的人只晓得别着枪,骑着摩托抖威风,吓唬老实人。

大桥忽然无缘无故地发起狠来,说,要是公安局只有这种破案水平,再放暑假,我也这么将金福儿干掉。

说完,他从寝室窗子跳了出去。

我一回头,看金福儿和镇长从门口挤进来,问我看见他们的儿子没有。我说,他上公安局告你俩看黄色书刊去了。

金福儿笑着说,你懂什么叫黄,什么叫黑?!

我说,你的心一半黄一半黑。

金福儿仍在笑,说,学文真不愧是西河镇最聪明人的孙子，不过你还得接受一些性教育。

78

腊月底，学校放寒假了。

放假之前的一个月时间里，苏米似乎非常不愿意见我，总是早早地回家，或者上课铃响时才匆匆地跨进教室，弄得连和她说上一句话的机会都没有。星期天，我上她家去过两次，她总是从自己房里钻出来，问我有什么事。我自然说不出什么要紧的事来，她便很温柔地将我往外推，说自己有一件特别特别重要的事。她妈已从武汉回来了，她也不知道苏米一天到晚把自己反锁在房里干什么。她说苏米不像有心事，只要苏米一关门，房里就响起轻松的歌声。

回家过年的那天，苏米忽然来学校找我。她交给我一只封得严严的小纸盒子，还要我发誓，只能在正月初一早上起床后才能打开。

我不明白这是为什么，只是隐约地感到，苏米的神情中透着一种神秘的幸福。

苏米还送我一张回西河镇的车票。她将车票递给我时，那只小手也和车票一道，在我的掌上搁了一会儿。

到家时，爷爷正在门口站着，张开口用剩下的几颗牙齿啃着一节甘蔗。见了我，他大声说，今年的甘蔗好甜！

五驼子扛着一只猪肉，正好走过门前，他说，这叫甜？化肥点多了，尽是酸水，明年我自己种一点，只用自然肥，不用化肥。

爷爷说，这主意好。驼子，今年过年生意比往常怎样？

五驼子以为爷爷又要赊肉，不作声，匆匆向前走。

爷爷说，你别吓得连话也不敢说，我已经买了肉了，还有两条鱼呢！

进屋后，我先将那只小纸箱放好。

爷爷上来用手试了试，问，这是什么？

我说，我也不晓得，别人送我的。

爷爷说，这么轻飘飘的，不像是吃的东西。

爷爷告诉我，他收的紫苏卖了九十多元钱。原想给我们一人添件新衣服，哪想到欠了他们钱的那些人，闻讯都上门来要钱。他还了一些，剩下二十几元钱时，他怕别人都要走了，一气之下全都买了鱼和肉。

望着墙上挂的一块肉和两条鱼，爷爷说，今年我们可以过个快活年了。

我心里担心开年后上学的学费，又不愿扫爷爷的兴，便问，那回晚上，你撵回来，打着那只兔子了吗？

爷爷说，打是打着了，可只伤了一条腿，没捉住，让它跑了。三只腿的兔子，一只翅膀的野鸡，连狗都难得撵上。

说了一阵话，我便出门往街上去。

街上，金福儿的栖凤酒楼被重新装饰一新，像城里一样，

第十一章

大白天里也亮着彩灯。

一楼的两张肉案旁,买肉的人挤得水泄不通。

而对面的巷子里,五驼子的"镇关西肉铺"前冷冷清清的,只有少数几个人。

习文所在的理发店也装修了一下,改名叫作柔美美发店。

习文正在店里忙碌着给一个人理发,还一边笑着和那人说话。

我在门口叫了声,习文!

习文回过头看我时,那人也回过头来,却是金福儿。

金福儿问,大桥回来了吗?

我说,回来了。

金福儿说,他情绪怎么样?

我说,他呀,正准备参加你和镇长的婚礼呢。不过,他带的礼物是一担大粪。

金福儿正要再说,习文说,别作声,当心刀子割了嘴唇。

习文正在给他剃胡须。

金福儿理完发后扔给习文一张十元票子,还说不用找了,习文对他说了声谢谢。

金福儿一离开,转椅上又有人坐上去。旁边的长椅上还有两个人在等着。习文的师傅在一旁闲着,但他们宁可等习文。

站了一会儿,我就走了。

一出门,心里就想起了苏米。

我忽然想到要给苏米打个电话,就径直走到派出所的院子里。

文所长正在水池旁边剖一条大鲤鱼,那样子至少在十斤开外。我想起我家的两条鱼时,便觉得它们真可怜,一共才一斤八两。

文所长见了我说,水库的人尽做傻事,送这么大的鱼来做什么,鲤鱼五斤以上就不好吃,丝粗,还有泥腥味。

我说,真是好心无好报。

文所长说,妈的,大过年的,别让我骂你。没事回家帮你爷爷的忙去。

我说,我有事,我要给苏队长打个电话。

文所长说,办公室没锁,你去打吧。晓得号码吗?先拨6,然后拨53001转他家就行。

我推开办公室的门,屋里烧着一大盆栗炭火,却没人烤。我拿起电话话筒,照文所长说的先拨6,再拨53001,我说要苏队长家时,那边一个女人说占线了,等会儿吧。

我在桌子边上等候时,无意中看到一份《公安情况通报》,上面说了几件事,有几个案子我没听说,但苏米的爸抓了县委书记的小儿子这事我知道。通报上说,省公安厅通报表扬了苏米的爸能顶住压力办案。通报上还提到赵老师被害一案,要求各地注意,防止坏人利用某种情绪,借春节之机闹事。

等了一会儿,再拨时电话通了,是苏米的爸接的电话。

第十一章

他一听是我,就压低嗓门说,你们到底是怎么啦?早上出门时她还是好好的,拿着一包东西,兴奋死了。等到一回家,突然阴着脸谁也不理,她妈说带她去武汉接小侄儿回来过年她也不肯去。

我说,我也不晓得她到底是怎么了。

电话里忽然响起了苏米的声音,爸,谁给你打电话?

苏米的爸说,打给你的。

苏米在电话那头说,学文,是你吗,你怎么想起来给我打电话?在哪儿打的?

我说,在派出所。你好吗?

苏米说,我很好,你呢?

问候几句,我们突然没话了。耳机里嗡嗡响了一阵,忽然有人插进来问,喂,讲完了吗?

苏米忙说,没有,没有。

苏米说,学文,你怎么不说话?

我说,你不是也没说吗?

这时,我撒了一个谎,说,苏米,我将那纸盒打开了。一到家就打开了。

苏米急了,说,你怎么不讲信用。

停了停,她又说,你觉得好看吗?潇洒吗?

我说,什么好看潇洒的,我不懂。

苏米明白我骗了她,就说,你坏,我要放下电话了。

我说,别放,我不敢了。不过你也得说实话,你为什么不快活？

苏米静了好一会儿才说，你一走，我才觉得自己好孤独。

我说，我也是的，总在想你。

苏米忽然一转话题，说，习文怎么样，她好吗？

我说，刚刚见过她一面，她好像变了，总有些不三不四的人找她理发。

苏米说，她做这个职业，有些事是没办法的。你要想开一些。

这时，文所长闯进来，大着喉咙说，我以为真是找苏队长，原来是找女同学谈恋爱呀。

苏米显然听见了，忙说，我放下了，别再在派出所打电话了，那些人的臭嘴巴比电报还快。

我从派出所出来，心情豁然开朗了。

文化站门口，老高正在一张桌子上写对联卖，地上红闪闪地铺了一片。有一副上联是：劝君更尽一杯酒。我以为下联必是西出阳关无故人，待翻开一看，却是：有福有寿有丰收。

79

金福儿真的听了小曾的话，请了两个扫大街的人，给西河镇搞清洁卫生。从前，镇里的人有些垃圾是不往街上倒的，

第十一章

自从有了清洁工以后,大家就什么都往街上倒。反正金福儿有的是钱,大不了忙不过来再请第三、第四个人。结果,西河镇反比从前脏多了。

临近年关,人们兜里多少总有些钱,上了街便买一节甘蔗拿在手里,大摇大摆地啃着,并一口口地将甘蔗渣炮弹一样发射出去。两个清洁工一天到晚在街上忙,也还扫不干净。

尽管这样,在选人大代表时,金福儿还是落选了。连他自己也不相信只得了十二票,全镇九千多人,他的公司也有二十多人,所以,这个打击对金福儿是很重的。幸亏镇里后来推举他当县政协委员,他心里才好受一些。

我极少看见大桥,有两次远远地看见他从栖凤酒楼里拿了两包烟一样的东西出来,等我走过去,他已不见了,似乎是进了金福儿的楼房。我不明白,是什么东西能使他整天困在屋里不出来。

西河镇有个习俗,腊月三十这天的年饭吃得越早越行时发财。年年这一天,家家户户总想赶第一,所以,一般都是头天夜里将吃年饭的菜都做好,三十凌晨起来放在锅里热一热就行。

爷爷也想将我家的年饭早点做好。头天夜里和我一起忙了一阵,先将猪肉红烧了,又将两条鱼烧了一条。那一条得留到十五,十五里送年,更离不开鱼。再烧了一个豆腐,一碗黄花。全部菜就做毕了。

爷爷自语道,还差一只全鸡。

接着又说,还差一碗羊肉萝卜。

我怕爷爷夜里又出去偷,趁他上床之后,偷偷地将他的房门锁扣用木棍闩住,然后才放心睡去。

睡得正香时,一阵哐哐的响声将我弄醒。

爷爷在隔壁房里焦急地叫,学文,你怎么把我锁在屋里了,快打开,年饭会晚的。

我连忙爬起来将门打开。

爷爷顾不上洗脸,就去灶后点火,嘴里不停地嘟哝,腊月三十,你未必还想讨餐骂!

这时,外面响起了一阵急促的鞭炮声。有人开始吃年饭了。

爷爷将门打开,一股夜风吹进来,人禁不住打了个寒战。爷爷看着那放鞭炮的人家没有说话。邻居家的门也陆续打开,他们探头时总要问一声,这么早,谁家的?

爷爷说,五驼子,他怕是一夜没睡,想将金福儿夺去的威风抢回来。

五驼子家的鞭炮足足响了五分钟,将满镇上的大人小孩都吵醒了。随后,各家各户也都陆续放起鞭炮来。

爷爷做好年饭,也让我到门口放了一挂鞭炮。五百响的鞭炮,只一眨眼工夫就炸完了,还没等到邻居伸出头来看。

回到饭桌上,爷爷招呼说,来吃年年有鱼(余)。

镇里年饭有很多种说法,可我家的饭桌上只有鱼可以说一说,使爷爷的许多口才都浪费了。正吃着,外面又有人家

第十一章

放起鞭炮来,并不时有啦啦的冲天炮响声。我正要开门出去看,爷爷拦住说,没吃完年饭不能开门,不能让财神爷跑了。

吃完年饭,爷爷开门领我站在门口。

爷爷说,前途是有亮还是无亮?

我说,无亮。

爷爷说,恭喜你,孙子,你前途无量!

像年年有余这种话我以前就听过,但这前途无量却是第一次听到,心里一时很激动。天空的确没有一丝光亮,只有一群暗淡的星星在云缝里闪烁着。远远近近的鞭炮,爆炸出红红绿绿的火光。西河镇像一锅开了锅的粥,听起来很热闹,其实很单调乏味,鸡狗都不叫,也没听到人声,只有鞭炮的噼噼啪啪。

腊月三十的白天是非常没意思的,早早地吃了年饭,然后一整天不知干什么。拜年还没开始,小孩的新衣服要到初一才能穿上,商店都关了门,文化站的录像也停了,邻居之间又不能串门聊天或打麻将,只有自家的几个人在一起懒洋洋地说着话。

太阳出山后,街上突然响起一阵阵哭骂声,一对七十多岁的老人,互相扶着,在西河镇街上走过。

他们说,毛主席呀,你下凡来看看吧,怎么世道变得这样狠,到处都不把老人当人!

他们说,我们养了四个儿子,两个女儿,可大过年的,没人给我们一两肉,一碗米,我们上门要,他们都将门闩得死死的,喊都喊不开。

他们说,这样的孽种,过去村里都敢管,怎么现在连镇政府、派出所都不敢管了呢!

他们说,过去西河镇的人都瞧不起赵长子,可现在你们将心比一比,你们比得了他脚趾缝里的一坨泥吗?

爷爷上前去劝了几句,但没有用,他们说他们就是要丢儿女的丑,丢西河镇人的丑,他们没有年过,也让别人过不好年。

这对老夫妻住在学校背后,过去是镇里的劳动模范,"文革"时,父亲还上台说过他俩的快板书。

他们在街上骂了一上午,中午时分,习文从镇子那头走过来,对他们说,我一个人过年,你们要是不嫌弃就上我家去,和我一起吃个年饭吧!

两位老人抹着眼泪随习文走了后,镇上有人骂起来,说,妈的,好像我们都是恶人,就她一个好人似的。看样子也得像整赵长子一样整整他女儿。

我马上顶了一句,那你怎么不招呼他们吃年饭?

那人说,你怎么也不?

我说,我没有去和习文争好人。

老人走后,街上也变得无聊起来。

下午一点左右,金福儿的家忽然响起了猛烈的鞭炮声,跟着一股浓烟顺着楼房升起来。金福儿家的鞭炮声比当年河滩上的那一仗的枪声还猛烈,两挂鞭炮从楼顶上垂到地下,上面还有人源源不断地往下放。在电光炮的响声里，不时还夹着春雷炮的爆炸声，春雷一炸，附近的房子立即晃一晃。金福儿吃年饭放了一百万响鞭炮，另加一百个春雷。鞭炮整整响了半个小时，那冲天而起的硝烟，笼罩了半个镇子，这阵势使大家都觉得，五驼子起早抢的那个头分一点意思也没有。

别人都认为金福儿这回威风盖了帽，他们自己却吃了闷心亏。鞭炮爆炸后的浓烟，呛得他们一口菜也没吃下，只是强挺着喝了几口汤，便撤了菜，匆忙打开门和窗户透气。

在一只窗户上我看见了镇长，在另一只窗户的右下角，我看见了大桥那躲躲闪闪的眼睛。

黄昏时，习文家门口，响起短促的鞭炮，比我家的还要短，可能只有四百响或三百响，镇上大部分人没有注意到。

80

大年初一，天上下起了小雪。

昨天夜里，我将纸箱放在床后边，早上一睁开眼，我就将纸箱打开。最上一层是一张贺卡，上面写着：好好地爱着自己就如同爱着别人。贺卡下面是一条石磨蓝牛仔裤，底下是一件毛衣。最底下又是一张字条，写着：初一别出门。

我不知道自己是怎样穿上这套衣服的。穿上后过了好一阵才觉得毛衣很宽松,牛仔裤则绷得很紧,在屋里走了几步,就觉得格外来精神。

爷爷见了我这身打扮,不由吃了一惊,他没说穿得怎么样,只问我这毛衣是谁织的。他说他一看这样子就知道是城里的女孩子织的,西河镇的女孩子织不了这么洋气的毛衣。

我告诉他,是苏米织的。

爷爷说,那你是不是把习文甩了?

我没作声。

爷爷说,城里女孩子的很多事会让你搞不懂的。你至少先得跟习文学一学,锻炼一下。

刚刚吃过早饭,就听见外面有人叫,拜年啰!一听声音我就知道是苏米。可大年初一,她怎么会来呢。开开门,门外站的真的是她。

苏米一见我就捂着嘴笑起来,没等笑完,她的脸就变得绯红绯红。雪地里的苏米,气韵更是神了。

这时街上响起一阵摩托的轰鸣,一辆崭新的雅马哈风一样驶到我家门口停下来。

苏米见了,大叫,哥哥,说了让你回去,你怎么又来偷偷跟踪。

苏米的哥哥骑在摩托车上说,大年初一逼着我送你跑这远的路,未必真的这狠心不让我看一眼。

苏米说,要看就看吧。

苏米一把将我拉到她哥哥的面前。

第十一章

苏米的哥哥笑着说,你不是说看个女朋友吗?怎么变成男朋友了。

苏米忙说,你回去可别和嫂子说,她会羞我的。

苏米的哥哥将摩托车掉过头来,一溜烟走了。

苏米在后面喊,别忘了,下午来接我。

苏米进屋时,爷爷将一小串鞭炮点着了扔在她的脚下。苏米顿时吓得直往我身后躲。

我趁机附在她的耳边说,谢谢你,你真好!

苏米则说,我真没想到,你比我想象的还要潇洒。

我说,我没有什么可以送给你。这样一个特别的日子,我能送你一个吻吗?

苏米说,不,它太珍贵了,还是留着吧,也许送给别人更合适。

我说,那你专程来是为了什么?

苏米说,我还要看看习文。本想给她带来一个好消息,不料却是一个坏消息。

在风雪弥漫的街上,苏米告诉我,她爸好不容易找到习文她妈的下落,既不是信阳,也不是安阳和汝阳,而是洛阳。她外公外婆是一家工厂的高级工程师,"文革"时被人害死,凶手就是她妈的未婚夫。她妈精神失常以后,被人强迫嫁给当地一家农民的傻儿子。她从西河镇抓回去后不久,就失足掉进水井里淹死了。

我说,你先不要告诉习文。

苏米说，我上次来时答应了她，下次来一定给她带来她妈妈的消息。

走了几步，苏米又说，许多事干脆绝望了反而好些，那种有希望，却又等不到、得不到、空守候更伤人。

苏米说这话时，声音有些异样。

我们在街上走，引来了不少目光愣愣地扫来扫去。在派出所门口，迎面碰上神色严肃的镇长。镇长见了我也吃了一惊，看了几眼后才和苏米打招呼。镇长走后，苏米断定镇里一定发生了什么要紧的事。

习文的屋基场上一片洁白，只有一行脚印，通向后山。

我们正要寻路上山去，习文回来了。

习文一边看我们，一边说，我给我爸拜年去了。

我被看得不好意思起来，苏米也有些局促不安。

习文走近我，用手牵了牵我的毛衣，然后对苏米说，打这种毛衣要比普通毛衣多花一倍的心血。

苏米嗯了一声，不敢抬头看她。

进屋后，习文就问苏米，你给我带来我妈的消息了吗？

苏米说，消息是有，可很不好。你妈她已不在人世了。

习文惨然一笑，想说什么没说出来。

我们正不知说什么好时，大桥闯了进来，他埋怨了一通，说我们不该总把他撇在一边。我就问他这一段躲在家里干什么。大桥很兴奋地说他这一回过了个电视瘾，将《射雕英雄传》《七剑下天山》《天龙八部》《四大名捕》等，从头到尾都看了。

我讹他一句,说,是不是还看了别的?

大桥马上说,我没看黄色录像。

苏米说,别说这个好不好,烦死人。

大桥说,我不说了,我告诉你们一件意想不到的事,蓉儿将她丈夫和公婆全杀死了。

81

蓉儿的婆家是腊月三十中午吃的年饭。

蓉儿在腊月初一生了一个女儿。由于不是儿子,她的公婆有些不高兴,背地里嘀咕了几句。蓉儿想到自己是在月子里,吵起来最终吃亏的是自己的身子,就忍住了。

照公婆的意思,年饭也要赶早才好。太忠怕凌晨太冷,就叫中午吃。

到上菜时,蓉儿不愿到堂屋去,说堂屋里风大,非要将桌子摆到她的房里。婆婆小声说了句,明天就要满月,今天到堂屋里坐一坐怕什么!我生太忠时,不到十天就下地锄麦呢!

蓉儿听了这话心里就很火。太忠按照父母的话,还是将饭菜摆堂屋里。他在蓉儿的座位旁烧了一盆火,然后到房里来请蓉儿上桌。坐定了他好关门放鞭炮。

蓉儿也不说话，披上衣服起床，到了堂屋，她将五千响鞭炮捏成一团，一下子扔到火盆里。鞭炮爆炸时，不仅将火盆里的灰扬到年饭桌上，迸起的火炭有不少掉在公婆的身上。人老手脚笨，公婆不但衣服烧了几个洞，脸上、手上和脖子上也都烫起了乌泡。

结果，年饭没吃成，两老人躲到自己房里哭成一团。

鞭炮声将床上的婴儿吓惊了，整整哭了一下午，用奶头塞在嘴里也止不住。蓉儿烦了，将婴儿扔给太忠，说她怕是也不想活了，让太忠拿去杀了过年。

夜里，蓉儿一个人关起门来看春节联欢晚会。

太忠抱着婴儿独坐在堂屋里，两个老人还在哭。他越想越气，就想将蓉儿杀了，为父母也为自己出出这口气。

他从墙角里找出两包老鼠药，化了一杯糖水，推开房门，正要递给蓉儿。蓉儿却先吼起来，让他滚出去，从此别进这个房门。

太忠坐在四轮车上退出房门，蓉儿随手就将门闩死了。

回到堂屋，父母的哭声让他既心烦又心痛，父母熬这多年，自己盼了这多年，娶个不洁的媳妇进屋，原以为她会夹着尾巴做人，不料她竟比母老虎还凶。就在一念之差中，太忠认定这么窝囊地活着，还不如死了痛快。

他将那杯老鼠药先给父母喝了几口，剩下的自己一口吞了。

婴儿一直在堂屋里哭。蓉儿的心非常狠，坚决不出屋去

第十一章

看,她要将太忠他们几个的威风彻底打下去。

还是邻居家的男人出来牵牛出栏屙尿,听到婴儿的哭声不对头,喊了几声,蓉儿不理。邻居就叫了几个人,一起将门弄开,才发现太忠和他父母已经死了。

他们以为是蓉儿下的毒,就将她捆了起来,先狠狠打一顿,然后才叫人去报案。

文所长以为蓉儿真是凶手。

中午,苏米的爸赶到后,将现场重新看了一遍,又查了那杯子上的指纹,再找邻居们仔细问过后,才认定太忠是凶手,他杀了父母后再自杀的。

苏米的爸放了蓉儿,弄得许多人都不服气,说太忠那么善的一个人,怎么会亲手杀死自己的父母呢。

苏米的爸则说,杀人的事说难也难,说容易也容易,赵老师那么善的一个人,为什么也叫人杀了呢,就是这个道理。

蓉儿从派出所出来时,我们正在门外送苏米。苏米的哥哥不来接她了,她坐她爸爸的警车回去。

蓉儿走在街上,她妈将哭啼啼的婴儿递过去。蓉儿用迟缓的手解开衣服,露出一对还没发育好的小乳房来。婴儿叼了一只,另一只则白晃晃地搁在婴儿的肩上。

苏米在车上叫,蓉儿,当心受凉!

习文走过去,扯了扯衣襟将那裸露的胸口遮好。

蓉儿不理她们,却冲着我说,学文,你这身打扮,西河镇没人能比得过。

街上风雪弥漫，警车呜呜驶过时，有人骂了一句，三十夜里杀人，这是成心不让人过年嘛！

82

寒假总比暑假过得快多了，先是忙年，后是拜年，一晃就到了开学时间。

正月初七这天，我去金福儿家拜年。哑巴打手势说金福儿不在家，到县里给领导拜年去了。我听到楼上有电视机的声音，就和哑巴比画问大桥在不在。哑巴说大桥在，但不准我上去。我听见电视里有男人和女人快活的呻吟声。

从金福儿家出来，我又去五驼子家。

西河镇上的晚辈年年正月初几上家家户户去拜年，礼节是在其二，其一是讨几个贺岁钱。去年正月初几我去金福儿家拜年时，金福儿问那罐榨菜的事。我告诉他自己是完全按照他说的方法去做的，大桥吃了以后真的是想吐又吐不出来。金福儿很高兴，从口袋里抽出一张十元票子给了我，然后又起身给我拿糖果。

见了五驼子，我将爷爷再三叮嘱的话告诉了他。爷爷吩咐，别的话都可以不说，但一定要让他知道我哪一日动身回学校。

五驼子听说我将于初九早上动身回学校，立即死死盯着

第十一章

墙角的那把杀猪刀,两只手攥在一起,八个指头关节乜得咯咯响。我有些害怕,刚好翠水给我端来一杯茶,并顺势在我身上捏了一把。我就和五驼子说,要去和翠水玩玩。五驼子粗声粗气地哼了一声。

一到翠水房中,她就问我身上穿的毛衣是谁给织的。我说是自己花钱买的。她不信,说我一定在城里找了一个相好的女孩子,还要试试我嘴里有没有城里女孩子的口红味。我趁她张开嘴凑过来时,猛地朝她嘴里唾了一口痰,然后转身从后门跑了。

回去时,在黑灯瞎火的街上碰见了大桥。

大桥说,我正要找你,我妈到县里去拜年,回来时她在车上看见习文一个人在甲铺附近的西河里走着,我妈说习文一个人好可怜,要我邀你去接接她。

在路上,我说,你妈是和金福儿一齐去一齐回的吧?他们现在到底怎么样了?

大桥说,什么怎么样,我爸是镇长,我妈也是镇长,她怎么会真心实意地嫁给一个捡破烂的人呢!都是狗日的金福儿癞蛤蟆想吃天鹅肉!

我说,今年的年你是在他家过的吧!

大桥说,我只想在他屋里看看录像。

我说,你看了几部黄色录像。

大桥说,两三部,不过,我劝你别看这东西,看了以后就成天想它。我他妈的是被金福儿害了。

我说，你叫金福儿什么？

大桥说，什么都不叫，就叫他喂。

我说，那金福儿生气吗？

大桥说，他要是生气就好了，我就一声接一声地喂，将他气死。

一路走一路说话，后来，我们真的在西河里找到了习文。她正摸着黑满河里寻找什么。

我们走拢去问，习文，你找什么？

习文说，我找爸爸！

我们说，赵老师早就不在了。

习文说，我晓得。我要为他报仇。公安局没用，我要自己查。

我们说，很晚了，明天我们一起帮你查吧！

习文说，师傅说，明天是好日子，铺子要开张，一开张就没空了。

我们明知找不着，但还是陪着习文找了大半夜，直到河里起了大风，吹得人站不稳两脚，才往回走。走了一阵风更大了，迎面吹来的风沙打在脸上生痛。习文饿了两餐，走不动，我和大桥架着她的胳膊往前拖。习文的手冰冰凉，只有腋窝是暖和的，暖和得让人心里发痒。

很晚的时候，我们才回到镇子。

爷爷已经在用很温和的调子唤我回去睡觉。

我们要送习文回她的屋子，习文不肯，自己走了。

第十一章

回家后,我和爷爷在一只装满热水的脚盆里烫脚,并一起说着习文的事。

正说着,外面有人敲门。

开门一看,正是习文。

我说,你这大半夜还出来拜年,还有明天,明天才初八嘛!

习文夹着几件衣服和一床被窝,说,我不是来拜年,我家屋子叫风吹垮了。

我怕爷爷又出馊主意,将习文打发到别处,抢先说,来我家住吧!你睡我的床,我去和爷爷睡。

爷爷说,伢,就照习文说的,来我家吧!

我将房间收拾好,让给习文后,来到爷爷房,钻进被窝,躺在爷爷的脚后边,习文在隔壁房间里脱衣上床的声音隐约可以听见。

天亮前,我又做了一个梦,梦见习文搂着自己在河水中打滚。接着就遗精了。

我爬起来,坐在被窝里换内裤。

爷爷醒后似乎是有意放大声音问,怎么,你也开始遗精了,恭喜你成大人了!

我怕习文听见,扑上去捂住了爷爷的嘴巴。

天亮后我不敢起床,以为习文听见了爷爷昨晚说的话。我听见习文起床后,对爷爷说她去给铺子开门,接着就踏踏地走了。

我起床时,爷爷已吃过早饭,笑眯眯地说他要去将我的学费弄回来。

中午,爷爷回家了。一看他那脸色我就明白钱的事没着落。爷爷的脸色不似从前的那种绝望模样,而是阴冷中透出一种凶狠的味道,像是下决心要干一件什么大事。如同电视录像里,软弱的人去告发与自己有利害关系的人,或告发坏人要去杀人放火、抢银行时的表情一样。当然,我不相信爷爷这大的年纪还能干成什么坏事。

天快黑时,县政府接人回去上班的一辆小客车在镇东头公路边翻了,死了一个,重伤好几个。镇医院的人到处动员人去卖血。

爷爷听到这个消息,立即露出了笑容,并起身往外走。

我说,爷爷,你可别去卖血。

爷爷说,好孙子,你放心,我的血太老,卖给谁谁就死得更快,没人敢买。

天完全黑了后,我在家一边烤火一边等着爷爷和习文。我把火塘弄得旺旺的,一有动静就去开门,却老是扑空。也不知什么时候我睡着了。

朦胧中觉得有人在身边,一睁眼,正是习文。

见我醒了,习文说,明天要上学,我给你理个发。

习文将白围裙围在我的脖子上,用一双温暖的手,将我的衣领塞进脖子里。

这时,爷爷在门外高兴地叫着我的名字,迫不及待地说,

第十一章

钱有了!学费有了!

爷爷推门进来时一身喜悦,可就是在一眨眼间,就变了脸色,并厉声说,住手,习文!

爷爷上前一把推开习文,说,你怎么像你爸一样,不知好歹呢!

习文吓得不知所措。

我说,爷爷,习文给我理发不收钱!

爷爷说,收不收钱事小,可你们不应该忘记,正月没过完,男人的头怎么能让女人摸呢!

我便说,爷爷,你是个迷信头子。

争吵时,习文收拾理发工具往外走。

我追到门外,拉住她的手说,你别离开我家。

习文毫无表情地说,除了这儿,我还能去哪?我还了工具就回。师傅不让将工具往外拿,我是瞒着他拿出来的。

习文仍在往前走。

我撵了几步,拿起她的手搁在自己的头上,说,你别生气,我不信这个,你想摸就让你摸个够。

习文站着不动。头上的那只手缓缓地从头顶、从前额、从脸颊、从嘴唇一直滑落到我的胸口。后来,她将一对冰凉的嘴唇给了我。那嘴唇薄薄的有点硬,轻轻一碰时,有点甜味,很像吃西河里冰块的味道。

83

临起程回学校去之前,爷爷交给我一百元钱。

我将钱往贴身荷包里放时,闻到了一股医院的药味。

像往常一样,我必须路过汽车站。天刚粉亮,风吹在脸上重得很,像是又要下雪了。西河镇还在过年,没有一个人起早,也不见金福儿跑步,四周空寂寂的,那辆客车按了几遍喇叭仍无人响应,便载着司机一个人开走了。客车一走,栖凤酒楼显得更气派。在它的底层,初八那天又新设了一个美容厅,由翠水出面张罗。

正走着,忽听到哗啦一声响,栖凤酒楼的一块玻璃被石头砸破了。我看清墙角里站着五驼子时,玻璃又破了第二块。

第二块玻璃破碎时,金福儿从他的起居楼窗户里探出头来吼道,狗日的五驼子,我不用看就晓得是你在干坏事,你再不放手,老子就放黑旋风出来。

五驼子则对骂,金福儿你这狗杂种,你还我的肉铺。

这时,镇长也从窗户里探出头来,喊,五驼子,你再捣乱,可别怪我六亲不认了!

五驼子矮壮粗黑的身子缩了几圈,蔫蔫地蹲下去,盯着地上的一块塑料布。塑料布上摆着一排切成方条条的猪肉。

听见脚步声,五驼子抬起头来,当看清是我时,他脸上的颜色立刻变得十分恐怖。

第十一章

我胆怯地打了个招呼,这早就出来发财呀!

五驼子说,都是杂种们逼的,你爷爷也算是一个。

他那声音是从鼻子和肚子里发出来的,扎骨得很。

我埋头走了十几米,才回敬一句,谁叫你黑良心,再欺负谁,就让你另一条腿也摔断。

说完,我就跑起来。

五驼子瘸着一条腿追不上我,他将一把尖刀扔过来时,被我闪过。我拾起尖刀扔进街边的粪坑里。

五驼子在后边骂,你小杂种别读书逞能,当心我也将你剁成几块。

我边跑边说,你女儿还要嫁十次人。

五驼子继续骂,我××你娘。

他同时用一把刀乱砍地摊上的猪肉。

路面不平,客车在前面慢慢地行驶。灰尘被湿风压着,不能向高处扬,刚好集中了向我的嘴和脖子里灌。司机见我跟在车后跑,以为是要搭车的,就停下车,打开车门等我。正月里我不能说自己没钱,只说是走亲戚拜年不搭车。

司机说,你是不是镇长的儿子。

我说,我是镇长的老子。

司机听后咧开两颗大门牙笑了。一边嘟哝,说,金福儿昨晚打招呼,说他的继子今天要搭车上学,怎么到现在还不见人。

客车走后,我觉得奇怪,大桥不是昨天下午就搭车走了吗!

我又走了一程,忽然发现网袋里的鞋掉了一只。回去寻找时,我远远地见它躺在离五驼子那猪肉摊子不远的地方。我不敢直接去捡,便绕进一条巷子。

正走着,一只行李包从一处窗户里掉出来。我一看,那窗户正是翠水的,跟着大桥从里面跳出来。

落地后,大桥扭头说,下下个星期天上午你在河滩里等我。

窗户里,翠水说,那你可别让我白等。

大桥提着行李包走过来,我从墙角后面向外一闪,把他吓了一跳。

我冷笑着不说话。

大桥开始朝我讪讪地笑,后来却哭起来,说,金福儿是猪狗猫,将我害苦了。

我说,别的话等会儿再说,你现在先去给我办两件事。

第一件事是去捡鞋。大桥他跑过去,转眼就将鞋拿回来了。

第二件事,我要他到医院去查一查昨天卖血的人当中有没有我爷爷。

大桥开始不愿去,怕更多的人发现他昨天并没有去学校。但在我的胁迫之下,他还是去了。

好一阵后,大桥才回来,说,没有你爷爷。

我说,你别撒谎,你没有去查!

第十一章

大桥说，我若撒谎就让我妈永远和金福儿在一起。真的没有你爷爷，但有五驼子，五驼子卖一百二十元钱的血。

我吃了一惊，五驼子这种人怎么会去卖血呢！

大桥说，我也想不通，怪得很，太怪了！

我说，你也怪，竟和翠水睡觉。

大桥说，我真不该看金福儿的黄色录像，昨天下午在车站等车时，翠水在栖凤酒楼门前朝我笑，边笑边往她屋里走，我就忍不住跟她去了。话说回来，我都十八了。翠水的档次是低，可贾宝玉开始时不也是只和袭人睡。这是打基础，积累经验，不然真谈恋爱时，就不晓得谁好谁不好！

我猛地问，这是金福儿教你的吧？

大桥下意识地嗯了一声。

金福儿不仅教大桥，还和大桥一起打镇长的埋伏。

第十二章

84

开学的第一天,班里的同学都对我的新打扮感到吃惊,纷纷询问我的毛衣是谁织的。我不肯告诉他们。但他们第二天就知道了。

我以为是大桥说出去的。

大桥在我面前赌咒,说谁说出去的将来高考时一进考场就发头昏。

我想想也是,大桥那么多的秘密都在我手里捏着,随便说出去一样,学校也非得开除他不可。而他还不至于蠢到这种不知轻重的地步。

同学们一议论,我和苏米见面时就不自在了。苏米倒没什么,主要是我。

星期六下午,第二节课是体育课,班主任叫我们几个班干部在教室里研究一下这学期创文明班级的事。

课间休息时,别的同学都出去了,只有苏米一个人趴在课桌上看小说。我装作出去的样子,一会儿又转回教室。

我说,苏米,他们怎么晓得毛衣是你织的,是不是你和别人说了?

苏米说,学文,你别像西河镇的人一样,总以为别人蠢,自己聪明。其实许多事你自己不说别人也能感觉到。

我说,看到别人在背后议论,心里总是不怎么舒服!

苏米说,这也在于你自己。

她忽然停下不说了。

我说,怎么在于我?

苏米小声说,在于你心里怎么想这件毛衣,是把它当作一件衣服还是当作别的。

我一下子明白了苏米的意思,可我实在不知如何对她说。

等了一会儿,我才说,不管当什么,我都觉得一刻也离不开它。

苏米说,如果习文给你织一件毛衣,你也会这样说,对吗?

很明显苏米生气了。

我说,习文她不会给我织的,她没有钱买毛线!

苏米更生气了,说,你真俗气,你是说我有钱是吗?那你给我脱下来!

这时,别的班干部进教室来了。

他们问,怎么啦,苏米?要学文脱毛衣,这冷的天不怕冻病了!

苏米和我都不说话。

班干部们挤挤眼,然后一齐说,苏米,你的手真巧,也替我们织一件学文这样的毛衣吧。

苏米一甩头发,说,我不给别人织,只给学文织,我还要给他织一件更漂亮的背心呢!

大家直吐舌头做鬼脸。

苏米又说,谁叫你们都有父母姐妹呢!

散会时,苏米要我晚上上她家去吃晚饭,说是她爸要找我谈赵老师的事。

大桥看着我和苏米一前一后走出学校,却没有撵上来,他好像对苏米没兴趣了。

出校门之前,我到寝室里将毛衣换下来,穿上一件旧棉袄,我怕她家里人认出那毛衣后难堪。

苏米还像往常星期六一样,走到楼梯口就停下来等。但这一次,她没等我走到她跟前,就顺着楼梯冲上去了。

我只好敲门进去。

苏米一家人都在。她哥哥朝房里叫道,苏米,你的男同学来了!

苏米从房里走出来,说,哥,亏你读了大学,同学就同学,还要带个什么男呀女的。

她哥说,本来是男同学嘛!

第十二章

苏米说，那好，以后打电话我就这样说，哥，问你的女妻子好，行吗？

我知道这是在开我的玩笑，便主动问苏米的爸，说，苏米说你找我有事？

苏米的爸一愣，苏米忙说，你不是要和学文谈谈赵老师的事吗？

苏米的哥又插进来说，这事我晓得，你们赵老师是不是很瘦？苏米很担心你将来瘦得像赵老师，便要家里每个星期六晚上请你来改善生活。

苏米一红脸，上去捶了她哥哥几下。

这时苏米的妈从厨房里出来说，说正经的，西河镇赵老师的这个案子怎么总也破不了！

苏米的爸叹口气说，我干了几十年的刑事侦察员，还是头一回碰到这么离奇古怪的案子，让人像狗咬刺猬，无处下牙。

我说，还是一点线索也没有？

苏米的爸说，从你说赵老师夜里出去捡破烂以后，连半点有用的线索也没有。

一直没有说话的苏米的嫂子，忽然说，是不是凶手杀错了人？

苏米的爸说，这一点也考虑过，同样是找不到线索。

吃完饭，坐了一会儿，苏米就朝我使眼色，我起身告辞。一屋人都坐着没动，只把眼睛看苏米。

苏米说,你们都不送客!好,以后你们的客人我也不送。

说着就趁势和我一起出了屋。

一走上大街,苏米忽然不说话了。

天气很冷,街上的行人很少,我们并排走着,苏米总是和我的肩头保持着一段距离。正月十五已过了,临街的阳台上,仍不时有小孩在放鞭炮。偶尔,鞭炮在很近的地方突然炸响,苏米便会不自主地倒向我的身子,但每一次她又迅速地恢复到先前的模样。

走到县城的十字街头时,苏米站住了。

她说,为什么你不穿毛衣了?你要是还愿意穿,明天晚上,仍来我家吃晚饭!

苏米说完扭头就走。

第二天傍晚,我穿上毛衣去了苏米家。

进门后,她一家人看着我忽然不作声。苏米从房里探头看了一下又缩回去。

后来,苏米的嫂子说,苏米,你的同学来了,请他到你房间去坐坐吧!

苏米连忙跳出来,说,不行,他是男同学!

苏米的嫂子说,你昨天不是说同学前面不让带男女吗,怎么自己也带!

这天晚上,我们没有从大街上走,走的是一条通向学校后门的小巷。小巷很黑,苏米一直紧握着我的手。

苏米告诉我,她嫂子是汉口人,人很好,就是有点势利。

我昨天与今天的打扮不一样,她嫂子的态度也就不一样。

在学校后门口,苏米忽然说,昨天下午的事,你生气了吗?

我说,我说的都是实话,你不该发我的脾气。

苏米说,你不晓得,我心里是多么矛盾。学文,也许我不该这么做!

我说,你做什么啦?

苏米说,我什么也没有做。

整个高一下学期,我和苏米就一直这样,学校后门的那条小巷不知走过了多少回。特别是那种雨天,我们共同举着一把小伞,漆黑的雨幕将一切别的东西都掩去了。每一回我都千百次地想将她拥抱在怀里,然而,我又总觉得有一种东西在坚定地阻隔着。

85

夏天又到了。

去年暑假赵老师叫人残忍地杀害了。

现在学校又放暑假了。

栖凤美容厅生意空前的好,翠水将蓉儿招了进来,两个人搭伙做事。

爷爷说,她俩美容是假,卖臊是真。

我从街上往家里走，路过栖凤酒楼门前时，蓉儿曾和我打过招呼。当时，我几乎认不出她来了。她做了发型，描了眉，画了眼影，口红和面粉一样也没少，衣服也和城里人差不多。只要不走动，站在那里还真有几分姿色。翠水的打扮更在她之上，不过翠水再怎么打扮我也能认出来，因为那变化总是比蓉儿小多了。

这边一兴旺，习文那里的生意就显得冷落了，平常只有一些上了年纪的人来光顾一下。年轻的和外地来的人都去翠水那儿。幸亏山里人怕热，夏天理发理得勤，所以，一天到晚还是有忙的。

放假的那天早上，有车来接大桥。他邀我一起回镇上，我没有同他一起走，并不是不想走，我还从没有坐过小吉普。大桥他们要赶早趁凉快走，而我必须等到学校开了早饭再走。食堂开饭时，我买了三个馒头，自己吃了一个，剩下两个带回家给爷爷和习文。

这回我没让苏米买票。我经常到她家去吃饭，省下了一些餐票。我将餐票拿到事务长那儿退了，换回的钱正好可以买一张车票。

苏米送我到车站上，路上她只说了一句，又要两个多月见不到你了。

车子开动以后，苏米又说了一句，别和大桥一起玩。

爷爷见我带了馒头回来，很高兴，一边大口大口地吃，一边大声说，县里的粉硬是细些白些，吃到嘴里肉奶奶的。

第十二章

我放下行李，洗了一个冷水脸。正在洗时，爷爷猛地说声，糟了。

我说，什么糟了？

爷爷说，我把习文的一只馒头也吃了。

望着爷爷一脸的后悔，我实在不好说什么。

爷爷自语道，我这么馋，怕是吃了去死啵！

我怕爷爷再骂自己，忙说，等下一回回来，我给习文带肉包子。

我回家后，爷爷也不让我出门，要我专心在屋里复习功课，一切外面的事都不要我管，他和苏米一样，坚决不许我再和大桥来往了。

爷爷说，大桥的事，镇上许多人都晓得，就只瞒着镇长，大桥不仅和翠水有关系，和蓉儿也有。上个月蓉儿刮过一次胎，刮胎的钱就是金福儿替大桥出的。

大桥来找过我几次，都被爷爷挡了回去。

爷爷还不让习文到西河里去洗澡，说住在我家就得依我家的规矩。

我一个人闷在家里，便老想苏米，总觉得她马上就要出现在门口，给我一个意想不到的惊喜。

有天上午，我正在做作业，文所长匆匆跑来，说苏队长打来电话，让我快去接。我赶到派出所，拿起话筒一听是苏米。

我禁不住脱口说道，苏米，你让我想死了！

苏米说，我也很想你。

苏米告诉我，她要随她妈到东北看舅舅，八月底才能回。

苏米说，本来不想去，但想到离得这么近却不能常见面，还不如干脆走远些，绝了那些希望。

我让她一回来就给我打电话。

回家后，我觉得心很累，便在竹床上躺下睡一阵。

迷糊中，赵老师的两条腿在我眼前慢慢地踱着，那腿又瘦又长，上面长满了黑毛，两只膝盖都有伤疤，乌亮乌亮的，没有一点皱纹。腿肚子上的肉都长到踝骨上去了，踝骨显得特别大，一双破解放鞋在呱唧呱唧地响，两只大脚趾从前面钻出来，趾甲缝里黑泥长成了一轮弯弯的月牙，而趾甲则像天空。不过月牙是黑色的，天空是苍白的。

那双腿走过去后，赵老师的两只手又出现了。那手也是又瘦又长，一层黑毛从肘部一直铺到手背上，几只竹竿一样干枯的手指，拿着一支白粉笔在半空中不停地写着，有粉笔灰掉下来的唑唑响，也有粉笔在黑板上划动时的吱吱响，可就是见不到字。一会儿粉笔写完了，那几个手指就轮换着继续写，像粉笔灰一样掉下来的，先是指甲，接着是皮肉，往后是骨头屑。有几个鲜红的字在隐现着，可就是无法看清。

随后，我看到赵老师那无头无手无脚的身子在和学生们赛跑，半截身子在跑道上一冲一冲地往前窜，不时还翻几个跟头，打几个侧手翻，学生们都跑不过他，他跑到终点线后，蓉儿将一枚亮闪闪的金牌奖给他。他没法戴，就像裤带一样系在腰上,然后就开始洗冷水浴。他把水泼在地上,用身子在上面打滚。

我正要说什么,赵老师的头出现了,它像一只挂在瓜棚上的老葫芦,冲着我直唱"西出阳关无故人"。还没唱完,那头突然惨叫起来,一声声地很清晰,却又无论如何也听不清是在叫什么。我说,赵老师你说清楚一点。那头便飘过来要和我亲嘴。

我大叫一声,猛地从竹床上坐起来,全身都被冷汗湿透了。

爷爷回来后,我将这梦告诉了他。

爷爷只是听着,光抽烟,不说话。烟味很难闻,是在烟叶里掺了一半白杨树叶做的。爷爷一没钱买烟,就这么应急。所以,他咳嗽得更厉害,头垂得更低,咯出一泡痰时,极像是从屁眼里屙出来的。

我说,爷爷,赵老师是不是在怨我?

爷爷说,他是怪我呢。你是他的得意门生,他不会伤害你的。他做了鬼还怕西河镇人,不敢托梦给我,只好找你传话。

我说,赵老师什么也没说呀!

爷爷说,他不说,我心里也明白!他再找你,你就和他说,冤有头,债有主,那件事待你的书读完了,我自会交代个清楚明白的!

我说,什么事,是不是和赵老师的死有关?

爷爷说,好孙子,你莫瞎猜,有些话可不是能够随便说的。

天黑后,爷爷不声不响地出了门。

见他那样子有些不同往常,我就悄悄跟了上去。

爷爷手捧一炷香,一路烧着纸钱。

这时本应祈求祷告,爷爷嘴里却在数落,赵长子,你该知足了。我这么大年纪来给你送钱烧香,是够看重你了。你不要狗子坐轿不识抬举,非要我像金福儿和五驼子他们那样待你!你莫以为自己做了鬼魂就奈何你不了,弄烦了老子,我就拿一张渔网将你捉住,放进女人的裤子里,让你做鬼也没有个出头的时辰!赵长子,你是个知书识礼的人,全西河镇人认识的字加起来,也没有你识得多。是我不对的事,你就该来找我,干吗要去缠我孙子呢!我晓得,你这一生先是将心血放在我儿子身上。我儿子受西河镇影响太深,许多东西都改不了,你就把心思用在我孙子身上。你指望他能够出人头地,能够脱胎换骨,做一个可以到外面的大世界里显威风的人,能够改造西河镇、让西河镇翻天覆地的人。你把这么多的希望都寄托在他的身上,那你更不应该再找他的麻烦。你做鬼才几天,就这么不知轻重,你过去一笑只能将人吓哭,现在一笑却能将人吓死。你在阳间没有显够威风,现在可以在阴间显嘛,干吗还要搅和阳间的事呢!你还记得金福儿养的那条狼狗吗,它可是比哮天犬还厉害,你要是被它遇上可就不得了,连五驼子这狠的人都怕它呢!学文和习文这两个孩子好像心里都有了意思,有可能成为夫妻,只要他们愿意,我是不再嫌弃习文有你这个父亲的。所以,我们还有可能是亲戚。赵长子,该说的我都说了,该做的也已做得差不多了,剩下没做的,也是为了你这未来的女婿,你忍了四十几年,未必还在乎这剩下的两年吗?你就等学文考取了大学以后,再找仇人算账吧!

这天夜里,爷爷说了许多莫名其妙的话。

86

那天早上我到河边散步,无意中碰到大桥。大桥夹了一床床单,身后跟着蓉儿。他一点不害羞,说昨夜里在河滩上睡的,真凉快。

大桥开始学抽香烟了。他劝我也学抽香烟,说不抽香烟不像男人,还说女人嘴里说讨厌烟味,心里却喜欢。赵老师因为不抽香烟,所以老受人欺负,老也保不住老婆。我想骗来他的香烟拿回去给爷爷,就说自己想学可抽不起。大桥当即将口袋里的半包阿诗玛丢给我。我拿上香烟赶忙走了。

回家后,爷爷见了香烟非常高兴,说,我活了八十岁,还是第一次抽这种高级香烟。

我趁他高兴之机说,那你今天让我和习文到河里去洗一洗澡。

尽管我带给爷爷的高兴与我给爷爷造成的苦闷比起来，是屙泡尿与西河比，爷爷还是爽快地答应了。

天黑以后，我去柔美美发店邀习文，随后带着她的衣服和毛巾、肥皂。

好久没见到月下的西河，好久没见到习文洗澡时的模样。我还是趴在石头上，习文还是坐在浅水里。习文不准我走近，说走近了会把她看丑的，还说她从一开始就晓得我在偷看她洗澡。

习文一挨到河水就开始唱歌。自从赵老师走后她就没动过歌喉，现在再唱，歌声一点没退步，反而进步了，更好听，很像李玲玉在唱。

听她唱歌时，我私心杂念很多，有些想法还很粗野，最粗野的是想到自己若真的和习文结婚，生的儿女一定也会唱歌。

我觉得自己这么小就想到结婚生孩子，是一种很不要脸的行为，并且对不起苏米，就不让自己想，开始和水里的习文大声讲话。

我说，习文，你怕鬼吗？

习文说，不怕。

我说，真的见到鬼了，你也不怕？

习文说，我不晓得，我没见过鬼。你见过了吗？

我说，去年暑假，我就在这儿见过一次鬼。

习文说，你别吓我。

第十二章

这时候,我忽然想起爷爷当时在石头底下做过藏什么东西的古怪动作,就翻身跳下石头。

习文在水里叫,你别过来,我没穿衣服。

我说,你快穿好衣服,我想起一件事来了。真的,快点!

习文穿好衣服后,我跑到去年暑假爷爷为我收魂后,在大石头下面摸索了一阵的位置,伸手一摸,有块石头是松的。我搬掉石头,露出一只土洞。再一摸,摸出一把屠夫用的剔骨刀。

习文说,你怎么晓得这儿有刀?

我就向她讲了那次遇鬼的故事。

习文接过刀,看了看,又想一想,想一想又看一看。

忽然间,她撒腿就跑,一边跑一边大叫,我找到凶手了,我找到杀我爸的凶手了!

习文跑得飞快,我撵都撵不上。她像疯了一样,顺河一直跑到甲铺,跌了一跤后才被我抓住。

我气吁吁地问,你要上哪?

习文说,到县公安局去揭发。

我说,要揭发到派出所也行。

习文说,不行,派出所的人水平太低,不会相信我的话,得找苏米的爸。

我说,我可以打电话给苏米的爸。

习文说,你不能打电话,我要亲自去。

见习文不相信我,我着急地说,那刀是我爷爷放的,但我爷爷决不会伤害赵老师。

习文说,我现在不告诉你凶手是谁,反正我已晓得了。

我说,你怎么单凭一把刀就能断定?

习文说,我闻到了,刀上有我爸的气味。

我只好陪着习文往县城走,一直走到凌晨四点,才见到县城的灯光。

公安局的大门紧闭着,我们叫了半天也没见人答应。这时,习文开始恶心,直吐黄水。无奈,我只好学五驼子砸门窗上的玻璃。

玻璃一响,就有人出来开门,气势汹汹地要抓我们。

我不理那人,抓起桌上的电话机就往苏米家打电话。

不一会儿,苏米的爸就匆匆赶来了。问清情况后,他将那把剃骨刀交给一个人拿去检验,然后又将我和习文接到家里安歇下来。苏米已和她妈一起去东北了,家里只有苏米的爸一个人。

第二天傍晚,检验结果都出来了,刀上真的有赵老师的血迹。

习文吐黄水是太累了的缘故,这时她已恢复过来。听到那刀就是凶器的结论时,她一点也不激动,倚在苏米的床上,看着苏米那张挂在墙上的泳装像出神。

第十二章

87

一大早,公安局的警车从县里出发,到达西河镇后,先派几个人把守住要道口,尔后,几个穿便衣的人,在我和习文的带领下朝镇内走去。

这时候,西河镇大部分人还未起床,街上只有少数几个老人在捡粪,边捡边咒骂如今的人都学懒了,成天躺在床上想着如何像金福儿那样发横财。有两次,还看到有人将门拉开一条缝,朝外撒尿,那是还准备再睡一会儿的。西河镇的早晨是与男人捡粪,女人洗衣服,老人和小孩放牛放羊联系在一起,再早些时则是披星戴月修大寨田,再早些时,则是站岗放哨抓坏人。现在,西河镇多数人将这些改了革,黑夜之后便直接进入上午,早晨成了完全多余的一道时间程序。

路过栖凤酒楼底层的美容厅时,刚好碰见两个外地男人从半掩着的门缝里钻出来。门缝里面,不知是翠水还是蓉儿,只见一个女人的半裸身子闪了一下。

几个侦察员看了一下苏米的爸。苏米的爸小声说,别管,下回再收拾他们。

捡粪的老人看见我,有些顾影自怜地说,学文,这两天两夜你跑到哪里去了,你爷爷好可怜,喉咙里都喊出血来了。

我说,我做重要的事去了。

老人说,你既不会嫖,又不会赌,干吗要出去这长时间?

再说，又不是去杀人劫路抢银行，这么机密，也不和家里打招呼，你爷爷还以为你是去和赵长子做伴了呢！

再往前走，我见到爷爷了。

爷爷独自蹲在门口，将头埋在两膝之间打瞌睡。我想象爷爷这久不见孙子，一定是到处寻找，到处呼喊，然后，彻夜地守在门口，等我归来。

我朝爷爷轻轻地喊了一声。

爷爷猛地抬起头来，见到我和习文，便大吼一声。

爷爷骂道，你们这一对小畜生，想私奔还是怎么样，要走就走得远远的，跑回来干什么？

爷爷嗓子嘶哑了，没什么威风。他扑过来时，被苏米的爸顺势抓住，并将一张拘捕证伸到他眼前。

一个侦察员拿出了手铐。

我叫起来，别铐我爷爷。

苏米的爸一挥手，那侦察员将手铐收了起来。

我和习文领着苏米的爸继续往前走，一直走到镇关西肉铺前面的巷口，远远地便看见五驼子正在那里杀猪。

五驼子杀猪，猪都叫不出声。他用手将猪颈一扭，猪就成了半死，再找一刀，那畜生便断了气。我看见五驼子用刀在猪的一只后蹄上割了一道十字口，然后，用一根两米长的铁顶针，从十字口捅进去，沿着猪皮底下，一直捅到猪耳朵根，又抽回来，再一直捅到猪的前蹄。如此捅了十几下，整个皮下的气道打通后，五驼子便鼓起腮帮深深地吸气。吸足了气,再将嘴对准那十字口,一口接一口地吹,同时用一根木棒在猪身上狠狠抽打,泡在浴桶里的猪便像气球一样鼓起来。

我们走拢去,五驼子仍在给猪吹气。

侦察员们将他围住后,苏米的爸问,你是五驼子吗?

五驼子一口气没吹完,嘴巴还在十字口里,只把眼睛向上翻了一下。

一个侦察员上来,迅速将五驼子的双手用手铐铐住。

苏米的爸又问,你认识赵长恩吗?

五驼子用手捏着猪爪子上的十字口,腾出嘴来反问,谁叫赵长恩?

我说,就是习文的爸,赵老师。

五驼子说,你说赵长子不就得了,什么长恩短恩的。

五驼子瞅着手铐说,这是干什么,我猪还没杀完呢,我得抢在金福儿的前面把这猪杀出肉来。

苏米的爸说,赵长恩是你杀的吗?

五驼子愣也不愣地说,是我杀的。

苏米的爸说,你为什么要杀害赵长恩?

五驼子理直气壮地说,谁叫他学金福儿捡破烂!他也指望靠捡破烂翻天,然后爬到老子头上屙屎屙尿,休想!

五驼子说话时很生气,手一松劲,猪蹄子的十字口里,开始哧哧地泄气了。

苏米的爸带走五驼子时,习文突然哇的一声大哭起来。

爷爷跟在五驼子后面走,听见哭声,他回头叹口气说,乖孙子,五驼子这一抓,你的书就读不成了。

我这时已经知道,自己读高一的学费都是五驼子给的。

我说,为赵老师报了仇,读不成书也算了!

在我常去趴着看习文洗澡的那块大石头下面的河滩,过去曾是金福儿洗破烂的地方。金福儿不捡破烂以后,赵老师偷着捡的破烂,也是拿到那地方去洗干净。

去年,县高中报名截止日期的前一天晚上,赵老师从我家出来后,又捡了破烂上河边洗。那天,五驼子被人请去杀猪,回来晚了,路过西河时,发现赵老师正在那里洗破烂。

五驼子在那户人家里喝了不少酒,见了赵老师,嘴里却说,捡破烂的王八蛋,你的狼狗呢,你的黑旋风呢,怎么不带着?

赵老师说,我没有狼狗。

五驼子说,没有狼狗我就不怕你。老子要让你来个五马分尸!

赵老师说,只有金福儿才带狼狗,可我是赵长子!

五驼子说,赵长子?赵长子怎么会捡破烂呢?

赵老师说,都是没法子了。

五驼子说,你真是赵长子?

赵老师说,真是的。

五驼子说,赵长子又怎么样,捡破烂的人都不是好东西。你想做第二个金福儿?你也想翻天?我偏不让你翻成功,你要是成功了，会比金福儿更欺压人！

说着，五驼子举刀向赵老师的脖子砍去，然后，他砍一刀骂一句。

五驼子骂，看你金福儿还抖不抖威风！

五驼子骂，看你赵长子还想不想抖威风！

五驼子骂，看你们还说不说我的刀钝！

审讯时，五驼子说他只砍了五刀。

苏米的爸要他回忆一下，是不是六刀。

验尸报告上写着，赵老师的右腿挨了两刀，其余地方都是一刀砍断的。

五驼子委屈地叫起来，说，你们太小看我的功夫了，赵长子那么无用的一个人，还用得着六刀吗！

那天夜里，我听见的鬼叫，正是赵老师绝命的声音。爷爷来替我收魂时发现了一切。他藏起五驼子扔下的剔骨刀，准备留待我高中毕业后，作为告发他的证据。随后，上游水库开闸放水，冲毁了一切线索。爷爷以此要挟五驼子，让他给我出学费，直到逼得五驼子不得不去卖血。

五驼子在拘留所关到第四天就疯了，成天对着房顶号叫，我没杀赵长子，我才懒得杀赵长子。赵长子是臭猪肠，会脏了我的刀。我杀的是金福儿，我把金福儿五马分尸了。

88

爷爷因作伪证,说那晚自己和五驼子在一起聊天,而被判拘留十五天。

家里只有我和习文。

习文知道我读不成书了,心里很难过,便成天躲着我,很晚才回来,一到家就进房里闩门睡觉。我去敲门她总不肯开,也不说话。

爷爷被关进派出所的最后一天晚上,我上街逛到很晚才回家。

进屋后,正准备回房,习文在她房里轻轻唤了我一声。我一看,那门却没闩,是虚掩着的。

在我瞅着那门发愣时,习文又叫了一声。

我推门进去,房间一片漆黑,但我感到习文坐在蚊帐里面正看着我。

我朝前走了几步,伸手要去找电灯开关线。

习文说,别开灯!

我一直在摸蚊帐,却没有找到。最后摸到的却是一个光洁炽烫的身子。我缩回手,但我的腰已被习文搂住。

习文轻轻地说,要了我吧!在我身上过关吧!

我的心在发抖,习文的身子抖得更厉害。

她的双手在我的衫衣内里开始抚摸起来,并一点点地向

第十二章

下滑动。而我的双手也禁不住模仿地从她的背部一寸一寸地移到胸前。习文的手明显地变得无力了,腰部也软了,人一下子躺倒在床上。我俯下身子寻找先前的感觉,一只手正好摸到她的腋下。我仿佛又看见了那几根漆黑的腋毛,一下子全身沸腾起来。顾不上完全脱下衣服,就将整个身心贴到那仰卧着的身子上去,并开始了生命的第一次进入。

我仿佛是乘坐在一条生命之舟上,一会儿雨急风狂,一会儿风平浪静,在这神秘的变幻之中,人生的全部意蕴在眼前一张张一页页地翻动着。每看一页或一张,我都感到自己的心像秋天的苹果一样一点点地变红变黄,渐渐地成熟起来,而在同时,也感到自己的生命开始变得阔大起来。

天亮时醒来,我才看到习文赤裸的身体旁边,一只白色的手帕上新染了几朵血红的鲜花。在接下来响起的习文那动人心魄的呻吟中,我摇着她,她摇着我,互相颠簸着,又有了一次更深地进入。

后来,习文对我说,你过了关了,我也总算将你送上岸了。

我说,我永远不要上岸。

习文说,不,我只是我爸的那艘大船上的救生艇,大船沉了,就该我送你到港口。救生船不可能上岸,而你也不能永远留在海上。

爷爷忽然在外面敲起门来。

我起床去开了门。

我说，这早就放了你？

爷爷说，你未必还想我在里面多待几天？

爷爷被关了半个月，精明劲还在，精神却彻底蔫了。

爷爷说，田里的秧长得怎么样了？

我知道爷爷是不想让我再读书了。

我说，我要上学。

爷爷说，那钱从哪儿来？

我一时无话。

爷爷说，还是死了心吧！

我说，不，赵老师说，多读一本书就多开一只窍，读一天是一天，只要学校让我报上名，我就不怕了，最少可以将这学期赖着读完。

爷爷说，小东西，你别在我面前狠，卵子还没长圆就抖威风。

他说着，就抡起巴掌打我，开始时，我还感觉有点痛，到后来就没有明显感觉了。

爷爷已完全衰老了。

于是，我说，别打了好不好，一点不痛，你打个卵子。

爷爷吃惊地望着我。

习文这时从房里走出来。

爷爷扫了她一眼后，又吃惊地盯着她。

习文到后门刷牙时，爷爷说，乖孙子，谁把习文睡了，你吗？这种事谁也瞒不过我，我只要看一看她的胸脯，就晓得她是不是黄花姑娘。

我瞅着爷爷说不出话来。

89

吃早饭时，习文说，她想好了一个主意，她不和师傅一起做了，那里工钱太低，她去和蓉儿搭伙做，赚的钱可以供我上学。

照习文的口气，因找到杀害赵老师的凶手，弄得我上不成学，所以她欠了我家老大一笔人情。

习文这话一出，爷爷就因激动而剧烈地咳嗽起来。我从未见他咳成这副模样，整个身蜷成一团，无异于一只瘦猴，脸上先是通红，慢慢就变成了青紫，可怕的是两只翻白了的眼睛，一下一下地往起鼓凸着。我和习文都慌了，四只拳头不停地在爷爷的背上反复捶打。

好在爷爷终于缓过劲来，他呷了几口习文递过来的水，说，习文，你现在是我们杨家的人了，你不能去做那种事。

习文说，我理了两年的发，怎么现在不能做了呢？

爷爷说，翠水和蓉儿不是在理发。

习文说，怎么不是在理发呢？

爷爷说，你什么也没听说？

习文摇摇头，说，我从不听镇上人的瞎话。

爷爷说，可这话是真的，她俩是在卖——臊！

爷爷差一点说出更难听的两个字来。

习文猛地看了我一眼，又迅速低下头去。

屋子里开始沉默起来，不时有三两下喝粥的声音。

我夹了一块辣椒放进嘴里，嚼了几下额头便出汗了。

我起身找了一条毛巾，将汗擦去，返回饭桌上时，心里打定了主意。

我说，习文，爷爷的话很对，哪怕我三生不读书，也不让你去做那种事。

爷爷这时也说，我细细想了一下，赵长子在西河镇几十年，可以说是清清白白的，没有一个污点。大家欺负他只是因为他为人太善。如果他也偷也抢，别人就会怕他偷到自己头上，抢到自己头上，就不敢事事处处压迫他。虽然他说不上是一世英名，可假使你真进了栖凤楼，那对你爸的名气的损失也是够大的。我们杨家倒不在乎这个，上两代的人就这么个出息，眼看着学文也不是守着一个女人过一生的德行。可毕竟这事是最最让人瞧不起的一宗丑事呀！

习文轻轻搁下筷子，也不看谁，两眼直直地盯着什么说，你们听说过出淤泥而不染这话吗？

爷爷说，什么染不染？

我说，就是你常说的：只有人弄脏水，水是弄不脏人的。

爷爷说，我晓得你心性高，与西河镇的女人不一样，可你与她们成天泡在一起，还有许多进出其中的不规矩的男人，

第十二章

到时候只怕那些闲话就会让你受不了的。

习文站起来说,大不了他们像对待我爸一样对待我。

我说,可我还是怕她们会把你带坏了。

习文说,我爸在西河镇几十年,怎么就没有跟着你们学坏?

爷爷一下子生起气来,说,西河镇真那么坏?怎么就没让你一家饿死?

爷爷说这话时一脸的百感交集的神情。

习文没再作声,低着头一直往门口走。后来,她一只脚踏在门槛里,一只脚踏在门槛外,似乎是自言自语地说,我还是要去她们那里做事。

习文走后,爷爷对我说,娶这种女人做媳妇,只怕你将来不好管束。

习文到店里告诉师傅,自己要离开,不再在他这里干了。

师傅一听,当即就发起火来,说,我费了九牛二虎之力将你培养成材,可你翅膀一硬就想飞,胯里一痒就想找男人,没门。

习文说,按规矩学满一年就可以出师,我在你这里干了两年呢!

师傅说,当初你爸赵长子求我收你为徒时,讲好了干满三年后再议去向。

习文说,那是你提出来的。

师傅说,赵长子是西河镇最讲信用的人,到了你这一代,也应该最讲信用。

习文说,是你先不讲信用的,你答应过将我家的屋修理好,可是过了半年都不兑现。

师傅忙说,你留下,我明天就叫人给你修屋,行吗?

习文说,我一个月要三百元工钱,你也肯给吗?

师傅猛地将那只空着的转椅推了一把,转椅哗啦啦地连续转起来。随后,他又使劲唾了一口痰,说,好好,你有本事在镇上单独开店,我就有本事叫人砸了它。

习文说,我不单独开店,我去金福儿店里做。

听到金福儿这个名字,师傅一时半刻都没回过神来,好一阵才说,他请你去的?

习文点点头。

师傅长叹一口气说,当初我一见他开理发店,就感到自己的生意做到头了,他过去挤五驼子,现在又挤我,这短寿的东西怎么不早死呢!

正说着,师傅猛地一变口气,说,要走你就走吧,可我一分钱的东西也不会送给你的。

习文说,我只要自由就行。

习文走进栖凤美容厅时,正好看见一个顾客坐在转椅上,从白围裙底下伸出手来,抚摸站在一旁的翠水的大腿。

翠水嬉笑着说,再摸我就要加收服务费了。

那顾客也嬉笑着说,都是熟人熟事的,你得优惠点才行。

习文听出那声音是文化站的老高。

第十二章

习文怕他们说更露骨的话时,自己不便插进去,便匆匆地叫了一声:翠水!

翠水回头见是习文,脸上露出惊讶,说,过去我觉得你总是绕着这儿走,今天怎么有胆子上门了?

习文说,我想到你这儿来做,行吗?

翠水一怔,像是不相信自己的耳朵。她反问道:你想上我这儿来做?

习文说,我已将那边的事辞了。

翠水由惊转喜,她说,我们太欢迎你了。没得说的,你的手艺我晓得,月工钱最低二百,怎么样?

习文努力笑一笑,也不说话,走上前去接过翠水手中的剪刀,替老高剪起头发来。

翠水似乎还有些不相信,站在一旁望着习文出神。

习文绕着老高转了半圈后,觉得大腿内侧有什么东西在拂动,她低头一看,是老高的一只手。

习文平静地问,蓉儿呢,她去哪儿啦?

翠水回过神来正要回答,眼睛一扫瞧见习文两条大腿中间的那只手。她一边笑一边拿起一把剃刀,然后用另一只手扯起老高的一块脸皮,说,老高,你还要不要这块遮羞的东西?若不要我就给你来个痛快的。

老高连忙缩回手,说,我瞌睡了,把习文当作你了,你别吃醋哇!

翠水说,你还有脸到处宣传精神文明,谁知你心里脏成什么样子了!

老高正色说,精神文明建设是国策,你别把它和我扯到一起。再说我这是体验生活,不然怎么晓得哪是黄色的东西!

说着话,翠水将习文手中的剪刀接过来,绕到老高身后,咝地一下,将他后脑勺的头发挖了一道深沟。

老高抖尽衣服上的头发屑,付了两元钱就走了,临出门时,他还嬉皮笑脸地对翠水说,你的手摸男人摸得多,都快起茧子了,到底还是大姑娘的手让人觉得舒服。

翠水冲着他说,伪君子!

老高一走,习文又问蓉儿去哪里了,翠水神秘地一笑后,要她别细问。翠水说她明白习文和她们不是一类人,她也不愿习文完全和她们一样,她只图习文的一手好手艺,她让习文正儿八经地理发,别的事一概不用她管。

90

蓉儿回店时,习文正在里屋磨剃刀。

习文听见蓉儿一进门就小声朝翠水嚷,说那个北方侉子劲真大,昨夜干了她七次,开始倒极舒服,可后来就受不了,累得昏睡过去,醒来时都上午十点了。那北方侉子却在她昏睡时,偷偷溜走了。蓉儿不无得意地说,幸亏她防了这一着,趁那家伙快活得忘乎所以时,将他手上的一枚金戒指抠了下来,不然那可真是蚀本蚀到脚趾缝里去了。

翠水笑着说蓉儿真没用,她说她昨晚对付了两人,早上还照常起来开门扫店。

习文听到这些话,腹内一抽搐,禁不住呕吐起来。

蓉儿进到内屋,见习文如此模样,就半是开玩笑地问,习文,你是不是提前享受结婚待遇,怀上毛毛了?

翠水见习文眼色不对,就责怪蓉儿,说,你说话太没分寸了,也不看看对象。

习文眼里噙着泪水,小声说,没事,我不是那种经不起玩笑的人。

她们刚将习文吐出来的秽物扫完,老高气冲冲地闯进来,斥责翠水不该将他的头发理成那个模样。

翠水一点不怕他,口口声声说她不会道歉也不会给他重新理一次发。

老高操起一把椅子,声称要将这座黑店砸了。

蓉儿冷笑一声,说,老高,你没这个胆子,你欠我五十元钱呢!

老高说,你别讹诈!你有欠条吗?

蓉儿说,欠条我没有,可你用的那只避孕套我还留着呢!

老高翻了翻白眼,垂头丧气地走了。

老高走后,翠水问蓉儿是不是真留着东西。

蓉儿摇头说她这次是真在讹诈他。

中午，习文回来吃饭时，气色很不好，人显得很累。

我看见习文一言不发，便不好乱开口。

习文扒了几口饭，忽然一扔筷子，转身钻进房里，闩上门，大声地哭起来。

我高高低低地叫了大约一百声，习文就是不开门。

爷爷只顾低头吃饭，他吃饱后才对我说，让她哭吧，心里有苦处，哭一通会好受些。

说着，爷爷也进了房里。不一会儿，他将那支土铳拿出，坐在凳子上，用一块干净布使劲擦着上面的锈蚀。

我说，爷爷，你又发现野兔了？

爷爷不作声。

我又说，爷爷，这大年纪了，别去逗那个英雄，说不定兔子没打着，反而伤着自己了。

爷爷瞪了我一眼，说，这回我不打四条腿的兔子，只打两条腿的狗。

爷爷复将墙上挂的一只牛角取下来，灌了一些火药在铳里，然后走到门口，瞄准天上飞的一只老鹰扣动了扳机。

我下意识地用双手捂住了耳朵。

引火帽上的纸炮清脆地响了一下，然而土铳却没响，老鹰仍旧在天空中盘旋。

爷爷换上第二只纸炮后，土铳依然没响。

就在爷爷弯腰从地上捡起一根小树枝，去捅引火帽中的

第十二章

小孔时,老鹰从空中俯冲下来,正在街上觅食的鸡群,咯咯乱叫着四散而逃。

金福儿正巧牵着黑旋风路过这条街,那狼狗听见金福儿撵老鹰的吆喝声,便也狂吠起来。唬得老鹰丢下即将到手的猎物,摇动翅膀腾空而去。

爷爷将土铳捣弄好后,又开始瞄准仍在天上飞的老鹰。

这一次,土铳依然没响。

金福儿见了,不禁扑哧一声笑起来。

这一声笑,使爷爷的胡须都气得抖动不止。

爷爷正要说话,习文从身后走出来,像是什么事也没发生一样,款款地对我们说,我去店里做事去了。

我紧盯着习文走路的样子。

金福儿似乎有意放慢了脚步,让习文走到前面去。然后在后面不即不离地跟着。我看见他们擦肩而过时,金福儿对习文说了几句什么话。习文没有理睬,径直走着自己的路。

他们在街那头消失后,爷爷将土铳在门槛上狠狠甩打了两下。那样子绝对是想砸烂了它,却又分明是舍不得。

后来,我听见爷爷自语了一句,说,不行,我得去守着。

我说,爷爷,你要去哪儿?

爷爷说,我去给习文站岗放哨当警卫。

爷爷扛上那支打不响的土铳,来到栖凤酒楼,他在正对着美容厅的地方,找了一块树荫,站在那里紧盯着正在那屋子里转悠的金福儿。

金福儿肯定也看见了爷爷，但他故意装着没看见，在一旁缠着习文说话。

爷爷恼了，将土铳平端起来，大声叫道：金福儿，你是个小杂种。

爷爷这一闹，不少人便围过来看热闹。

金福儿也装不下去了，阴着脸走过来说，你别倚老卖老，惹烦了我，可别说我六亲不认！

爷爷说，你离习文远一点，我就不惹你！

金福儿说，这是我的店，我想要怎么样就怎么样！

爷爷说，别人我不管，可对习文，你就是不能想怎么样就怎么样！

金福儿说，你能怎么地，拿着这破吹火筒吓唬谁呀！

爷爷说，我说到做到，绝不是做样子吓唬人。

金福儿说，行，那你先打一铳我见识见识！

爷爷有些气短了，但他硬撑着说，行，你指个活物给我。

金福儿指了指那条狼狗，说，就它吧！

金福儿又说，不过，若是你打不着，它反扑上来，我可不负责。

爷爷端起土铳，刚一指向那狼狗，那畜生真像黑旋风一样扑过来，一口将铳管咬得死死的。爷爷一扣扳机，纸炮却是一下哧火，蓝火焰闪了几秒钟后全熄了，土铳里哑然无声。

金福儿猛然大笑起来，说，铳都服老了，你还出来装什么好汉，赶紧回去准备棺材板吧！

第十二章

就在金福儿话音刚落之际,土铳突然轰的一声响了。狼狗黑旋风的嘴巴顿时被打碎半边,整个身子横躺在地上乱颠乱颠地,一摊污血在阳光下闪闪发光。

金福儿整个人全呆了。

西河镇人从没见到金福儿这般地傻模傻样。

习文后来跟我说,若是当时金福儿将自己作为活物指给爷爷就好了。而一贯狂妄至极的金福儿这次却没有这样做,照他和五驼子斗狠时的脾气,他仅抬出狼狗黑旋风是很反常的。

习文说,这是天意。

西河镇的人也说这是天意。

然而这二者之间是有很大区别的。习文说的天意,是说老天爷对金福儿网开一面,使他逃脱了惩罚。其他人说的天意,则指那狼狗竟被一支打不响的土铳打死了。

91

金福儿将狼狗黑旋风埋在后山,他原说过些时还要为它树个碑,然而,当天晚上,就有人将那土堆刨开,把狼狗剥了皮,取下肉拿回去煮着吃了。

金福儿脸上装着若无其事,但有些人细心地分辨出,他在街上走路时,步子迈得没有以往大了。

爷爷每天仍到栖凤酒楼门前去守着，还索性带着一只凳子，怀抱土铳在阴凉处端坐着。

第六天下午，习文在店里见太阳已转到西边来，直直地照在爷爷身上，爷爷却没有挪动位置。

习文走近一看，爷爷已悄然过世了。

爷爷的骤逝使我感到茫然失措。

习文在哭过之后，立即显出比我成熟的地方来。她提醒我去镇里找民政干事要点安葬费。其余家里的事，都由她张罗。

我不知道镇里那么多干部中谁是民政干事，便去找大桥打听。大桥正在家里睡午觉，被我喊醒后，见我的眼睛又红又肿，便猜着是爷爷死了。大桥没让我去找民政干事而直接去找他妈。

镇长在办公室里，当着许多人的面轻轻地抚摸我的头，并用手帕替我擦眼泪，然后，她将我领到另一间空屋里，并叫大桥去叫民政干事。

镇长教我待会儿当着民政干事的面怎么说话，她特别提醒我一定要为爷爷要一具棺材。

民政干事来后，我先说要两百元钱安葬费。

民政干事正犹豫，镇长说，学文一个孤儿，政府不管谁管，给吧，照数给吧。

我当即写了个条子，从民政干事那儿领来两百元钱。

接着我又说，要让爷爷睡具棺材。

第十二章

民政干事不同意，说现在提倡火葬，没有棺材。

我就照镇长指点的说，后院会议室里不是放着一具棺材吗？

镇长立即接着说，我怎么也忘了，那还是从木材贩子那儿没收来的。抬走算了吧，放在那儿怪吓人的！

民政干事没办法，只好同意了。

杨家的祖坟山离镇子有十几里远，金福儿来送礼的时候主动提出，他负责租一辆汽车，将棺材运到墓地。

金福儿说话真的算数，夜里就将汽车开到我家门口停着。

夜里，我和习文正在替爷爷守灵，门口忽然进来一群半生不熟的男人。他们先给爷爷磕头，回过头来朝我喊细爷。

在杨家一族人中，我们的辈分极高，一些白发老头见了我，总是叫细叔什么的。

行过礼后，他们便直截了当地说，金福儿用汽车送爷爷上山，是明摆着欺负我们杨家，说我们杨家人丁不旺、后继无人，连抬龙杠的男人都找不出来。他们要我将金福儿的汽车辞了，明早由他们来抬爷爷上山。

汽车一辞，一切都得要按老章程来，习文连夜去找文化站的老高，问清了各项事宜及做法后，便开始紧张地忙碌起来。

天亮后，当街摆着的十张大桌周围挤满了人。每张桌子上都用脸盆盛着一脸盆菜，里面装的是些豆腐、粉丝、海带和几十块每块重约一两的肥肉。酒和碗筷都在桌子上摆着，也不用人招呼，只要有空的，谁都可以挤拢去吃去喝。

用龙杠抬棺材的人专门有一桌，酒菜都是一样的，只是那些大块肥肉要比别的桌子上的多出两三倍。

吃罢饭，喝罢酒，八个年轻力壮的男人分站在龙杠的两旁。随着鞭炮一响，我将一壶酒摔碎在棺材上，然后翻身骑到棺材上。

习文曾问老高，为什么要让儿子或孙子骑在棺材上呢？老高说，这是一种炫耀，说明死者香火没断，血脉长存！

就在我坐稳的那一瞬间，八条汉子齐声吆喝一声：起！棺材便被稳稳地抬起来了。

走出十几丈远，沿街的人都出来观望。我听见不知谁高叫了一声什么后，身下的棺材便像飞机一样飘飞起来，八条汉子竟然抬着棺材在街上狂奔起来。

在以后的一个星期里，西河镇的人还在兴奋地议论这一场面，他们认为这是一个壮举，它将使爷爷长久地刻在西河镇的历史里！

幡幛在前！

鞭炮在前！

我像腾飞一样轰轰隆隆地从众人头顶上驶过西河镇。直到出了街口，八条汉子才放慢了脚步。

如果说那次交欢使我初次懂得生命的意义，那么这一次是我头一回感到生命的存在。

第十二章

92

就在我们安葬爷爷时,金福儿听到风声,苏米的爸准备将他那个美容厅封了,还要抓人或者罚款。

这事是大桥告诉我的。

那天他高兴地跑来告诉我,说他妈终于把金福儿给甩了。

大桥说,金福儿做事太绝,为了保自己,事先一点招呼也不打,就将美容厅关闭了。

翠水和蓉儿火气上来,就将金福儿怂恿大桥和她们睡觉的事对镇长说了。

镇长气得病了一个星期,起床后就和金福儿办了离婚手续。

临近开学时,习文接到一封电报。

电文很长,说是一个叫紫薇的女人在对赵老师的四十余年思念中,盼瞎了眼睛,她不知道赵老师还在不在,也不知道他有没有什么亲人,她只想见他们一面,不管是他们中的谁都行。

叫紫薇的女人本来住台湾,现在她在广州的一家饭店里等候。

习文应叫这个女人为大妈。

习文拿上电报,揣着翠水和蓉儿送给她的路费走了。她们叫她宁可死在广州也别回来。

我不知道她会不会再回来。她自己也说不准。

然而，我心里除了惆怅以外，并无眷恋与不舍。自那夜之后，我们再也没有重温那如梦一样的情境。习文说得很对，我感觉自己是站在岸上了，脚下时时都很坚实。那一夜之欢，只是确认我生命走向成熟的一个证明。哪怕是爷爷死后，我们也只是说一些普通的话，然后各自进房闩门睡觉。醒着的时候，我总想苏米此时在干什么呢！

有一次，习文很平静地对我说，你夜里做梦总在喊苏米。

习文走后，我找到翠水和蓉儿，问她们还想不想开美容厅，如果想，我可以将房子租给她们。

翠水和蓉儿很高兴，当场给我五百元钱做定金，要我别改了主意。

我要她们在进我的屋的时候，将全年租金一千五百元一次付清。我本来打算能付一千就行，没想到她们又是满口答应。

翠水和蓉儿将美发厅搬进我家的那天，真的大大方方地将一大摞钱付给了我。我从未见过这多的钱，也实在不敢想，这两个女人怎么这样容易就赚了这么多的钱。

在我站在街上数钱时，苏米的爸用警车将五驼子送回来了。

医生们确诊，五驼子患有精神病，暂时保外就医。

镇长不愿意出面保，金福儿听说后，主动跑去将他保出来。

苏米的爸见到我，让警车停了一下，从车里伸出头来，说，苏米来电报了，明天或后天一定回。

他说时,还不时看我手上的钱。

我笑着说,我会到车站去接她的,你放心!

五驼子回来以后,成天提着一只破渔网,要捉金福儿的鬼魂。他一见到金福儿就扑上去,非要试试鬼魂到底有没有骨头。

五驼子说,金福儿已被他五刀砍成六大块了。又说,日他娘,金福儿做鬼也威风,敢在大白天里出来。

五驼子一直没有捉到金福儿的鬼魂,破渔网总是空空的。

金福儿买了一部六成新的吉普车,自己学着开,车子进,车子出。西河镇的人见到他的机会日渐少了,倒是新买的一条哈巴狗却像从前的金福儿一样,满街窜来窜去。

93

离开学还有三天,我就去了学校。

一进寝室就发现大桥也到了,只是不见他的人。

我去商店买了一只悬着十字架的金项链,然后到车站接苏米。

十二点刚过,从武汉来的客车到站了。

苏米在车门出现时,我眼前像是升起了一颗太阳。

我们相互笑一笑什么也没说。

我从口袋里掏出一只纸包交给苏米,要她回家后再打开看。

苏米的妈没有回,她在武汉还要待一阵子,也没有别的事,就是看看孙子。

回到苏米的家,苏米匆匆擦了一下脸,就钻到房里去了。接着,我听见了一声惊喜的欢叫。

不一会儿,苏米戴着项链走到房门口,说,学文,这真是你送给我的吗?

我走过去,猛地将她拥抱着,说,我能进来吗?

苏米挣扎着说,不,我答应过习文,我不和她争你!

我不理她,慢慢地低下头,对准那绯红的嘴唇深深地吻起来。苏米的嘴唇极柔软,简直可以像水一样融进我的心里,接着她的身子也变成了一团水,从那甜甜的舌头里,一阵阵地冲向我的心里。她的身子变得极薄,紧紧地贴在我的胸前。

我说,苏米,我爱你!

声音是那么深沉,连我自己都感到意外,那完全是一种成熟的男性的一种宣言。

苏米哭起来,说,我等这话都快等成老太婆了。

我一点点地将她脸上的泪水舔干。

然后,匆匆地做了一点吃的,接下来的整个下午,以及下午以后的黄昏,我们都是这么深深地吻着。

天黑后,苏米的爸回来了。他一进屋就打开电视机。电视里正在播送本县新闻。屏幕上的两个人是胡校长和金福儿。播音员介绍这条新闻是部分政协委员座谈怎么发展我县的教育事业。

第十二章

新闻完后,屏幕打出一条广告:值此县政协第五届三次会议召开之际,我县著名农民企业家金福儿,特独家点播电视连续剧《威镇天河镇》。接下来是一组有关金福儿的镜头画面:金福儿在会上讲话;金福儿拿着计算器算账;金福儿在栖凤酒楼前送客;金福儿对文化馆的小曾说:我的启蒙老师姓赵,可后来我将他教的东西都还给他了,我现在是自学成才……

苏米忽然说,《威镇天河镇》?改一个字不就成了《威镇西河镇》!

我说,这是他的本意!

苏米的爸在厨房里大声说,告诉你们一件事,你们的同学大桥,今天中午在公园里和一名妓女鬼混时被当场捉住了!

苏米说,关起来了吗?

苏米的爸说,就算她妈来保,也要关上五至七天。

我说,这都是金福儿害的。

正说着,文所长打来了电话,他替镇长求情,说如果一抓大桥,这对镇长来说无疑是雪上加霜,他要苏米的爸看在他们孤儿寡母的分上,放了大桥。

文所长说,镇长在到处买安眠药,弄得医院的医生、护士怕得要死,又不敢不给,后来还是他亲自用万能钥匙偷偷打开她的门锁,用维生素将那五十粒安眠药掉了包。

苏米的爸只是嗯嗯地应着,一直到放下电话,也没说一个完整的句子。

电话刚接完,胡校长来了。

胡校长也是为了大桥的事,然而他考虑的是学校的荣誉,真的抓了大桥,一中这几年辛辛苦苦得来的省地县三级模范学校也就完了。

这时,电话铃又响了。

苏米一听,竟是金福儿。她按下免提键,电话里的声音满屋都能听见。

苏米的爸一听金福儿的名字就皱起眉头来。

于是,苏米便对着电话挑衅地说,金福儿,我爸让我告诉你,他现在不在家!

金福儿在那边愣了一会儿,说,我大小是个政协委员,你爸怎么一点面子也不给?请你转告你爸,我已和公安局长谈过了,你们一放大桥,我就赞助一辆三轮摩托给刑侦队。

苏米的爸在一旁吐了一大口痰。

我冲着电话说,金福儿,你的钱怎么这不干净,我在电话里都闻到了垃圾味!

金福儿说,你是学文侄儿?赵长子大概没有跟你讲过,世界上的钱,没有哪一张是干净的。赵长子没有这种体会,你现在多少应该有了。再说广一点,世界上哪一件事物又是干净的呢!

我说,金福儿,你毒害不了我!

金福儿说,我很高兴将来能有你这样的对手,快点长吧!

第十二章

和大桥一样，多与几个女人睡一睡，会长得快一些！赵长子、镇长、五驼子和你爷爷都垮了，我一天到晚闲得慌呢！

我还想说，苏米将电话机上的免提键复了位，屋里一下子安静下来。

胡校长喃喃地说，我从未见过如此赤裸裸的卑鄙！

苏米的爸说，我们还是换一间屋子谈吧，接触这种事对于他们来说，还是早了一点！

他们往里屋走时，苏米忽然说，爸，我也求你将大桥放了。

苏米的爸说，为什么？

苏米说，你不是说过，监狱是最坏的一所学校吗！

苏米的爸想了想，回头问我，学文，你说呢？

我说，如果要关大桥，那先得将金福儿枪毙了。

他们进屋后将门关起来。

我对苏米说，我晓得世上最少还有一种东西是纯洁的！

苏米将她的手放在我的手中。我将身子挨近了她。在我们的嘴唇刚一黏合时，苏米的舌尖就送到我的嘴中。

在相拥着走向苏米的房间时，我听到整个世界都在渴望地说，我爱你！

1993 年 11 月 16 日初稿于罗田胜利
1994 年 4 月 8 日定稿于北京
2012 年 10 月 7 日校订于斯泰园

后记：失落的小镇

1

差不多半年时间，我几乎不能写一个字。那笔对我来说，拿在手里如同拿着一把刀或一支枪，让我去除掉一个谁，当面对纸上许多方方正正的小眼睛时，我却惶惶不知可以在何处落下。那一阵，就连在工资册上签划自己的名字，也觉得疙疙瘩瘩的，笔和纸仿佛存在着一种仇恨，推推搡搡，让我怎么也把握不了。

《凤凰琴》的电影改编者对原著的肆意妄为及相关版权纠纷，单位里人事的角逐，还有内心深处那种巨大的难以对人言的苦闷与痛楚，如山一样压在自己的身上。

当然，也不是没有欢乐的日子，但那时光之短暂，让人更感到痛苦的漫长。这实在又一次印证了那句名言，欢乐是虚无的，痛苦才是实在的。

黄州是个极小的城市，任何一种俗套都企图淹没她的风雅。

身居其中，实实地有万般的无奈。譬如，在黄昏的晚风中，想独自寻一片净土，让灵魂出一回窍，捎一些清凉和宁静给心灵，让星星和月亮抚一抚那许多永远也不会出血的伤口，让无边无际的夜空融合掉那一声声无声的呻吟。可我尚未动步，那几双职业仡望的眼睛，就降落在脊背上，那彻骨的凉意，一瞬间就能冻僵散步的情绪。

在以往，一位学工科才华出众的朋友，常常脱口冒出一句：高处不胜寒。我那时没有站在高处的体会，不知此寒为何物。现在，当我一步一步向着山峰攀去时，回想朋友说此话时的情景，不免慨然、怅然还有惘然。

感谢王耀斌、丁永淮等师长的帮助，我终于请上了三个月的创作假，那个神秘的山里小镇，当然不是世外桃源，但它能帮我回到文学的伊甸园。潇洒逃一回，这当然难说是最佳选择，起码它不是那种挑战人生的男性的强悍，但这怪不得我，要怪只能怪生活。拿上行李，就要出门，儿子生病上医院打针去了，过几天他就要满十岁。在他十五岁时，他会责怪我此刻不在他身旁，可我相信等到他三十岁时，他会理解父亲的。所以，我将要把自己的第一部长篇小说，献给年满三十的儿子。

咬紧牙关，逃一回吧！管它潇不潇洒。

2

送我进山的中巴车,在胜利镇街口上扔一样将我洒在一派萧条之中。一扇大门旁不知谁用红油漆写着四个字:胜利车站。我环顾四周,除略显破败的街景与大多数车站一样以外,实在没有什么东西可以让人感觉到这就是车站。

在以后的日子里,我慢慢地对此表示出了理解,作为亦迎亦送的车站,它从来不是旅行者的归宿,而永远只是整个旅途的一部分,劳倦与无奈才是它的本色。北京火车站、深圳火车站,在它落成之际是够豪华的了,当匆匆来去的人流一旦涌入之后,那些僵硬的奢侈无论如何也掩不去灰色的苍茫。无处不在的是迷惘,是惆怅,是遗憾的失落的感觉。

不知是哪种原因,在随之而来的那四十多个孤独的日子里,于写作之余,下楼走一走,散散步,放松一下情绪,那脚步便情不自禁地迈向车站。尽管那儿雨天很泥泞,晴天又尘土飞扬,嘈杂与脏乱则是不受气候的制约,每日里都一如既往,可我总是管不了自己的脚步,非要绕着车站走一圈,然后才或是沿着河堤,或是沿着沙滩,或是沿着公路与小街慢慢地走去。

有时候,一边走一边免不了想,如果父亲一直待在这座名叫胜利的小镇,那如今的我会是什么模样呢?那个黑得很深的夜,其实还不到八点钟,老长老长的公路上,只有我一个人在行走着，后来我也停下来不走了，望着大河淌水，听着旷野流风，我无法不想到爱与爱情。就在这种时刻我突然异想天开地意识到，人对历史的关注，更甚于对未来的仰望。在我每天对小站的不自主的回望中，包含着一切普通人的一种共性。那就是对无法拒绝的过去的百感交集。

我在写完第六章中的一个细节后，曾问过自己，你怎么想起要来胜利镇写自己的第一部长篇呢，是一种纪念，还是一种向往？我不愿对自己多做解释，因为这已成为"过去"了，关于过去，是谁也无可奈何的。然而，过去可摸、可看、可怀想、可思考，还可以悔、可以恨、可以欢喜、可以忧。就像眼前的这小站，无论它如何破败，仍是无数旅途所不可以缺少的一环一节。人生也有许多破败之处，包括选择上的失误，过程中的不当，一段痛苦的婚姻，一宗不如意的工作，或者还有受人欺侮，上人贼船。虽然它是那样的不堪回首，可它把你塑造成一个有血有肉、有苦有乐的生命实体，没有它，人生就无法延续下来。就像一件穿了多年的破内衣，由于习惯，自己甚至不能察觉它的坏损。

在后来对小站的回首中，我努力想把它升华到具有文化地位和历史意识的高度，想从中找到一些哲学感来。越是如此越是发觉事情的奇妙，我不但不能抽象出形而上来，反倒变得更加形而下。随着时间的延长，我对小站的回望也越来越多，我很清楚自己的真实想法，多日无人与之长谈，许久不知山外消息，我太渴望能见到一个熟人了。每当那驻足不前的大小客车开门吐出一堆堆的人时,我总是希望从中见到一个让我大吃一惊的身影来。在一次次的失望以后,我甚至觉得此刻哪怕遇上那种曾让自己恨之入骨的人也行。幸亏我并没有这种机遇,真的那样,我肯定还是无话可说,而只有那种又与自己的历史打了一回照面的感觉。

面对过去,许多人可能都会无话可说。这不是一种无奈,每个人在"过去"面前永远都是一个幼稚的小学生。尽管每个人的过去是每个人造就的,过去仍旧固执地教化着每个人。我从小站来,我记得小站以前的一切的路,但小站以后的路呢?小站只是又一个起点,它不能告诉我什么,可它是我前程的唯一依靠,或者说是离前程的最近之处。人恋旧大概也是这个缘故,旧事再难过,它也是踏实的,而未来总在虚幻之中,缺少一种安全感。我老是回头看小站,一定也是感觉到前面的路太长了。

3

胜利镇过去叫滕家堡,更早的时候还叫屯兵堡。

父亲以前曾在这里工作过一阵。我一直不明白,是胜利选择了我,还是我选择了胜利,十月十三日的黄昏时分,当我初次踏进这个小镇时,竟一点也不觉陌生,一切都似曾相识,仿佛是我那梦中无数次编织过的小小家园。实际上,我并没有真正拥有过一座家园,当父亲雇人将他的子女以及全家放在一担箩筐里,挑进大别山腹地后,我的人生就注定开始了那永远漂泊而达不到一处彼岸的浪迹。多少次,我或在清晨,或在正午,或在黄昏,骤然踏进一座村庄或一处集镇,于是就在灵魂深处深深地问自己,这是你的家园吗?这鸡鸣,这炊烟,这牛栏里浓酽的故土气味,这在村边小路上背着小山一样的柴火缓缓挪着脚步的女人,不正是自己渴望中的家园情景吗?

在刚刚消失的这个夏天,我们在与胜利镇隔着一座大山的青苔关办一个笔会。也是一个黄昏,一行人走了十余里山路爬上关口,尔后又踏黑去寻访那边山下最近的一座小村。他们在头里走了,而我在已接近那小村时忽然停了下来,然后开始慢慢往回走,我反复地对自己说,你不能那样冒失,你有什么可以张扬而让小村的人猛觉惊疑与惶惑呢,那也许是你的家园,你不应该随意打扰它!平静是他们唯一的财富,我们无权去抢掠他们!

面对着胜利镇我真不知该说什么,该想什么!我想每一个人在自己的家园面前,除了惆怅的回忆,还能有什么更好的作为呢!

我暂住的那座小楼,窗口正对着一片河滩。白茫茫的一片横躺在前面的一泓浅水与后面的半弧枯岸之间,夕阳余晖洒在上面,不明不白地泛起一些别样的光泽。我想起自己四岁时偷偷跑到一条比这河要大要宽要深的另一条河里去洗冷水澡,被寻来的母亲按在沙滩上用篾条打屁股的情景。猛然想起这事时是在第二天的中午,此时我已吃过午饭,独自躺在那片沙滩上,任太阳慵懒地晒着,天地间到处都是暖洋洋的,秋水在顺流而下,秋风在逆流而上,沙滩像云像船一样载着我,我仿佛感到了一阵阵舒徐的晃荡。

好久了,我都没有如此轻松,如此惬意,如此无忧无虑地享受人生片刻。这一两年来,一部部小说的发表与获奖,从未使我获得过短暂的快乐,相反,却使我感觉到无限的累与沉重。只是此时此刻,我才发现我是属于自己的,我可以有快乐,可以有幸福,也可以有胡思乱想,甚至可以高声将谁臭骂一顿,诅咒一番。当然,我不会这样做,因为我心情好极了,我已原谅了一切的不如意。

我在沙滩上躺了好久好久,那种舒坦让人不想起身,后来,我对自己说,你再在河边贪玩,小心母亲又要来用篾条打你的屁股了。我一骨碌地爬起来,回了屋子。

这天,我写了一万二千字。

从此,我每天都要到那沙滩上躺一躺,走一走。

那天,天一直阴着。傍晚时,我走出屋子才发觉外面正下着小雨。我懒得上楼去拿伞,一缩脖子便钻进雨中。

在我正要踏上沙滩时,忽然见到路上横着两只狗,两条尾巴搅在一起,而脑袋却是一东一西。它们一点也不理会我的到来,站在那里一副极投入的样子,当我恍然明白它们是在做着延续生命的大事时,便有些不好意思地绕着走开了。

小雨下得细细密密，四野里全都默不作声。我顺着沙滩缓缓地走着，一步步地将沙滩踩成一片漆黑，远山上的几盏小灯在随风闪烁。如果将来某天我对别人说，在这一刻里我听到了大自然的召唤声，我感觉到了生命存在的意义，我意识到了某种艺术的真谛，而使自己有了参透万物的大彻大悟，那肯定是在说谎吹牛或是神经错乱。在这冷雨中，沙滩上，我独自走了一个多小时。可我什么也没想，只是任凭冷雨将自己洗个透彻，洗成心空如禅，心清如月。只是反复祈祷，谁也别来打搅我，让我一个人好好待一阵，让我轻轻松松地活一回，活得像一个人。

在我离开沙滩，开始返回时，那两只狗已经不见了。只是在这时，我才想起生命的意义。说实在话，在那一刻里，我觉得人不如狗，因为狗从来就不用瞻前顾后，就本能地懂得生命的意义。

当我想到这一点时，不禁抬头看了几眼胜利镇，因为我把这小镇当作了家园，所以我才敢这么说这么想。我不知道这小镇能不能如此认可，他们也许会说人不如狗的话题，那肯定是另一种范畴里的感慨。不管怎样，我的感情是诚实的，那沙滩上湿漉漉的足迹是明明白白的印证。

4

　　丝毫没有必要隐瞒，我从未像现在这样感到小说是如此的难写。哪怕是在八十年代初的那种闭门造车或者说是勤学苦练的日子，也不曾有过脑子里空空荡荡，没有一丝灵感，没有一个词语的时刻。

　　枯坐灯前，那种阴影还笼罩着我。特别令我不安的是，耳朵里从早到晚一直嗡嗡作响，以至不得不用一个小纸团来塞住它，求得暂时的解脱和虚假的平静，我知道，我不能寄希望于随身带着的二百五十颗中药丸。其实，每一个艺术家都比医生更了解自身疾痛。我知道，只要自己能够获得一片宁静，几缕温馨，沉重的生命就会变得轻灵起来。我恨那黑驴粪一样的药丸，可我不得不一日三次地用温水服它。

　　五点钟的山区，天黑得很，这两年我走过各种各样的路，可我还是第一次如此充满信心，认为生命对于自己还是那么有意义。我想起许许多多关于生命的哲理名言，为了爱我的人和我爱的人，我将好好活下去，认真写下去。

　　在我来到胜利镇约一个月的一天中午，我刚上床准备稍事休息，窗外遥遥地传来了一阵鞭炮声，随后又传来了一阵阵的号乐声。开始，我还以为是谁家的新郎娶新娘，待推开窗户看后，才知是一队送葬的人群。

　　正在看时，队伍中不知是谁吆喝一声，那八个抬着黑漆棺材的男人，齐刷刷地跑将起来，道路起伏不平，那黑棺材竟像一艘舰艇一样在海涛中豪迈挺进，脚下踏起的尘土亦如那蒙蒙的水烟。

在那一刻里，我的灵魂受到了强烈的震撼。直到他们跑过小镇，消失在镇子外面的原野上，我仍于窗边作久久地伫立。

在那一刻里，我实在不明白这究竟是不是一个生命的葬礼，在我看来它俨然是一种展示生命的庆典。旧的生命在新的生命的肩上不正是继续在做一种强大的延长吗？

然而，毕竟有一个生命无可挽回地失去了，对于某个个体来说，这是一万种悲剧中最悲的一种。

因为，世界上唯有生命不可替代，不可作伪，不可被人摆布。

那天黄昏，我一个人爬上镇子后面的小山，山上有一纪念碑，那是为悼念在20世纪上半叶那场改变了中华民族命运的血与肉的洗礼中，死在胜利镇的那些人而竖立的。在我绕着纪念碑穿行在没膝深的荒草中时，我不能不又一次想到死亡。

不管我们想还是不想，死亡每时每刻都在身边窥视着那种有机可乘的破绽，随时都有可能突袭我们。令人想不通的是，如今的人特别是那些养尊处优的年轻人，竟如此地不将生命当回事，且不说动不动用刀砍杀别人，就连对自己也那般的刻薄，甚至仅因大腿不好看不能穿超短裙就可以去寻短见,仿佛真的如此便能再活第二回。

我至今只目睹过爷爷的死亡。那是一个深秋,爷爷已有半个月不能进食了。那晚,一家人都聚在爷爷的床前,此时的爷爷,除眼皮能眨,其余一切都已先行死去了。父亲替爷爷穿上寿衣、寿鞋,然后坐在床边,做父子俩最后的相望。就在这时,爷爷嘴唇忽然动了一下,像是要说什么,猜测了一阵,父亲拿起寿帽问爷爷是不是要将它戴上,爷爷的眼皮眨了一下,下巴也像点了一下。父亲给爷爷戴上寿帽后,爷爷便永远地将眼皮闭上,可脸上分明是一派无奈的神情。只是心知死亡的不可挽回,才只好随它去了。

我想起爷爷的死,那时我已过了而立之年,可那一刻里,我才发觉自己并没有完全成熟起来。我像小孩一样,害怕去碰一下爷爷那正在发僵的躯体,甚至害怕去停放爷爷的屋子,害怕送爷爷去火化!我不明白,生命你为何这么脆弱,为何只有这仅有的一次呢?

在荒坡上徘徊时,四周安静极了,只有山风偶尔来做一回短短的光顾。我伫望着那条刚有送葬队伍跑过的小街,心里突然明白,为何那些送葬的人群要如此张扬。它实在是要告诉众人,一个生命消失了,哪怕它活得再长,也还是要死的,那么趁着还活着,我们要万般珍惜。所以,送葬只是一种形式,它的真正意义是在警示我们:

对于每一个人来说,只要没有死亡,活着是没有问题的。问题只是怎么个活法。有的人用智慧和思想,有的人用灵魂和血肉。这一点于作家也不例外,而我由于智慧的匮乏、思想的浅薄,便只能选择用灵魂和血肉来面对文学了!

1993年秋断续记写